Yves Hajos

Contre la montre fatal

Couverture du livre réalisée par mon épouse.

Ce polar est entièrement le fruit de mon imagination. Je ne me suis jamais servi de l'intelligence artificielle pour la construction de cette histoire, ni pour l'écriture. Également, je n'ai emprunté aucune action ou évènements à d'autres auteurs de polars. Si l'histoire est presque imaginaire, si les personnages sont inventés, les faits se calquent à la réalité de la France d'aujourd'hui. Les lieux existent et ils sont parfaitement vérifiables. Toute reproduction est interdite sans l'autorisation de l'auteur.

© Yves Hajos 2025
Édition : BoD · Books on Demand, 31 avenue Saint-Rémy,
57600 Forbach, bod@bod.fr
Impression : Libri Plureos GmbH, Friedensallee 273, 22763
Hamburg (Allemagne)

ISBN : 978-2-3225-4250-5
Dépôt légal : avril 2025

Remerciements

Toute ma gratitude envers Denise, mon admirable épouse, pour son soutien indéfectible. Ex-ingénieure et ex-professeure de maths reconvertie en correctrice très exigeante.

À Douglas, médiateur des écoles à la ville de Cagnes-sur-Mer, pour ses explications sur la manière de procéder avec des enfants turbulents.

À la police nationale et à la douane de Saint-Laurent du Var sur les explications concernant leur mode de fonctionnement.

À Michel de S.O.S. Selles Motos pour ses détails sur les motos. Je suis resté au stade du Vélo-Solex.

Du même auteur

Chroniques d'une décomposition française. BoD Février 2018
Une vie à Nice. BoD Mai 2019
Existences bouleversées. BoD Janvier 2020
Le Double Jeu/Le mépris. BoD Mai 2021
Soumis ou Libre. BoD Janvier 2022
2023 Le Désastre. BoD 2023

Manuscrit sauvegardé

Introduction

Lundi 8 juillet 2024.
Brigade criminelle et du terrorisme, Paris 17ème.

Ducournau, avec un ton inhabituel de sa part, révèle au capitaine Franck Lagarde la situation catastrophique de la cinquième ville de France.
- Nice est sur le point de rejoindre Marseille ou la Seine-Saint-Denis dans les scènes d'horreur. Les affrontements entre les trafiquants de stupéfiants pour la possession des territoires dégénèrent. Incroyable le nombre de fusils de type AR-15 ramassés à la pelle par la Police et le RAID depuis les trois derniers mois.

Franck ne le sent pas aujourd'hui. Bizarre et trop doucereux. Ce n'est pas son style. Mielleux, le commandant général l'est uniquement envers ses supérieurs hiérarchiques et, bien plus, auprès du préfet et de la succession de ministres de l'Intérieur.

Il y a anguille sous roche.

Avec un air solennel frisant le ridicule, il informe Franck.
- Le préfet des Alpes-Maritimes a alerté le ministre de l'Intérieur. Il craint un attentat très dévastateur lors de l'arrivée de la dernière étape du Tour de France à Nice le dimanche 21 juillet.

Ducournau marque un temps d'arrêt, avale un verre d'eau vitaminée et reprend.
- Le parcours contre la montre, un coureur au départ toutes les cinq minutes, entre Monaco et Nice, avec une arrivée à la place Masséna, est un véritable casse-tête. Même si le préfet prévoit plusieurs abandons, il restera probablement plus de cent quarante coureurs parmi les cent soixante-seize. Chaque vélo suivi en voiture par le directeur sportif et le chauffeur au minimum, plus les gendarmes, les journalistes de la chaîne accréditée, ceux qui filment et commentent en direct sur des

motos pilotées par des chevronnés, ça en fait du monde pour patauger dans une mare de sang.

Franck l'écoute sans chercher à intervenir. C'est une de ses forces.

- D'après ses sources, le préfet prévoit un carnage bien plus retentissant que celui du 7 octobre 2023 en Israël, en incluant naturellement les viols. Cette fois-ci, ce ne sont pas les portables des odieux assassins du Hamas qui filment fièrement leurs horreurs et les mettent sans vergogne sur les réseaux, mais *France 2* officiellement et les médias du monde entier.

De quoi donner des frissons à Franck, même s'il a un caractère bien trempé.

Le temps de remplir son verre, Ducournau poursuit.

- Le massacre s'opérera dès le départ du dernier coureur parti de Monaco. Des tireurs, planqués dans des immeubles ou embusqués auprès de la foule tout le long du parcours, déclencheront les tirs sur tous les cyclistes encore en compétition et ceux massés à l'arrivée, entourés d'un nombreux public, une proie facile à abattre avant de s'enfuir.

Ducournau s'essuie le front.

- Les experts du Renseignement prévoient le feu d'artifices le plus meurtriers de tous les temps. Il restera dans les annales.

Franck est abasourdi. Une violence inimaginable avec des retombées en direct au niveau planétaire dans treize jours, à ce jour non résolu, c'est stupéfiant. De quoi tomber à la renverse.

- Le gouvernement serait donc obligé d'annuler les J.O., avoue Ducournau avant de révéler la réaction outrée du Président : « Il n'en est pas question ! » Il a raison, soutient mordicus Ducournau.

Quel con ! peste Franck.

- Le Président tient absolument au spectacle de l'ouverture des J.O., il serait grandiose. Il a vérifié le scénario avec minutie. « Il va surprendre ! » aurait-il dit à la ministre des Sports. De plus, nous avons dépensé 1 milliard 500 millions d'euros pour purifier l'eau de la Seine.

Franck est partagé entre la douleur, le rire et la consternation. Comme si c'était leur argent.

Docile et idiot, il le savait. Soumis à ce point, il ne l'envisageait pas. Faire passer des intérêts égoïstes avant l'intérêt général, il ne l'admet pas.

- Lagarde ! Si, par malheur, ça se produisait, le chiffre serait tellement XXL par rapport à l'attentat de Nice le 14 juillet 2016, un attentat ignoble qui marque encore profondément les Niçois, que j'évite de vous le divulguer.

De plus en plus étrange. Nice ! Ce n'est pas son secteur. Il est tant accaparé dans le sien.

Depuis que Franck fut traité de '' facho '' par le naze, car ses rapports décrivent les faits avec impartialité, à la différence du poltron incapable d'émettre un avis objectif par crainte d'un avertissement, il existe un gros contentieux entre eux.

Il vomit le pleutre, cupide de surcroît. Il ne vaut guère mieux que la majorité des politicards, des flics, des juges, des notaires ou des avocats en 1940, au temps où quarante millions de Français acclamaient Pétain.

Le faux dur suit la consigne. Pas de vagues ! Pourtant, les avertissements abondent. Y compris celui, alarmiste, d'un ex-maire socialiste de Lyon et ministre de l'Intérieur.

Le tragique incident apparu à Nice dernièrement, enterré par la presse, lui revient à l'esprit. Il a tant marqué son équipier Alex dont ses grands-parents venaient d'Ukraine.

Ce jour-là, lors d'une manifestation pour Gaza organisée chaque samedi, des bas du front tellement abreuvés de slogans antisémites montés de toutes pièces avaient carrément disjoncté. Ils avaient amoché salement deux hommes et violé avec une sauvagerie inconcevable une femme pour le seul fait d'être de religion juive.

Pas n'importe lesquels. Trois chirurgiens réputés de Nice qui, quelques mois plus tôt, sauvèrent la vie d'une famille musulmane des Moulins victimes des règlements de compte entre Arabes et Tchétchènes.

Les Français l'ignorent. Ça ne circulait pas sur les réseaux sociaux. Un soulagement pour le narcissique capricieux et le préfet. Une aubaine pour le jeune Premier ministre aux dents longues : « N'ébruitons pas l'incident. Mauvais pour les Européennes. C'est déjà si mal barré pour nous. »

Quand des politiciens, des flics, des juges ou des enseignants placent leur idéologie mortifère avant les intérêts vitaux de la Nation, on ne vaut guère mieux que les dictatures que nous prétendons combattre, conclut Franck.

- Lagarde ! Vous partez demain à Nice. Découvrez qui se cache derrière le trafic de fusils, ordonne le lâche Ducournau avec sa morve habituelle.
- Moi ! À Nice ? Vous êtes sérieux ou vous blaguez. Je ne suis pas James Bond, fulmine Franck.

Il a trouvé la parade.

- D'ailleurs ! Impossible de réunir toute mon équipe en si peu de temps.
- Vous partez seul ! L'ordre vient de très haut.
- Seul ! Autant m'acheter une corde et me pendre, enrage Franck. Vous avez déjà oublié combien de fois j'ai failli crever sans mon équipe. Pas plus tard que le mois dernier, si le lieutenant Alex Feldman n'avait pas neutralisé cinq Afghans sous OQTF.
- Neutralisés ? Dites plutôt carrément fracassés.
- Moi ! Poignardé, c'était plus humain ? Je pars avec mon équipe sinon je reste à Paris.
- Vous partez seul ! Le ministre l'a fermement décidé. Le préfet applique la consigne, moi de même.
- Le ministre ! Je … Je donne ma démission.

Franck, debout, rajoute.

- Quant au ministre et au préfet, je les emmerde.
- Franck ! Pensez à votre avancement.
- Je m'en fous ! Je ne m'y accroche pas. Comme vous.

- J'ai une femme et des enfants. J'ai un crédit. Les études coûtent cher.

- Placez-les dans l'école publique, réplique Franck avec un regard hautain.

- Que vais-je devenir ? Vous voulez que je me suicide ?

- Le vendeur nous fera un prix de gros, répond Franck avec un sourire goguenard avant de conclure.

- Je me casse. Franck lui remet sa carte et son pistolet.

- Franck ! Revenez.

- Adieu !

- Lagarde ! Attendez. Toute l'équipe, je n'ai aucun pouvoir. Par contre, pour Guichard…

- Feldman et Bougrab, au moins.

- Feldman ? Il ne fait pas dans la dentelle.

- Le lieutenant Feldman n'a jamais commis la moindre bavure. Il a toujours fait preuve de discernement pour séparer l'ivraie du bon grain, comme le mois dernier à la rue Cardinet. Vous le savez bien. Entre autres, il épargna à une femme une cicatrice qui ne se serait jamais refermée.

Franck plaide pour Alex Feldman avec des exemples bien concrets.

- C'est un pro. Quant à la quarantaine de violeurs dont quelques blancs parmi eux, Alex Feldman, à la différence des écologistes, ne fait pas la distinction entre un violeur blanc et un violeur arabe, asiatique ou noir. La gent féminine lui est reconnaissante. Ils ne perturberont plus d'autres femmes.

- OK pour Feldman.

- Et pour Akim Bougrab. Sinon je…

- Bougrab ! Non. Ce n'est pas un bon musulman. Il boit du vin et mange du porc.

- Vous déconnez ! j'espère. Je ne vais pas à la messe. Je ne me régale pas de poisson tous les vendredis, Alex mâche bien du porc et ne fait pas shabbat. De plus Akim Bougrab a l'avantage de se fondre aux Moulins. Il a le tact de ne pas acheter des travers de porc dans une boucherie hallal.

- Bougrab ! Négatif. L'ordre provient du préfet.

Avec des yeux pervers, Ducournau l'avertit.
- D'ailleurs, le préfet avait prévu votre réaction. Si vous démissionnez, attendez-vous à quelques tracasseries dans votre future carrière.

Le capitaine Lagarde, ancien finaliste au championnat de France junior de saut à la perche a toujours réussi à garder la maîtrise de soi, grâce à son mental d'acier. À cet instant, il lui en faut du self-control pour ne pas foutre son poing dans la gueule du commandant général et se casser. De plus, il doit subvenir financièrement sa sœur. Elle est seule à s'occuper de l'éducation de ses enfants depuis la mort de son mari suite à un refus d'obtempérer. Le pauvre. Il venait juste de créer sa propre affaire. Il s'était endetté jusqu'au cou. À ce jour, l'assurance invente mille prétextes pour ne pas rembourser la veuve et l'État refuse de l'indemniser, car les avocats du chauffard, avec la complicité de la justice, trouvent un paquet d'excuses au délinquant multirécidiviste.

Franck cogite.

Je savais le gouvernement douteux et ambigu, le préfet aux ordres. Mais Ducournau, un flic supposé être au service de la Nation, à ce point, je n'imaginais pas. Finalement, Akim nous sera plus utile à Paris qu'à Nice. Il aura à l'œil le connard et nous préviendra le cas échéant. Il est malin, vif et il n'a pas un mental fragile. Il sait anticiper et éliminer les nuisibles, cependant avec plus de discrétion que son collègue Alex.

Quels coups tordus mijotent-ils ?

- OK ! J'accepte.
- Vous séjournerez dans le même appartement que deux ans auparavant lors de l'inauguration du futur commissariat par le ministre de l'Intérieur. Au Palais Marie du 27, boulevard Victor Hugo.
- Non ! Pas là-bas...
- C'est un des plus beaux immeubles Art déco de Nice.
- Oui, mais il n'a pas de parking. Hors question de laisser ma moto à l'extérieur. Je préfère le Splendid, situé en face

avec des garages au sous-sol. Trouvez l'équivalent pour Simone et Alex, à proximité de mon logement.

- Vous voulez ruiner la France !
- Vous voulez gâcher la dernière étape du Tour de France ?
- OK ! C'est bon. Que je vous explique en détails les modalités.
- Pas maintenant. Vous me convoquez à la dernière minute et je suis déjà très en retard. Vous le savez. J'aide ma sœur. Voyons-nous demain matin.
- C'est que… demain matin.
- Demain matin, votre rendez-vous secret. Chut !
- Parce que vous étiez au courant ? Qui encore ?
- Ne paniquez pas. Nous n'avons pas averti *Gala* ou le *Canard Enchaîné* de votre liaison avec la mère de Marie-Antoinette. Tant que vous ne fricotez pas avec les petites filles.
- C'est une histoire d'amour.
- Comme celui pour la France ?

Ducournau, le dur à l'allumage, ne saisit pas.

- Vous tenez vraiment à sauver les J.O. ?
- Bon, demain matin. À sept heures, tapante.

***

Sa sœur, le bon prétexte pour n'éveiller aucun soupçon.

Son inquiétude s'accroissait au fil de la conversation surréaliste. Il craint le pire. Angoissé, il contacte ses trois équipiers.

Simone lui répond instantanément.

- J'allais prendre l'appel de Taupin, le larbin de Ducournau, quand ton code est apparu.
- Taupin ? Merde ! s'exclame Franck en fureur. Simone ! Ne m'interromps pas. Si le larbin t'ordonne d'effectuer une mission d'extrême urgence, **ne pars pas !** Trouve un motif **très** crédible pour refuser de t'y rendre. Ton imagination est foisonnante pour ne pas éveiller leurs doutes. RESTE chez toi.

C'est un **ordre**. Je contacte Alex et Akim et je te rappelle dans une heure. Tchao.

Le portable d'Alex est sur le répondeur. Franck lui laisse un message.

Akim, par contre, lui répond.
- Franck ! Quelle chance tu as. Dans la précipitation, j'avais oublié un matos. Sinon, j'étais presqu'à Saint-Denis. Une prise d'otages a mal tourné. L'équipe de Duviviez a trois types sur le carreau. Le larbin a exigé que j'y aille. Tu lui as donné ton accord. J'ai trouvé ça louche. Je voulais t'appeler. Mais quand il me dit avec un ton larmoyant que tu es à l'hôpital car il est arrivé quelque chose d'excessivement grave à ta sœur…
- Les fumiers ! explose de colère Franck.

Il relate brièvement la situation. Il lui somme de ne pas s'y rendre en prétextant une bonne raison.
- Cherche une excuse qui tient parfaitement la route. C'est très compliqué mais je te fais confiance. J'espère qu'il n'est rien arrivé de fâcheux à Alex, achève Franck avec une voix pessimiste.

Pour Franck, Simone, Alex et Akim, tous les trois avec un passé douloureux aussi inextinguible que le sien, ils forment une même famille.

1

Lundi 8 juillet.

Une heure plus tard, Simone et Akim détaillent à Franck comment ils ont enfumé Taupin, le commandant divisionnaire surnommé le larbin.

Simone Guichard, ceinture noire de Karaté, de Krav Maga et d'un autre sport de combats, spécialiste de plongée sous-marine, reçut plusieurs coups violents lors de l'effroyable échauffourée du mois dernier à la rue Cardinet avant de répliquer avec son efficacité légendaire.
Aujourd'hui, la douleur est intense et si lancinante qu'elle commet une grosse boulette. L'étourdie empreinte sans réfléchir le pittoresque passage proche du canal Saint-Martin, devenu un coupe-gorge, au lieu de le contourner prudemment afin de se rendre à la pharmacie. Les habitants du quartier, échaudés, ne s'y aventurent plus. Des malfrats et des migrants, assis sur les marches de l'escalier, sèment la terreur en toute impunité. Seuls les touristes, nombreux dans ce coin idyllique de Paris et ignorant les risques encourus, y passent en toute innocence au risque de se faire accoster, détrousser, parfois poignarder ou violer. La maire de Paris, depuis des années, est trop absorbée par les J.O. pour intervenir.
Mal leur en a pris de confondre Simone la svelte blonde gracieuse dans son affriolante robe blanche qui se soulève parfois trop haut en raison d'une légère brise avec une ravissante et ingénue touriste scandinave.
Trois eurent une jambe ou un bras cassé, après un mouvement exécuté par Simone en un clin d'œil avec une souplesse explosive extraordinaire. Ce fut vite expédié.
Le quatrième, suite à une pirouette acrobatique accomplie avec maestria par la véloce touriste, se retrouva avec une épaule de travers et un visage légèrement déformé.

Quant au cinquième, le plus vindicatif et menaçant au début de la rencontre, il détala. Alors, telle une majestueuse et redoutable panthère, la dynamique Simone sauta les neuf dernières marches à la vitesse de l'éclair, rebondit avec une agilité phénoménale en levant bien haut la jambe fuselée en un quart de seconde et lui fit lâcher d'un geste brusque son couteau volé la veille en poussant un cri rauque. La pointe de la lame pénétra profondément au niveau des orteils de son pied gauche. En chutant, il se fractura le menton.

La totale !

La beauté des mouvements réalisés avec classe et distinction force le respect.

Le pharmacien, reconnaissant de lui avoir sauvé la vie quand des vauriens en voulaient à son tiroir-caisse et à des médicaments délivrés uniquement sur ordonnance, conversa longuement avec Taupin qui semblait contrarié.

- La pauvre ! dit-il en se tordant de rire devant Simone, la lieutenante Guichard est dans un si piteux état. Une grosse foulure au poignet droit, la tête commotionnée, les lèvres gonflées. Elle a du mal à articuler.

Akim le téméraire, aussi imaginatif et roublard, fut encore plus audacieux dans ses prises de risques.

Il remarque une voiture de parvenus rouler à vive allure. Elle grille un feu rouge, puis un second, balançant au passage un piéton. Au troisième feu rouge, l'imposante *Mercédès* fracasse la portière arrière de la voiture de fonction d'Akim dans un bruit assourdissant. Il manœuvra avec dextérité pour s'en sortir avec un minimum de dégâts corporels.

Le résultat est à la hauteur de ses espérances.

Tout s'est joué à quelques centimètres près.

Le passager avant cesse sur le champ de respirer. Il n'encombrera pas les urgences déjà saturées. L'autre, à l'arrière ne retrouvera plus jamais l'usage de ses jambes et de sa main droite pour amorcer la gâchette du Glock acheté à un trafiquant d'armes, arrêté la veille. Quant au chauffard, en prenant la fuite, il se fait écraser par un motard qui perdit le contrôle de la moto. Une rutilante *Triumph Thruxton RS* dérobée comme la voiture du chauffard.

- Les écarts de conduite se paient cash, ricane Akim.
- Un alibi dans les clous, admet Franck, admiratif.

Des anges très défavorablement connus par la police. Excusables pour la justice. Ils sont fiers de défiler sur les Champs-Élysées avec le drapeau algérien en semant la pagaille au passage.

De quoi raviver de mauvais souvenirs à Akim.

La plupart des membres de sa famille, des Harkis, furent massacrés par le FLN à Oran après les accords d'Évian en mars 1962. Son grand-père fut sauvé par un courageux officier français. Il refusa de suivre les ordres de De Gaulle.

- Capitaine Gautheron ! Je ne laisse pas tomber le sous-officier Abdel Bougrab et le peu qui reste de sa famille. Grâce à lui, deux ans plus tôt, j'ai échappé à la torture.
- Sergent Pierre Granger. Je n'ai rien entendu. Dans la discrétion, sinon…

***

Quelques minutes plus tard, un pompier urgentiste contacte Franck.

- Votre collègue est à deux doigts de la mort. Il refuse que je lui mette le masque tant qu'il ne vous a pas parlé. **Dix secondes !**
- Franck ! Taupin a voulu nous éliminer…

Alex, sous oxygène, les pompiers, la sirène en action, accélèrent plein gaz pour se rendre aux urgences du vaste hôpital de Montesquieu de Saint-Denis.

***

Franck, sous le choc, relate les faits immédiatement à Simone et Akim.

- Ils ne l'emporteront pas au paradis, ragent Simone et Akim.

- Attention ! Chaque chose en son temps. Alex n'est pas encore mort. Il ne mourra pas. Je ne peux l'imaginer. Effectuons d'abord notre mission à Nice.

Le regard de Franck est de plus en plus tourmenté.

- Akim ! Fonce à la rue de Myrha chez Tintin le filou.

- Franck ! Je crains qu'il fût retourné ou menacé. Le mois dernier, il nous avait averti d'un projet d'attentat dans la rue Cardinet et là ? Silence total. C'est bizarre.

- Passe quand même. S'il ne réagit pas comme à son habitude, c'est-à dire avec la frousse de ne pas nous décevoir, tu as raison. Attention ! Ne le secoue pas. Laisse tomber. Nous jouons notre peau et j'entends ne rien pardonner aux fumiers qui ont voulu attenter à vos vies.

- Aucune pitié ! Aucun pardon ! répètent en fureur Simone et Akim.

- Pas de circonstances atténuantes ! enrage Franck qui se précipite à l'hôpital de Saint-Denis.

Sur le point de raccrocher :

- Akim ! Dans un grand sac à dos, fourre le code D.

2

Lundi 8 juillet. Saint-Denis.
Dans la soirée.

Aux urgences, Franck panique. Alex qui a perdu une grande quantité de sang est complètement charcuté. Il a été confié à un jeune stagiaire chirurgien sans aucune expérience et, plus grave encore, sans l'assistance de chirurgiens confirmés.
L'infirmière en chef est désolée.
- Cinq garçons de quinze ou seize ans ont pris une sacrée raclée. Leurs parents ont menacé de tout saccager si l'hôpital ne met pas à leurs dispositions les meilleurs chirurgiens. Comprenez, nous aussi, nous craignons pour notre vie.
En voyant les traits du visage du policier se durcir, elle le rassure avant qu'il ne soit complètement abattu ou qu'il la menace pour avoir le meilleur des toubibs, l'arme braquée contre son front comme le fit un des parents du gosse de quinze ans. La marque sur son visage est bien visible.
L'infirmière en chef, soulagée de pouvoir discuter normalement, tente de le réconforter.
- Capitaine ! Votre collègue, dans son malheur, a une chance inouïe.
- Une chance inouïe, répète Franck entre la rage et le désespoir.
- En théorie, avec n'importe quel autre chirurgien parmi les plus qualifiés de France, il ne faut déjà pas espérer un miracle. Il rend l'âme dans trente minutes. Au mieux, dans trois heures. Avec tous les coups de couteaux reçus sur toute la partie de son corps, heureusement la tête a été épargnée, on se demande comment il respire encore. Il n'a aucune chance de survivre.
Elle se redresse, serre fort la main de Franck et lui dit avec des yeux remplis d'espoir.
- Mais entre les mains du jeune Laurent Aboulker…
- Laurent Aboulker ?

- Oui ! Le même nom que celui du célèbre chirurgien qui avait soigné le général de Gaulle, bien qu'il ne fasse pas partie de la même famille. C'est un génie. Je m'en suis rendue compte au bout de quinze minutes.

***

Franck explique la situation à Akim.
- Akim ! Si Alex reste encore en vie demain matin, place deux policiers en faction devant sa chambre dès cinq heures.
- Dès quatre heures ! rectifie Akim. S'il est entre les mains d'un génie, nous devons empêcher à tout prix qu'il se fasse massacrer à mort, cette fois-ci.
- Akim ! Sois aussi à l'hôpital dès quatre heures. Si des parents des jeunes sont dans le parage, prends-les sur ton portable. En toute discrétion. S'ils braillent, s'ils menacent, n'interviens pas. Garde sans arrêt à l'esprit : « Franck ! Taupin a voulu nous éliminer ». Il a d'autres comparses dans le 93.

Menaçant, Franck rajoute.
- Nous ne pardonnerons jamais aux ordures qui ont voulu la peau d'Alex et la vôtre si vous vous étiez rendus dans ce guêpier. Aucune excuse dans ce cas. Ils ont voulu l'achever. Je contacte Simone et je rentre à la maison. Je dois avoir l'esprit clair pour demain matin. Toi aussi, essaie de te reposer. On ne peut rien faire de plus pour Alex, entre les mains d'un génie, d'après l'infirmière en chef. Je pense qu'elle me le disait sincèrement. Je ne suis pas croyant. Mais si le Bon Dieu existe vraiment, c'est le bon moment de le prouver.
- Franck ! Je partage ta remarque.

Vers vingt-trois heures, Franck reçoit un SMS d'Akim. Tintin m'a envoyé sur les roses. Faites gaffes à Nice. Pour l'instant, je cesse de le voir.

Franck, inquiet, l'appelle.
- Akim ! Nous sommes épuisés. Néanmoins, résume-moi ta visite en quelques phrases.

- Dès que je suis entré dans son logement, Tintin fut plus surpris qu'affolé. Ses premiers mots m'ont fait froid dans le dos. « T'es encore en vie ? » J'ai à peine le temps d'ouvrir la bouche qu'il finit sa phrase : « Plus pour très longtemps dès que tu auras franchi la porte de l'immeuble. Barre-toi ! T'es cuit. Adieu. » Je n'ai pas persisté. Dans le hall de l'immeuble, au niveau du local poubelles, heureusement, j'ai enfilé le code D, la djellaba. En effet, deux gars que j'avais remarqués à l'entrée étaient encore postés. Franck ! Tu avais raison d'être prévoyant. Merci.

- Akim ! Nous faisons un travail d'équipe.
- Franck ! Ce qui m'a fait le plus mal dans les paroles de Tintin c'est *Adieu*. Quel ingrat ! Après tout ce que nous avions fait pour lui. Crois-moi, il ne l'emportera pas au paradis.

3

Mardi 9 juillet. 7 heures.

Assis comme s'il était prêt à bondir de son grand fauteuil pour rejoindre au plus vite sa chérie, Ducournau prolonge immédiatement la conversation de la veille sans se préoccuper de la santé de Simone, d'Akim et surtout de celle d'Alex, « Pronostic vital engagé » pour l'urgentiste.
Drôle de solidarité entre collègues, râle Franck pour lui-même. Il nous prend vraiment pour des gueux.
En fait, ça l'arrange. Il n'a pas cité Alex. Il ne posera aucune question dérangeante sur les raisons des absences de Simone et d'Akim à Saint-Denis.

- Bon ! Dites-moi franchement. Pourquoi m'expédient-ils à Nice ? J'ignore les mœurs, les coutumes, les habitudes ou les travers de cette ville. Que puis-je vraiment apporter de plus par rapport à nos collègues niçois ?
- Lagarde ! Ils stagnent. Pas le moindre indice à douze jours de la dernière étape du Tour de France pour démanteler les deux réseaux, les islamistes et les trafiquants d'armes. Pour le préfet, vous êtes l'ultime roue de secours.
- Ils me comparent à Tom Cruise ?
- Deux ans auparavant, notre ministre de l'Intérieur avait échappé à un attentat à Nice grâce à vous. Pour lui, vous êtes leur sauveur.
- Contactez Jésus. Il est plus qualifié que moi. Lui, en plus, il pardonne. Alors que moi, vous le savez, j'ai parfois la dent dure, très dure.
- Lagarde ! Il ne faut pas que les J.O. tombent à l'eau. Le gouvernement l'ordonne.
- Bordel ! Un massacre d'une ampleur considérable prévu le 21 juillet ne vous ébranle pas. Par contre, l'annulation des J.O., ça vous chagrine.

- Pas moi ! Le Président, la maire de Paris et d'autres…
Quel faux-cul ! Il pense surtout à son avancement.
- Votre mission ? Observer. Partout. Puis, rapporter.
- Partout ! Même chez la cantine du footeux niçois ou celles de Sarkozy, d'Elton John, de Brad Pitt ?
- Vous voulez plombez les finances de la France ?
- Vous voulez gâcher la dernière étape du Tour de France ?
- Bon ! ça va. On vous filera une Carte Gold.
- Et à la lieutenante Guichard !
- Non ! Pas à la lieutenante Guichard.
- Vous tenez à saboter la dernière étape du Tour de France, parce qu'elle ne put acheter des petites culottes en soie à deux cents euros pièce, comme l'ex-députée, afin de mieux pister l'éventuelle coupable.

Ducournau grogne. Il regarde sa montre.
- Bon ! Elle recevra aussi une Carte Gold.
Il ne veut pas trainer.

- Au fait ! Vous partez en avion. Pas avec vos motos.
Franck, sur le point de refuser énergiquement, se rétracte. Heureusement, il réfléchit toujours au quart de seconde avant de l'ouvrir.
- Merci de ménager la lieutenante Guichard.
- Non !
Oh le con, exulte intérieurement Franck.
- En fait, je voulais dire oui.
- La lieutenante Guichard vous sera reconnaissante. Si un agent pouvait conduire sa moto jusqu'à la gare de Lyon, elle n'est pas encore assez solide pour y monter dessus.
- Aucun problème.
Il tripote son stylo et, d'une voix basse alarmiste.
- Lagarde ! Nous craignons une nouvelle grève à la SNCF. Nous chargerons vos motos sur une camionnette. Ainsi, vos engins arriveront à bon port.
- Vous avez raison. Je n'y avais pas pensé.
Ducournau rougit. Pour une fois, Franck ne l'accable pas.

On frappe à la porte du commandant général.
- Entrez !
C'est Taupin, le commandant divisionnaire, son larbin au regard fuyant. Il lui remet une grosse enveloppe.
Ducournau, avec la mine réjouie du Père Noël, se lève et s'approche de Franck.
- Lagarde ! Nous vous avons fait une surprise en lui tendant les billets d'avion.
　Départ : Roissy mercredi 10 juillet sept heures vingt.
- En classe affaires ? Merci de prendre soin de la lieutenante.
- Le ministre des Finances sera mécontent. Mais c'est pour sauver la France.
- Pour les motos ?
- On passe prendre celle de la lieutenante Guichard dès maintenant, puisqu'elle n'est pas en état d'y monter. Quant à la vôtre, remettez-la au garage de la police, une fois votre travail achevé. Elles seront à Nice demain soir. Vous aurez tout le temps de flâner durant la journée, avant de vous rendre à Foch jeudi matin à dix heures trente.

Plus con que Ducournau, tu meurs.
L'entretien n'aura duré que vingt-neuf minutes.
Les deux sont ravis.
Ducournau jubile. « Je l'ai bien baisé. Je file rejoindre ma chérie. Oh ! Que je suis en forme. »
Franck se réjouit. « Le con ! Il ne s'est pas rendu compte de la supercherie de Simone et d'Akim. On chauffera à fond les Cartes Gold. Alex ! Surtout, ne nous quitte pas. »

4

Mardi 9 juillet vers 8 heures.

Attablé à la terrasse d'un café, Franck a une pensée pour Alex. Il a été réopéré mais il est loin d'être tiré d'affaire. Puis, il peaufine la stratégie établie hier soir avec Simone et Akim.

Jeudi matin, au commissariat Foch, ils laisseront exprimer le préfet, ainsi que le Directeur Interdépartemental de la Police Nationale des Alpes-Maritimes. Car, sans les connaître, ils se méfient déjà des deux. D'ici qu'ils soient du même calibre que le versatile préfet de Paris et le soumis Ducournau. Ils ne feront aucune suggestion, encore moins de remarques.

Son portable vibre. C'est Akim.
- Franck ! Mauvaise nouvelle. Mon pote Henri Bernus…
- Henri Bernus ?
- Henri Bernus le Martiniquais. Franck ! Ne m'interromps pas. C'est grave.
- OK ! Je t'écoute.
- Henri et Jeannot, son collègue, devaient acheminer vos motos en camionnette du type *Renault Trafic* jusqu'à vos domiciles à Nice. Le premier s'était fait une joie de rencontrer sa cousine, elle a épousé un Niçois, le second de découvrir le vieux Nice aux frais de l'État. Quand, il n'y a même pas une heure, le larbin les avertit qu'ils sont remplacés pour le motif vaseux suivant : « *À cause des J.O., à partir du 14 juillet, plus aucune excuse pour vous absenter. Je vous donne quartier libre de mercredi jusqu'à vendredi inclus pour emmagasiner un maximum de forces.* » Franck ! On est tous sur la brèche depuis plus de deux mois. Le larbin leurs fait une fleur alors que la semaine dernière il refuse une demi-journée à Héloïse afin d'assister à l'enterrement de sa chère tante à Eaubonne. Tu ne trouves pas ça bancal ?

Franck est de son avis.

- Voici la meilleure ! Deux chauffeurs envoyés par une agence intérim prendront le volant.

Franck reste bouche-bée.

Remplacer deux chauffeurs fiables et expérimentés qui maîtrisent parfaitement le maniement des armes par des inconnus dont on ignore tout de leur passé, c'est absolument incompréhensible.

Néanmoins, Franck retrouve rapidement ses esprits malgré le coup de massue.

- Qui t'a informé ? Je commence à me méfier de nos indics. D'ici qu'ils soient tous manipulés.

- Le stagiaire de Taupin. Quand l'intello est arrivé début mai, le larbin lui avait prié de s'adresser à moi pour toute question concernant notre métier. Il est trop absorbé pour lui consacrer même une seconde. Aussi, il a pris l'habitude de me consulter. Un jour, il m'a demandé ce que je pensais d'un restaurant. « Pourquoi ? » lui ai-je dit. « Parce que Taupin l'apprécie. » J'avais souri. Je lui fis une remarque du genre : « Ce n'est pas bien de se mêler de sa vie privée. » Puis, je l'ai averti solennellement : « Vous n'avez pas à me rapporter ses activités extra-professionnelles. Que je sache ! Nous ne sommes pas un pays totalitaire. Sauf s'il envisag d'assassiner le Président. » Ensuite, je lui ai filé une telle frousse que ses jambes flageolaient : « Ne recommencez pas ! Si vous voulez vraiment rester dans la police. Sinon, inscrivez-vous dans une école de journalisme. » Il fut si bouleversé que nous finîmes l'entretien au café afin de lui remonter le moral. Quand il cessa de trembloter, je l'ai assuré d'être toujours disponible pour lui répondre sur les méthodes de la police.

- Akim ! A-t-il prévenu une autre personne ?

- Non !

- Parfait ! À ton avis, au garage, ont-ils été avertis d'un changement de chauffeurs ?

- Non !

- Excellent ! Akim, c'est une chance inespérée pour nous, déclare Franck ravi, son cerveau déjà en quête de solutions.

N'oublie pas avant que nous nous creusions les méninges. Tu ne peux plus compter sur nous. Demain matin, nous sommes dans l'avion.

Ils discutent longuement sans succès, chaque fois, ça coince.

Finalement, ils pensent avoir réussi à assembler le puzzle. Tout se joue sur un fil. Ils n'ont rien trouvé de plus sécurisant.

Akim et les autres auront intérêt à bien régler leurs montres, au moins durant la première partie de leur stratagème.

Un plan très hasardeux et hyper risqué, avec cependant une minuscule chance de réussite

- Akim ! Bonne chance. Sois prudent et discret. Attention ! Tu ne dois pas apparaître. Ils ne doivent pas remonter jusqu'à toi.

- Ne t'en fais pas Franck. Ils ne l'emporteront pas au paradis.

5

Mardi 9 juillet, en cours de matinée.
Première partie du plan.

    Akim met au parfum Victor et Héloïse, deux policiers homosexuels d'une efficacité redoutable et d'une discrétion absolue. Ils supportent difficilement Ducournau et Taupin le larbin. Tous les deux, des homophobes notoires. Mais depuis que ce dernier lui a refusé une demi-journée pour assister à l'enterrement de sa tante à Eaubonne, Héloïse l'exècre.

    Les deux policiers se rendent au garage réservé aux véhicules utilitaires. Ils remarquent que les noms des deux chauffeurs ainsi que les coordonnées de l'agence intérim n'ont pas été inscrits sur le tableau officiel. Ils les trouvent sur un autre panneau attribué uniquement aux faits divers.
    Ils contactent les chauffeurs.
    - Monsieur Pinard ?
    - Oui !
    - Je suis sœur Marie-Angèle. J'ai trouvé une enveloppe cachetée avec votre nom et un numéro de téléphone. C'est bien votre numéro de téléphone, puisque vous me répondez. Le contenu est peut-être très important pour vous.
    Sans réfléchir, le chauffeur répond.
    - J'n'sais pas. Je n'ai pas l'esprit clair. Nous fêtons une bonne surprise.
    - Vous êtes pompette ? Vous êtes chez vous ? Pour que je vous remette l'enveloppe.
    - Non, au café. Nous célébrons une bonne nouvelle. Il donne l'adresse.
    Génial ! à proximité du garage du 36, rue du Bastion, réagissent les deux policiers.
    - J'arrive ! Attendez-moi dehors. Pénétrez dans un café, c'est un péché.

La suite est un jeu d'enfant. Surtout que les deux chauffeurs remplaçants donnent l'impression de tituber.

Arrivés à leur niveau, Héloïse fait mine de tomber.
Victor intervient.
- Vous pourriez faire attention. Mais vous avez bu ! Vous alliez prendre le volant ?
Avant que le pauvre Pinard n'ouvre la bouche.
- Police ! Victor sort sa carte.
- Msieu l'agent !
- Inspecteur !
- Msieu l'inspecteur ! J'n prenais pas le volant.
- Menteur de surcroit ?
- Non ! J'attends la bonne sœur.
- Dites plutôt une prostituée.
- Non ! J'vous dis la vérité. C'est sœur Marie-Angèle. Ne me retirez pas mon permis. Nous sommes déjà au chômage. On vient de nous proposer un boulot. Chez vos collègues.
- Pour laver les voitures des flics ? Vous ne vous shootez pas en plus ?
- Non ! Pas pour les laver mais conduire une camionnette.
- Attention ! Ne cherchez pas à me rouler.
- Non ! J'vous dis la vérité. Pour transporter deux motos en camionnette à Nice.
- Deux motos ! Vous vous moquez de moi ? Vous persistez ?
- J'vous jure que c'est vrai. Regardez ! J'ai la note de mission de l'agence intérim.

Victor prend une photo.
Il remarque juste : société en cours de constitution.
- Nous avons vraiment besoin de cet argent. Avec le RSA, on ne s'en sort plus. Ma femme est gravement malade, elle ne travaille plus. Nous avons trois enfants. Quant à Marcel, c'est son fils. Il a une maladie rare. Les médicaments coûtent très chers. Ils ne sont pas tous remboursés à 100%.

- Mais je ne peux pas vous laisser prendre le volant. Vous êtes ivres tous les deux. Si vous avez un accident, je suis responsable.
- Inspecteur ! Nous ne buvons jamais, C'est exceptionnel. C'est pour fêter le miracle.
- Le miracle ! Quel miracle ?
- En plus du salaire, Nous toucherons chacun mille euros pour effectuer l'aller-retour.
- La police vous versera à chacun mille euros.
- La police ? Non. Pas la police. L'agence intérim oui. Dès la mission effectuée.
- Vous avez un accident à l'aller ou au retour. Vous êtes morts. Personne ne touchera la somme. Vous y avez pensé ?
- Non ! avouent-ils penauds.
- Vous avez un contrat ?
- Non ! Inspecteur. Juste la lettre de mission. Nous devons nous présenter demain mercredi à dix heures précises, au café Jean Bart, à vingt mètres du garage sur le même trottoir. Les civils ne sont pas autorisés à entrer dans le bâtiment de la police. On nous a dit.
- Qui ?
- J'n'sais pas. Une voix de femme. Msieu l'inspecteur ! On a besoin du travail.
- Bon ! Je ferme les yeux. Mais à une seule condition.
- Laquelle ?
- Vous ne parlez à personne que vous avez bu. Même à vos femmes.
- Promis Msieu l'inspecteur.
- Venez à neuf heures quinze. Je dois faire un alcotest. Je prends de gros risques pour vous.
- Promis à neuf heures quinze devant le café Jean Bart. Sur la tête de nos enfants.
- Attention ! Soyez rasés et portez une chemise propre et bien repassée. Bordel ! Vous accomplissez une mission pour la police de France. Nets et bien coiffés.

- Merci Msieu l'inspecteur. Comptez sur nous. Nous nous laverons les cheveux ce soir.
- Dernière remarque. Vous ne bougez pas de chez vous.
- On ne sort jamais. Le soir on regarde *TF1* ou *C8*.

Héloïse fait à Akim le topo de la rencontre.

Pour le moment, tout se déroule comme prévu. Akim ne fait aucune recherche sur l'agence intérim. Si elle existe vraiment, n'éveillons pas les soupçons. Cependant, il est préoccupé, il se passe quelque chose d'extrêmement plus grave que deux motos légèrement endommagées durant leur descente de la camionnette à Nice. Héloïse et Victor craignent la même chose.

Akim en fait part à Franck puis à Simone.

Les deux partagent son inquiétude.

6

Mardi 9 juillet, au cours de l'après-midi.
Deuxième partie du plan.

Akim contacte Jean Rigault, capitaine de la gendarmerie au camp Satory, un de ses bons amis. En deuxième année de Droit, Akim abandonna l'idée de devenir avocat. Défendre un violeur, un pédophile, un assassin, des ripoux de la politique, c'est au-dessus de ses forces. Juge, hors question, il ne l'a jamais envisagé. Il a besoin de mouvements et d'actions.
Aussi, il hésita entre la gendarmerie et la police.
Son père le dissuada de rejoindre l'armée.
- Mon fils ! Ne vis pas cloîtré dans une caserne, loin de l'animation. Ce fut le ressentiment de ton grand-père et de moi-même dans les camps d'internement en France lorsque nous pûmes échapper aux massacres en Algérie grâce au sergent Pierre Granger en 1962. Depuis le premier camp à Rivesaltes près de Perpignan jusqu'à celui de l'Escarène : le Hameau de Forestage surnommé *Le hameau des Harkis* par les habitants du coin. Ce fut un déchirement douloureux depuis son exil traumatisant jusqu'à son dernier soupir.

À la fin de la discussion, Jean Rigault est partant à une seule condition. Il ne doit pas enfreindre le règlement.
Une lueur jaillit de son cerveau.
- Akim ! Très compliqué, mais c'est peut-être jouable. Je te rappelle au plus vite.

Trois mois auparavant, Jean Rigault et quatre gendarmes de son équipe assistaient au carnage d'une famille de policiers et de leurs trois enfants dans une petite ville des Yvelines. Tous égorgés. Ils réussirent à sauver le bébé d'extrême justesse. Les trois terroristes furent descendus sur le champ.
La France entière fut sous le choc.

Sauf les mêmes politiciens très extrémistes, les nouveaux collabos du 21ème siècle.

Le service psychologie de la gendarmerie recommandèrent aux cinq gendarmes de faire un break.

- Décompressez ! suggère Isabelle Jaicoute, la psychologue.

Le capitaine Jean Rigault et ses quatre équipiers n'en voient pas l'utilité. Depuis ce jour, elle les tanne pour qu'ils se changent les idées.

Encore avant-hier.

- Capitaine Rigault ! Relaxez-vous. Vous vous sentirez mieux. Pourquoi n'iriez-vous pas avec vos quatre gars à Nice ? En motos, par exemple.

Elle a remplacé son disque rayé.

Nice ! La nouvelle cure thermale de décompression en plein air. Croit-elle nous amadouer ? Elle se trompe. Cause toujours ma belle, pense Rigault.

- Un changement d'air vous fera du bien. Pendant que vous y êtes, faites un saut jusqu'à Théoule-sur-Mer, un des endroits les plus paradisiaques de la Côte d'azur. Je suis à votre disposition vingt-quatre heures sur vingt-quatre.

- Pourquoi pas une séance de sophrologie en plus ? Non ! Non ! et Non ! répondit une fois de plus le capitaine. Je vais très bien, mes gars aussi. Le sourire crispé afin de mieux la narguer.

Il sait qu'il ne devrait pas trop grimacer. *Sourire crispé* est souligné chaque fois dans le rapport. Son supérieur, avec un regard mécontent, répète chaque fois la même litanie : « Rigault ! Mauvais pour votre avancement ».

Mais, il ne peut s'en empêcher.

Quinze minutes plus tard. La psychologue, ravie, lui donne le feu vert.

- C'est bien, capitaine Rigault de suivre mes conseils. Croyez-moi, vous ne le regretterez pas. Il y a tant de belles choses à découvrir. Vous serez surpris. D'ailleurs, vous éprouverez la première sensation de bien-être dès la porte d'Italie franchie. Si ce n'est pas au début de l'A6, après Lyon, je vous le garantis.

Jean Rigault sourit. Il ne la contredit pas. Mieux, il abonde dans son sens.

- Doctoresse ! Nous laisserons même nos téléphones de service pour mieux évacuer notre tension nerveuse.

Ainsi, ils ne pourraient être repérés si l'inspection décidait de mener une enquête approfondie durant leur séjour de détente.

- Capitaine Rigault ! Dès votre retour, passez d'abord à mon bureau avec vos quatre collègues pour faire le point. Au fait ! capitaine Rigault, je suis à votre disposition à n'importe quelle heure de la journée.

Prudent, Jean Rigault s'abstient de lui recommander de faire attention au burn-out.

Akim et Jean discutent longuement de la meilleure combinaison possible. Parfois, Akim appelle Franck. Hors question que ce dernier soit en contact direct avec son collègue de la gendarmerie. Même s'il pense l'avoir déjà rencontré. Ils sont tous les deux des amoureux de *Harley Davidson.*

Ils analysent les meilleures chances de réussite. Elles sont si minimes. Ils se creusent la cervelle à la recherche de la meilleure solution comme le survivant d'un avion tombé au milieu du Sahara en quête d'un point d'eau.

Finalement, ils estiment l'avoir trouvée.

Akim expose le plan à Franck.

Il l'approuve, une fois deux corrections effectuées et une suggestion plus que tirée par les cheveux à laquelle Akim n'y avait pas pensé, au cas où l'opération *Grand nettoyage* se déroulerait au-delà du temps défini.

- Songez au pire, au cas extrême. D'où la nécessité de prévenir au maximum, confie Franck.

- Bravo ! Franck.

- Akim ! Ne me congratule pas...

- Pourquoi ? Tu le mérites amplement.

- Akim ! Tu auras peut-être à faire à un cas encore plus extrême qu'extrême. Explique bien mon autre proposition au capitaine Rigault. Il est le seul décisionnaire.

De quoi le faire redescendre de son nuage et de prendre conscience des risques énormes pris par les gendarmes et, bien plus, par les deux chauffeurs.

Le capitaine Rigault congratule la clairvoyance de Franck. Akim ne remarque pas la flatterie toutefois un peu trop appuyée envers Franck.
- Franck a raison. On n'est pas au cinéma, admet l'intrépide Akim, approuvé par le non moins casse-cou Rigault.

Jean Rigault rappelle à Akim le devoir d'un gendarme, bien plus strict que dans la police.

IL DOIT OBÉIR AUX ORDRES

- Mais, comme mon grand-père, un gendarme rebelle pendant la seconde guerre mondiale, je refuse de me plier aux ordres qui bafouent l'honneur de la France. Moi ! Je réfléchis.

C'est le point commun essentiel avec Franck et son équipe. Eux aussi agissent en conscience.
Le soir, Akim téléphone longuement à Franck puis à Simone qui vaquaient chacun de leur côté.
Précaution oblige.

- Tout est bien ficelé.

7

Mardi 9 juillet. Saint-Denis.
Hôpital de Montesquieu.

Vers dix-neuf heures, Franck se rend aux urgences avec une légère lueur d'espoir. Alex respire. Il rencontre à nouveau l'infirmière en chef et le fameux génie.
- Non ! ne me remerciez pas. S'il s'en sort c'est grâce à sa constitution exceptionnelle.
Modeste le génie, complimente Franck. Dire qu'on file des sommes astronomiques à des comédiens justes bons pour réciter médiocrement de brillants scénarios, à des footballeurs incultes pour taper dans un ballon ou à nos députés, quelquefois de parfaits crétins comme la buse à la tête de brute lorsqu'il s'exprime librement même en lisant péniblement un texte préalablement écrit.

Les deux soignants, principalement l'infirmière en chef beaucoup plus expérimentée dans la gestion des accidentés que le chirurgien stagiaire, sont inquiets pour la santé mentale d'Alex s'il survit.
- Il a déliré avant de cesser de parler. Il a répété plusieurs fois deux consonnes. S, une première fois, D, une deuxième fois, et les deux consonnes à maintes reprises. Nous sommes catégoriques, il n'a prononcé que ces deux consonnes.
La phrase alarmiste d'Alex : « Franck ! Taupin a voulu nous éliminer » bourdonne violemment dans la tête de Franck.
- Pas un F, T, V ou la voyelle $É$?
- Affirmatifs ! Nous avons bien entendu : S et D.

Juste à ce moment, Akim les rejoint. Il a entendu la question de Franck angoissé, et la réponse sans appel. Un déclic jaillit de son brillant cerveau. Il saisit Franck par le manche.
Le capitaine a capté. Akim aurait une idée.

- Je vous présente le sergent Bougrab. Durant mon absence, il passera tous les jours à l'hôpital. Tenez-le au courant. Aucune personne n'est autorisée à entrer dans la chambre. Sa cousine inclus, son unique famille, puisqu'elle n'est pas censée savoir où il se trouve.

Akim leur montre une photo de la cousine et décline son identité.

- Attention ! Ne vous faites pas piéger.
- Comptez sur nous.
- Au fait, avez-vous émis vos impressions à quelqu'un d'autre ? questionne Franck.
- Non ! répondent-ils d'un air indigné comme s'ils étaient des pipelettes.
- Très bien.
- Capitaine Lagarde ! Avec Marion la Bretonne, c'est ainsi que nous la surnommons, nous faisons notre maximum pour sauver votre collègue. Nous restons à l'hôpital jour et nuit tant qu'il existe une possibilité de le sauver. C'est un coriace. S'il s'en sort, nous avons bon espoir, les femmes ne changeront pas de trottoir, croyez-moi.
- Merci ! Merci énormément, répondent les deux officiers reconnaissants.

Sortis de l'hôpital, loin des oreilles indiscrètes.
- Franck ! « *Salaud de Duviviez !* »
- Akim ! Bien jugé. Ta phrase : « L'équipe de Duviviez a trois types sur le carreau » me fait tilt. Nous ne devons négliger aucune piste. Mais celle-ci est prioritaire. Dès demain après-midi, renseigne-toi sur lui et sur les trois gars sur le carreau. Sont-ils si blessés ? Dans ce cas, dans quel hôpital sont-ils soignés. En tout cas, ils ne sont pas morts. La presse nous aurait avertis. À l'hôpital de Montesquieu, prends un maximum de photos des familles des jeunes blessés. Écoute, filme et enregistre si nécessaire. Attention ! Dans la discrétion.

8

Mercredi 10 juillet. Roissy 7 heures.

La mine des mauvais jours après les révélations tragiques de la veille, « *Salaud de Duviviez* », Franck et Simone prennent le vol d'Air France à Roissy. Toutefois, ils sont légèrement rassurés. Alex est robuste. Il est entre les meilleures mains.

Dans l'Airbus, ils remarquent la gêne évidente d'un couple bourgeois entouré d'une famille pieuse habillée selon la coutume ancestrale, avec une ribambelle d'enfants turbulents.
Franck leur propose de prendre leurs places réservées en business.
- Je me méfie du larbin au cœur sec. Pas que de lui. Le soumis exécute juste les ordres. De qui ? Ducournau ou encore plus haut. Tout ça, c'est bien étrange. Nous sommes si peu gradés pour avoir droit à la classe Affaires. Veut-on nous impressionner afin d'émousser notre libre arbitre et mieux nous manipuler ?
- Moi aussi, je ne fais pas confiance.
- D'ici qu'il ait placé des micros espions enregistreurs sous les sièges.
- J'ai eu immédiatement la même réflexion lorsque tu leur as offert spontanément nos sièges. Tout de même, Franck, franchement, tu veux vraiment me filer la nausée ? Tu sais que ma grand-mère combattait au péril de sa vie pour la liberté et les droits des femmes.
- Simone ! Détends-toi. C'est pour la bonne cause. Surtout après le premier message d'Alex avant qu'on ne lui plaque le masque respiratoire. « *Franck ! Taupin a voulu nous éliminer.* » Puis le second, « *Salaud de Duviviez.* »
Ses genoux frottant le siège du passager avant, coincé entre Simone et la femme obèse, Franck parvient difficilement à réprimer sa colère.

- Les fumiers ! Ils voulaient vraiment vous mettre tous les trois hors-circuit afin que je parte seul. Quitte à vous sacrifier. Si Alex s'en sort, j'ai bon espoir, il nous donnera toutes les explications.

Il poursuit, la rage au ventre.

- La bassesse ou la complicité de Ducournau reste encore à élucider. Par contre, pour le larbin, j'opte plus pour une traîtrise qu'une soumission, même si je n'ai aucun élément pour l'étayer.

L'attitude de Taupin lui rappelle trop de mauvais souvenirs. Une lâcheté équivalente à celle commise par un communiste adorateur de Staline au détriment de la France. Il fut responsable de la mort de son grand-père paternel liquidé par les *SS* en janvier 1941. Un vil communiste gracié en 1945 au lieu d'être pendu. C'est sa grand-mère, déjà meurtrie par la mort de son mari tué dès les premiers jours de l'invasion des troupes d'Hitler, qui éleva son père.

- Franck ! Tu ne divagues pas un peu trop ? Nous ignorons les idées politiques de Taupin.

- Simone ! Je fais juste un parallèle. Je ne l'accuse pas. Du moins, pas pour le moment.

Franck s'empourpre. C'est inattendu.

- Ce qu'Alex m'a dit, je l'ai bien entendu. Je n'ai pas rêvé. C'est vraiment dégueulasse. Aucun cadeau à tous ceux qui ont participé à cette boucherie préméditée.

- Moi aussi ! Je te le promets. Les ordures ! Les salauds ! s'emporte Simone, révulsée. Alex a failli y laisser sa peau. Nous-mêmes, nous aurions subi le même sort si tu ne nous avais pas contactés. Qu'il se rétablisse complètement. Nous avons besoin de lui en pleine forme. Finalement, tu as raison. Akim nous rendra de plus grands services à Paris.

- Simone ! réplique Franck. Ne comptons plus sur Alex. Il vient d'être réopéré. Le chirurgien m'a garanti qu'il s'en remettra tant il a une constitution robuste. Mais dans sept ou huit mois au mieux.

Avant d'ajouter avec un regard vengeur.

- La réparation d'une atrocité convenue et organisée est un plat qui se mange froid. Mais chaque chose en son temps, j'ai plus important à te confier. Retiens bien.

Franck lui explique l'autre raison de demeurer au Splendid.

- En décembre 2022, je descends à Nice pour régler quelques détails de sécurité avant l'arrivée de l'ambitieux, le ministre de l'Intérieur. Il inaugure le lancement du futur hôtel de police à la place de l'hôpital Saint-Roch en compagnie de la girouette. Quel paquet de fric foutu en l'air pour un lancement. Même pas une inauguration.

- Je m'en souviens parfaitement. Nous fûmes abasourdis que tu partes seul. Enfin ! Tu avais réussi à déjouer un projet d'attentat contre l'ambitieux, le présumé violeur à l'époque.

- Simone ! La Cour de Cassation a validé cette année le non-lieu en sa faveur prononcé par la Cour d'Appel en juillet 2022. Que les deux féministes de la librairie de Nice proche du futur hôtel de police, agréables au demeurant, ne soient pas ravies, je peux l'admettre. Cependant, allons à l'essentiel. Ne nous éparpillons pas. OK ?

- OK ! Je débouche mes oreilles, je suis tout ouïe.

- Je déjeune tranquillement au café *Victor Hugo*, proche de mon logement et j'écoute goulument le baratin d'une agente immobilière, genre Sharon Stone qui décroise et recroise bien ses jambes dans le film *Basic Instinct*, à ses collègues attentifs doués d'une bonne descente. Quelle classe et bonne comédienne, de surcroît, pour narrer la signature de la vente d'un appartement somptueux situé au Splendid à un Ukrainien plein aux as chez un notaire très conciliant, paraît-il.

- Franck !

- Ça va Simone ! Je te vois venir. Non, je n'ai pas fait tomber ma serviette pour savoir si elle ne portait pas de petite culotte également. Reste concentrée. Le notaire lui demande sa profession. L'interprète traduit. L'acheteur tarde à répondre. Trente secondes, une minute, le temps passe. Le notaire

s'impatiente, il tapote la grande table avec son *Mont Blanc*, puis répète sa question traduite à nouveau. L'acheteur cogite, se gratte longuement le front et, avec un sourire carnassier et une voix à faire trembler les morts : « Pismennick ! ». « Écrivain ! » accouche l'interprète soulagé.
 - Elle me plait bien ton histoire, continue.
 - Le notaire, également romancier, est comblé. Pour se permettre un tel pied à terre, un vaste quatre pièces déjà pratiquement impossible à acquérir en logement principal pour plus de 85% de Français, songe-t-il, il a un succès bien plus énorme qu'un Guillaume Musso. L'interprète traduit. L'acheteur est flatté. Le notaire, Maitre Coquet – un nom pareil, on n'oublie pas - pose quelques questions sur ses œuvres. On lit l'embarras sur le visage rude du nouveau propriétaire, incapable de répondre. Après des palabres interminables de la part du traducteur uniquement, l'acheteur cogne violemment du poing sur la table, renverse le verre de vodka et crache : « Boc ! ». « Chef d'entreprises ! » murmure l'interprète embarrassé. Ce jour-là, le concierge du Splendid, peu loquace, me communiqua le nom de l'acheteur, Volodymyr Bubka, et l'étage du bien avec un grand garage.
 - Captivante ton histoire.
 - Simone ! L'agente immobilière, une vamp comique bien joviale a sorti d'autres vanneries sur Coquet, le notaire. J'te raconterai plus tard pour nous décompresser. Ce sera bon pour notre moral.
 - Franck ! J'ai hâte de les découvrir.

 - Simone ! Je n'ai pas fini. Un autre fait a retenu mon attention en décembre 2022. Enregistre bien. On ne sait jamais.
 - Si ta seconde histoire est aussi croustillante que la première, fonce ! J'écoute.
 - Non loin de mon domicile, je remarque une épicerie avec des fruits remarquables présentés d'une manière originale. De quoi attirer le passant. Franchement, ils sont bons et de

première fraîcheur. Les oranges sont juteuses et succulentes, quant aux pommes, elles sont croquantes à souhait. Une épicerie bien achalandée tenue avec beaucoup de classe. Le gars, Simone…

Franck descend sa bière avant de poursuivre.

- Le gars, on l'imagine mieux directeur d'un magasin de vêtements haut de gamme, d'une galerie d'arts ou assistant parlementaire d'un député homo.

- Parce qu'il est homo ?

- Toi ! Tu repères bien les gouines ? Qu'il soit homo, tu sais que je m'en fous. Victor et Héloïse le sont bien. Ça ne les empêche pas de faire un excellent boulot et de nous faire rire. On a tant besoin d'aérer nos cerveaux parfois. Mais, tu le sais bien. Dans notre job, on ne doit rien écarter. Revenons au principal. Que les gens n'achètent pas dans ce magasin des kilos de fruits comme dans les grandes surfaces, c'est normal. Mais que certains, à l'instar du sirupeux comédien connu également pour son addiction à la cocaïne, s'arrêtent juste pour une pomme ou une orange sans même chercher à choisir la plus belle, je trouve ça bizarre. Servis de surcroît par des vendeurs musclés, courtois et affables au demeurant.

- Des beaux mecs ! s'intéresse Simone.

- En tout cas, ils ne sont pas homos. Il suffit de voir leurs yeux s'illuminer à la vue de quelques femmes.

- Pas toutes ?

- Simone ! Ne nous égarons pas. Le lendemain, je fais un saut à l'épicerie avant de me rendre à Foch. Surprise ! Je remarque un élu nommé *le sniffeur* par un flic. Il est toujours accroché aux basques de la girouette. Lui aussi salue chaleureusement le proprio de l'épicerie, il se prénomme Zied, avant qu'un de ses vendeurs, différents de ceux d'hier mais aussi bien bâtis et à l'œil sélectif, lui tende le sachet où se trouve déjà le fruit.

- Franck !

- Attends ! ce n'est pas fini. Le surlendemain, jour de mon retour sur Paris, je repasse chez l'épicier pour emporter avec moi quelques oranges au goût extraordinaire. Là, je reconnais un flic que je croise chaque jour à Foch, un frimeur sapé comme s'il avait le salaire des députés avec les nombreux avantages pécuniers et autres. Dès qu'il me vit, il s'éclipsa. Alors, j'ai mieux fixé l'épicier. Sous la carapace de l'homme raffiné, je ne serai pas étonné qu'un fauve s'y loge.

- Comme le beau Bernard qu'on avait fini par épingler à Eaubonne ?

- Oui Simone. Comme le beau Bernard dans la belle villa de l'avenue Jeanne, à l'angle de la chaussée Jules César. Je m'en souviens comme si c'était hier. L'élégant et poli trafiquant de diamants cachait bien sa véritable nature. Il n'hésitait pas à tuer toute personne qui le contrariait dans son business. S'il n'avait pas commis un péché d'orgueil, il se serait arrêté à temps et aurait coulé des jours heureux dans tant d'endroits paradisiaques où des sociétés ont leur siège.

De quoi intriguer Simone également.

- Tout ceci m'avait semblé bien louche. Cependant, je n'émis aucune observation lors de nos réunions y compris pour Volodymyr Bubka. On ne m'avait pas envoyé à Nice pour établir une statistique entre les différentes nationalités qui vivent au Splendid ou pour humecter le cul des vendeurs de drogues. Surtout qu'au commissariat, quelques-uns donnent l'impression de pratiquer le double jeu. La seule qui me fila une bonne impression fut Manon la cheffe de l'identité judiciaire.

- Humecter le cul des vendeurs de drogues, je retiens, s'esclaffe Simone.

- Simone ! Laissons le Zied de côté pour le moment. Concentrons-nous uniquement sur notre mission. Trouvons qui se cache derrière le trafic d'armes. Les problèmes des narco-trafiquants, ce n'est pas de notre ressort. Sauf s'il avérait qu'il existe un lien entre l'attentat, les armes et la drogue. Dans ce cas, nous essayons de le résoudre nous-mêmes avant de le communiquer. D'ici qu'à Nice, il y aurait des traîtres de la même espèce que Taupin et des supérieurs du même calibre que Ducournau. Ne nous dispersons pas. Expédions au mieux notre mission et rentrons vite à la maison. Nice ! De ce que j'ai noté deux ans auparavant, ce sont des faux-culs de première. La ville ne m'attire pas.

L'avion atterrit en douceur. Grâce aux minots turbulents, même le micro espion enregistreur le plus perfectionné, fixé sur chaque siège des deux flics en classe affaires, transmettra incorrectement leur conversation. Par contre, ils entendront parfaitement les remarques acerbes du couple bourgeois à qui Franck avait cédé leurs places.

- Simone ! J'oubliais. Juste pour l'anecdote.
Le grand-père du notaire n'aurait pas eu un comportement exemplaire durant la seconde guerre mondiale.
De quoi leur rappeler de mauvais souvenirs.
Franck, au courant pour le grand-père de la lieutenante, un véritable héros de la résistance qui subit les mêmes infamies que le sien, met en garde Simone.
- Ne nous éparpillons pas. On a trop à faire pour imiter, en plus, Serge Klarsfeld en réparateurs des fautes.

9

Mercredi 10 juillet. Nice.
Terminal 2. 9 heures.

Après le temps anormalement frais à Paris, la forte chaleur estivale s'abat sur eux.
Un homme à l'allure dégingandé les hèle.
- Bigre ! Il est aussi charlot qu'un animateur du *Club Med*. Il ne manque plus que l'orchestre pour fêter dignement notre bienvenue, s'amuse Simone.
- Bonjour les Parisiens. Je suis le gardien de la paix Philippe Mahut, *M A H U T !* articule-t-il à voix haute en tortillant bien la bouche. Je suis arrivé à Nice avant-hier il y a cinq ans, son visage devenant hilare après avoir sorti ses deux grosses vannes à trois balles.
- Bonjour ! Vous êtes un supporter de l'OGC Nice ? sourit Franck.
L'ambiance promet d'être chaude chez les poulets.
- Le commissaire Ange Castelli des Moulins souhaite vous rencontrer auparavant.
- Aucun problème. On n'est pas là pour rigoler.
- Nous avons trouvé un studio chouette avec garage dans la rue Gounod pour la lieutenante Guichard, à proximité du Splendid.
- Merci, répond spontanément la lieutenante.
- Bien ! Direction les Moulins. Attention ! Les Parisiens. Ça craint là-bas.
- Où ? Au studio de la Victorine, réplique Franck avec moquerie. De toute façon, nous ne sommes pas là pour nous prélasser.
- Dans ce cas, vous ne serez pas déçus. Nice réserve tant de désagréments aujourd'hui.
- Ah bon ! Pour du vrai ? complète Simone qui n'en rate pas une.

Pour une entrée en matière, ils sont servis. Il est bien plus déjanté que Victor et Héloïse.

Redevenu sérieux, le gardien de la paix dévoile.

- L'arrivée du Tour de France à Nice est un épineux problème à résoudre. Jusqu'à présent, on coince. On n'a rien à se mettre sous les dents. Je vous supplie de tout cœur d'y parvenir. Il y a tant d'autres cactus sous les pieds. Par exemple, le préfet craint du grabuge au complexe sportif Olivier Allo de Saint-Laurent-du-Var. Le terrain de sports accueille des délégations masculines et féminines de rugby à 7 de différents pays. Même de très loin : Argentine, Afrique du Sud, Papouasie Nouvelle Guinée, Hong-Kong, Chine.

Franck grimace.

Ducournau ne lui en n'a pas touché un mot. Il lui a juste mentionné la dernière étape du tour de France. « Le problème solutionné, hop ! vous êtes de retour à Paris », me confia-t-il avec bonhomie pour mieux m'amadouer. Dans quelle galère nous-a-t-il fourrés, se plaint Franck.

- Saint-Laurent-du-Var, *Terre d'entrainement des J.O.* transformée par un coup de baguette magique en Terre d'abattage des athlètes venus d'ailleurs, ça fait désordre, n'est-ce pas ! se permet le fantaisiste gardien de la paix.

Avant de persister lourdement.

- Car découvrir avec stupeur, en direct sur les réseaux sociaux, un tas de mêlées sanglantes empilées les unes sur les autres juste avant l'ouverture officielle des J.O., ça fait mauvais effet, déclare Philippe Mahut, le visage illuminé, la coqueluche du commissariat Foch.

Pas pour tous, hélas.

En temps normal, Franck apprécie l'humour. À cet instant, il l'a surtout de travers. Il le sent, ils seront obligés de rester au moins jusqu'au 11 août, la fin des J.O. Il espérait tant voir une finale entre Nolan Djokovic, son idole, face à Carlos Alcaraz, le futur crack qui part favori.

Hors question ! Il veut être à Roland Garros dès le premier tour. Djoko n'est plus tout jeune. De plus, c'était une de ses conditions pour se rendre à Nice. Franck a précieusement rangé les billets qui s'arrachent à prix d'or.

Ils s'approchent des Moulins. On entend des bruits de tirs de kalachnikovs, des cris et des hurlements, aussi bien de rage que de détresse.
- C'est quotidien. Un règlement de comptes. La routine. Même la population s'y habitue. Don't be blue ! Avec moi, rien ne vous arrivera, lâche Mahut en frappant ses pectoraux.
- Don't quoi ? demande Simone en se grattant la tête.
- Pas de panique ! Je suis votre fidèle protecteur en bombant le torse. Encore hier…
Franck lui rabat soudainement la tête. Il redresse le volant avant que la voiture ne s'empile dans le camion d'en face.
Simone, assise à l'arrière, anticipa également.
Des balles fusent au-dessus de leurs crânes. Les vitres des portières de la voiture se brisent. Quelques débris de verre éraflent le visage ahuri de Mahut. Ce dernier saigne très légèrement. Le gardien de la paix, frappé de stupeur, est presque méconnaissable. Il tremble, le corps s'agite.
Franck lui a sauvé la vie.
- Mahut ! Dans notre *Neuf Trois* très bétonné, les balles qui passent avec fracas au-dessus de nos têtes plus souvent que le bouvreuil pivoine, le bel oiseau siffleur, c'est d'un banal, aujourd'hui. Nous en sommes devenus blasés. En revanche, Mahut, quand tout est calme - normal serait plus juste - pendant plus de sept heures, nous nous inquiétons, nous stressons. Nous avons une peur très BLUE. Mahut ! Ne paniquez pas, lui dit Franck en gonflant ses biceps.
Les paroles réconfortantes de Franck, un brin fantaisiste, n'ont aucun effet positif sur Mahut de plus en plus secoué. Il craint pour sa stabilité psychique.
Aussi, préfère-t-il changer de tactique.
- Par contre, gardien de la paix Mahut, remarque Franck avec un ton cassant et un air sévère, le policier se ressaisit légèrement, des taches de sang dans la voiture de fonction,

hum !!! Non ! Nous sommes très maniaques. Ça passe mal. D'ici qu'il manque un bouton à votre veste, ça passe **très** mal ! gronde Franck d'une voix puissante.

Mahut, grelottant, il a frôlé la mort de si près, cesse de frissonner. Son visage retrouve peu à peu son aspect naturel, il sourit. Il lui est reconnaissant. L'électro choc a fonctionné.

- Merci ! Capitaine. Je vous dois une fière chandelle.

Franck, un adepte de la thérapie naturelle, a mis plusieurs fois en pratique sa méthode exclusive afin de remonter le moral de quelques policiers ou victimes.

Son côté naturel m'en foutre revenu, Mahut s'enhardit.

- Un ami de notre troupe théâtrale fête son anniversaire jeudi soir. Soyez parmi nous. Ça me ferait tant plaisir. Sans vous…

- Fidèle protecteur ! Vous auriez agi pareillement pour nous, lui retourne humblement Franck.

Franck et Simone se concertent.

- OK pour jeudi soir.

- C'est à Saint-Laurent-du-Var.

Tout compte fait, les parisiens apprécient Philippe Mahut. Un véritable boute en train.

- D'ici que sa hiérarchie le trouve trop marginal.

- Franck ! Sa hiérarchie ou toi-même ?

- Il est vrai que Ducournau nous trouve différents de nos collègues du 36.

Franck complète.

- Il présente un autre avantage. Il semble fiable. Il sera, à coup sûr, une aide inestimable. Sans Akim ni Alex, sommes-nous assurés d'accomplir notre mission ?

- Et sans indic à Nice ! plaisante Simone.

- Dans quel bourbier nous nous sommes fourrés, se lamentent les deux flics.

***

Au commissariat des Moulins, les Parisiens sont reçus par une jolie jeune fliquette peu accueillante et manquant d'éducation. Elle ne les salue pas ni décline son identité.

- Le commissaire s'est rendu de toute urgence sur les lieux de l'émeute. C'est beaucoup plus chaud et compliqué qu'il ne l'imaginait. Ça pétarade de partout. Les renforts tardent à venir. En attendant son retour, il vous invite à assister à notre entretien. L'homme que nous écoutons a perdu son frère tué à cause d'un énième règlement de comptes.

- Nous attendrons.

- Le commissaire estime que vous vous imprégnerez mieux de l'atmosphère tendue qui règne maintenant à Nice. Ici, ce n'est pas qu'un sentiment d'insécurité, dit-elle avec un sourire désabusé.

- Parce qu'à Paris l'ambiance correspond à l'affiche des Folies Bergères ? sourit Franck.

Malgré sa peine immense, Franck et Simone découvrent un homme abattu au visage doux et avenant qui contraste singulièrement avec son torse surmusclé.

Une doublure de Terminator.

L'homme, profondément marqué, est scandalisé et ulcéré. La juge, sous la pression de la foule, a relâché fissa la racaille de seize ans, pourtant défavorablement connue, responsable entièrement de la mort de son frère.

- Pourquoi tant de précipitation pour le remettre en liberté ? interroge le malabar. Pour éviter la répétition des émeutes inqualifiables comme à Nanterre dernièrement ou d'appliquer la seule sanction logique qui s'impose par manque de courage. Une justice peureuse, en plus d'être laxiste, par crainte de se faire raccourcir, rajoute-t-il d'un ton méprisant tout en froissant rageusement le gobelet en carton.

Il a une sacrée poigne, encore plus résistante qu'une tenaille, remarque Franck. La racaille âgée de seize ans aura intérêt à ne pas le croiser. Il risque de se faire écrabouiller. Simone imagine un scénario plus pointu : *d'ici qu'il se fasse dévisser.*

La fliquette le laisse répandre son chagrin et son amertume. Franck et Simone n'interviennent pas. Quant à Philippe Mahut, le vaillant protecteur, surtout qu'il la boucle. Ça ne les concerne pas directement. Ce sont de simples observateurs.

- Veut-on me faire insinuer qu'obtenir une sanction juste et exemplaire, c'est croire en une eau de la Seine devenue encore plus potable que celle de la bouteille Vittel ?

Franck l'écoute attentivement. Intérieurement, il l'approuve.

- Ou dois-je conclure qu'il ne faut plus compter que sur soi-même, en pliant bien fort les doigts de ses mains avec un rictus au visage qui en dit long.

Une remarque dite sans agressivité aucune, cependant bien appuyée. Un constat enregistré par nos deux flics parisiens. Ils ont tant besoin d'aide pour mener leur mission à bien dans ce panier de crabes.

De fil en aiguille, ils connaissent le tragique destin de son frère.

Il était médecin urgentiste. Déjà, il élevait seul son enfant depuis le décès de sa femme, morte d'une maladie dégénérative. Un soir, après un joyeux repas chez des amis demeurant aux Vespins, un quartier prisé de Saint-Laurent-du Var, il raccompagne son frère et son fils à leur domicile sur l'avenue de La Lanterne. Devant les Moulins, des cagoulés lourdement armés poursuivent plusieurs jeunes vauriens qui tentent de s'enfuir en tirant sur eux. Ce fut si soudain que la police n'eut pas le temps de détourner la circulation. Ça mitraille de partout. Une balle pénètre dans la voiture et se loge dans la tête du toubib. Son frère.

- Ne commettez pas l'irréparable. Croyez en la justice, avertit la fliquette sans trop y croire elle-même.

- Elle devrait suivre des cours chez des clients d'un avocat ministre, estime Simone à voix très basse à Franck.

- Ou à une bonne étoile, ajoute la fliquette, cette fois-ci, avec un sourire féroce et plus de persuasion.

La fliquette dont ils ignorent toujours l'identité ni même son prénom – ses deux collègues sont muets et aussi peu éduqués -, douterait-elle sérieusement de la juge.

Quand elle reçoit un appel.

- Le commissaire Castelli est désolé. L'échauffourée prend une ampleur disproportionnée et les secours sont toujours bloqués aux Liserons, un autre endroit à éviter. Il vous verra demain à Foch à dix heures trente, ensuite, il tient absolument à vous inviter à déjeuner.

En tout cas, malgré son côté rustre, elle inspire les deux parisiens. Pourquoi ? Ils ne sauraient l'expliquer mais ils la sentent fiable. Ils ont besoin de soutien s'ils ne veulent pas finir en lambeaux.

- Elle ne parait pas à l'aise dans ce commissariat, remarque Simone.

Mahut, le gardien de la paix les accompagne à leurs pénates respectifs.

- L'architecte a un pote qui est chirurgien à Pasteur, c'est un très grand ami de son frère médecin urgentiste décédé. Le chirurgien habite dans la même résidence que la mienne. Ils aiment se resourcer dans la piscine pour évacuer leur malheur, une piscine de cinquante mètres de long. Il était également arrivé un très grand malheur au chirurgien ainsi qu'à deux autres collègues dont une femme. Les salauds ! Ils ne méritent pas de vivre.

Franck s'abstient de lui dire qu'ils sont au courant de la chirurgienne violée parce que juive.

- En tout cas, si des ordures violent ma mère ou ma sœur, je ne leur pardonnerai jamais. Je suis catholique mais je ne partage pas tous les principes de Jésus, soutient Mahut.

- Déposez-nous au Splendid. Nous irons nous-mêmes à la rue Gounod.

- Vous m'avez sauvé la vie, pleure de joie Philippe Mahut en étreignant Franck.

***

- Puisque c'est notre dernier moment de libre, profitons-en pour déguster d'excellents fruits chez l'épicier avant de se rendre au restaurant.

- Chez Zied, remarque Simone, douée également d'une mémoire phénoménale à l'instar d'Alex et d'Akim.

10

Mercredi 10 juillet. 9 h 15. Paris.
Devant le café Jean Bart.

Pinard et Marcel, les deux chauffeurs de l'agence intérim, rasés de près et sapés comme s'ils célébraient le mariage d'un de leurs enfants, sont présents dès neuf heures. Une aubaine pour Victor et Héloïse de déguerpir au plus vite, la mission achevée. Ils ont bien quadrillé les lieux avec l'aide de gendarmes en civil. Rien de suspect les troublera dans leur démarche.

Un des gendarmes s'approche des deux hommes.
- Monsieur Pinard ?
- Oui ! C'est moi.
- Enquêteur Personne. Je suis désolé. Vous ne partez plus.
- Merde ! Nous avions tant besoin de ce fric.
- L'agence intérim comprend votre désagrément. Elle a négocié avec la police.
 Il remet une enveloppe épaisse à Pinard.
- Il y a quatre mille euros à vous partager. En tenant compte des frais de bouche à l'aller et retour. Retournez vite chez vous. Ne fanfaronnez pas au café. L'inspecteur vous l'ordonne.
- Vous pouvez le garantir à Msieu l'inspecteur. Nous n'irons pas au café.
- Également ! Ne révélez pas à vos femmes que vous étiez ivres.
- Promis Msieu l'enquêteur Personne.
- Au fait ! Vous avez l'ordre de mission de l'agence intérim ?
Les deux le tendent au gendarme.
- Puisque tout est réglé, vous n'en avez plus besoin.

Six minutes plus tard, Pinard et Marcel disparaissent définitivement de la circulation.

Avec la carte Gold, facile pour Franck et Simone d'effectuer chacun un retrait de deux mille euros. Pour des pros de la police, un jeu d'enfants de créer des tickets de caisse fictifs pour justifier les achats de vêtements et de chaussures de marques payés en espèces au cas où le ministre des Finances surnommé le dilaté, celui qui gratte partout sauf où il faut pour éponger notre déficit, ferait un excès de zèle.

11

Mercredi 10 juillet. 9 h 40. Paris 75017.

La veille, Henri Bernus et son collègue Jeannot Grospiron sont prévenus de leur départ pour Nice.
« Enfin ! » s'exclament-ils.
Ils doivent se pointer à neuf heures quarante précises au garage de la police du 36, rue du Bastion. Qu'ils n'ébruitent à personne leur entretien du mardi 9 juillet vers sept heures du matin avec Taupin, le larbin de Ducournau. Il y a des jaloux dans leur service. Bernus et Grospiron sont trop heureux de voyager gratuitement pour le répandre sur tous les toits et surtout se changer les idées.
Avec Claudette Lecocq, une cheffe pareille.

Vers neuf heures trente, un motard a garé sa *BSA 650 Gold Star* de couleur rouge, à côté du café Jean Bart. Un clochard affalé sur le trottoir le photographie discrètement ainsi que la plaque d'immatriculation avant qu'il ne pénètre dans le café.
Quelques instants plus tard, il obtient la réponse sur SMS. « La moto appartient à Jean Dupuis. » « Vous êtes certain ? Car… tapote le miséreux sur le clavier de son *Samsung*. Il a failli gaffer ! … *dans ce cas, il a été adopté.* » Dans la précipitation, il envoie le message au lieu de l'annuler. Espérons que ça ne nuise pas à la mission. Faire capoter l'opération à cause d'un début d'excès d'humour, la tuile. Déjà qu'ils marchent sur les œufs.
Remis de ses émotions, prudent, il ne demande aucune recherche sur l'enfant adopté.

Neuf heures trente-sept. Henri Bernus et son collègue Jeannot Grospiron, sur le point de pénétrer dans le garage de la police, sont accostés par un policier en civil. Il leur remet un portable et les avertit :

- Enquêteur Personne. Claudette Lecocq, votre cheffe, vous appellera sur ce portable. N'utilisez pas les vôtres entre-temps. C'est un ordre ! Un commandement exprimé avec brutalité.

À dix heures, au volant de la camionnette blanche, ils passent devant la face effarée de Jean Dupuis, l'enfant adopté.
Ce dernier remonte sur sa flamboyante moto de couleur rouge et les suit tout en téléphonant. Il donne l'impression d'être rassuré quand il range son portable.
Un peu plus loin, deux gendarmes le pistent.

Le clochard ne bouge pas. Il observe méticuleusement à gauche, à droite, en face, en haut. Son regard panoramique ne remarque aucune personne louche. Il conserve la même position au cas où. Car tout s'est joué trois minutes avant l'heure du rendez-vous fixé par l'agence intérim, dix heures pile.
Son portable vibre. « *Jean Dupuis vient juste de déclarer le vol de sa moto.* » Il transmet la nouvelle à Akim. Ce dernier n'entreprend aucune investigation pour l'instant.
Le clodo se redresse, le pas hésitant, la bouteille de rouge à sa main, prend la rue à gauche, se retourne, pas âme qui vive, et monte dans une voiture.

Victor ! Un bon comédien.

12

Mercredi 10 juillet. Vers 10 h 30.
Porte d'Italie direction autoroute A6.

La camionnette blanche file prudemment en direction de Lyon. Le portable remis par l'enquêteur Personne sonne. Ils reconnaissent la voix rocailleuse bien plus colérique que d'ordinaire de la cheffe Claudette Lecocq.
- Bernus ! Un crétin a grillé un feu rouge. Ma jambe est cassée, je suis à l'hosto pour une semaine. Patrick Lefeuvre, mon stagiaire enquêteur arrivé hier, me remplace. Respectez bien ses consignes pendant mon absence. Attention ! Il est nettement moins commode que moi.
- Ah bon ! s'exclame Jeannot avant que Bernus ne lui fasse un signe de la boucler.
- Vous avez intérêt à filez droit. Prenez soin des motos. D'ailleurs, Patrick Lefeuvre ne tardera à vous appeler.
- Bien Cheffe ! Bon rétablissement Cheffe, disent en même temps Bernus et Jeannot tout en pointant le majeur.

Héloïse ! Une bonne comédienne.
***

- S'il est pire que Lecocq, la peau de vache, ça promet, s'inquiète Henri Bernus.
- Je sens qu'on va en bouffer de la merde, maugrée Jeannot.

L'expression favorite de Jeannot Grospiron depuis ses études secondaires en pension quand ses parents divorcèrent. Il était chargé de nettoyer les chiottes.

Une minute plus tard, le portable vibre de nouveau. Bernus au volant, Jeannot répond.
- Jeannot Grospiron à l'appareil.

- Patrick Lefeuvre ! avec une voix plus rêche et antipathique que celle de Lecocq, la peau de vache. Notez mon numéro de téléphone si nous sommes coupés : 06 08 69 69 69.
- 06 08 69 69 69. Enregistré, répond Grospiron d'une voix timide.
- Et vous Bernus ? avec un ton impitoyable.
- Bien retenu ! crie Bernus d'une voix apeurée.
- Prenez soin des engins. Il y aurait des voleurs de motos sur l'autoroute. Pendant qu'un fait le plein, l'autre ne se tourne pas les pouces. Compris ! Compris !
- Compris ! Chef.
- Il surveille. Vous voulez pisser ou prendre un café, allez-y à tour de rôle. Les motos, il faut toujours les avoir à l'œil. Toujours ! Compris !
- Bien Chef ! répond Jeannot d'une manière servile.
- D'ailleurs, c'est moi qui appelle, jamais vous. C'est moi aussi qui vous dirai où stopper. Compris !
Avant qu'il ne raccroche,
- N'avez-vous rien remarqué de suspect ?
- Non ! Henri lui donne un coup de coude et lui montre le rétroviseur. Plutôt si ! La *BSA* rouge qui nous suit serait la même que celle remarquée par mon collègue Henri Bernus à proximité du garage de la police.
- OK. On fera le point au péage. Compris !
Jean Rigault, alias Patrick Lefeuvre, est soulagé. « Ils sont moins têtes en l'air que je ne l'imaginais. Ils sont observateurs. »
Bernus et Grospiron, par contre, restent tendus.
- L'aboyeuse a raison, il n'est pas du tout conciliant, confie Henri, lui aussi peu à l'aise.
- Oui ! Il est pire que la cheffe. Il nous méprise carrément. Nous avons intérêt à marcher droit. Sinon, le connard nous mutera. Henri ! Nous allons en bouffer de la merde, répète Grospiron déprimé. Il en avait tant bavé durant sa jeunesse.
- Cesse de ronchonner et admire le paysage.
- Les blocs d'immeubles et des éoliennes ?

Au niveau de l'aire des Lisses au km 29, la *BSA 650 Gold Star* est rejointe par deux grosses cylindrées pilotées, à coup sûr, par des gens aussi peu recommandables que ''Jean Dupuis.''

La circulation est fluide pendant quarante-neuf kilomètres.

Deux cents mètres avant le péage de Fleury, au km 50, un immense bouchon s'est formé. Pourtant, ce n'est pas un jour de départ en vacances. Bernus allume la radio. Un malfaiteur, un délinquant redoutable, se serait évadé de la Maison d'Arrêt de la Santé. Il est monté dans une *Audi Q3* de couleur blanche volée la veille, abandonnée au niveau de la rue Picpus, pour s'engouffrer dans une voiture plus passe-partout. Toutes les stations tournent en boucle le même fait.

Pas reluisant le pédigrée du malfrat.

- Ya intérêt à ne pas le croiser. Le monstre serait capable de nous rétrécir.

- Avec l'autre qui te fait chier, tu es gâté mon Jeannot, rigole Bernus pour masquer son anxiété.

À chaque voie de péages, des gendarmes sur le pied de guerre, mitraillettes en position de tir, contrôlent systématiquement les autos, parfois quelques motos.

Alors que les trois motards prennent chacun une voie de péages, nos deux gendarmes restent derrière celle de Jean Dupuis.

C'est bientôt le tour de notre voleur de moto de passer devant les gendarmes. À priori pas d'inquiétude puisqu'ils recherchent un truand dans une voiture. Mais gare à l'excès de zèle de la part de quelques fonctionnaires des forces de l'ordre.

Teddy Brinaire, le collègue de Jean Rigault change soudainement de file et fait une queue de poisson magistrale à la voiture qui s'engageait.

- Permis et carte d'identité s'il vous plait ? lui demande le gendarme.

- J'ai vu. Vous laissez passer les autres motards. Mais moi ! Vous me contrôlez. Parce que je suis black.

- Monsieur ! vos papiers s'il vous plait ?

- C'est un scandale ! Un délit de faciès. Le politicien a raison, il faut protester. La police tue !

Son collègue, celui qui avait vraiment une furieuse envie de surtout contempler au plus près la *BSA 650 Gold Star* laisse passer Jean Dupuis. Recevoir un avertissement pour curiosité mal appropriée, ce n'est pas grave. Par contre, pour racisme, c'est plus compliqué.

Le gendarme susceptible sort ses papiers plus, en douce, un autre document. Il marmonne à l'adjudant :

- Collègue, je suis en mission.
- Passez ! Ne recommencez pas. Sinon, je vous coffre, l'avertit-il en lui faisant un clin d'œil.

Patrick Lefeuvre s'enquiert auprès des deux chauffeurs qui ont franchi avec succès le péage après avoir ouvert les deux portes arrière de la camionnette. Le malfaiteur ne s'est pas infiltré entre les deux motos, pas plus qu'un migrant.

- Rien à signaler à part une énorme agitation au péage à cause d'une évasion. C'est dans toutes les stations, répond Bernus.
- Qui est le plus souple et le plus rapide de vous deux ?
- Grospiron ! répond sans hésiter Bernus.
- Mais Bernus est un as du volant, complimente Grospiron.

Patrick Lefeuvre raccroche sans remercier.

Une bonne heure plus tard, au niveau d'Auxerre, Jeannot Grospiron contacte Patrick Lefeuvre.

- Chef ! La *BSA* nous talonne toujours aux fesses.
- Prenez soin des motos ! répond rageusement Lefeuvre.
- Jeannot ! T'as pas fini de jouer au lèche-cul. T'es maso ? engueule Henri. Il n'a pas envie de se retrouver à Lille, Marseille, Grenoble ou Saint-Denis.

Trois motos, toujours les mêmes, les pourchassent. Ils ne sont pas encore au complet pour s'enfuir avec un maximum de garanties après l'exécution de leur méfait. Sauf si ce sont des kamikazes, estime le capitaine Jean Rigault. Lui-même, avec seulement quatre gars pour l'épauler, est-il assuré de réussir sa mission sans commettre une grosse bavure qui risque de lui coûter une lourde condamnation ?

- Grospiron ! Arrêtez-vous à l'aire de Mâcon Saint-Alban, km 375. Faites le plein. Ne soyez jamais isolés. Garez-vous auprès d'autres voitures. Mangez et pissez à tour de rôle. Attention ! Au snack, interdiction d'utiliser le portable remis par l'enquêteur Personne. Même pour jouer au Solitaire. Dans la voiture, si vos épouses vous appellent sur les vôtres et mentionnent l'évasion…, vous me suivez ?
- Oui ! Chef.
- Soyez brefs ! Vous n'en savez pas plus que l'annonce faite à la radio et vous raccrochez. Compris !
- Compris ! Chef.
- Bernus prendra le volant, tonne Patrick Lefeuvre, alias Jean Rigault avec une voix si menaçante que les prisonniers du quartier sensible de la prison des Baumettes à Marseille fileraient droit.
- Bien compris ! Chef, déclamèrent nos deux policiers définitivement domestiqués.

Quelques secondes plus tard, Bernus pose une question à Grospiron :
- Lefeuvre ! Il a fait un stage à la Gestapo ou au KGB ?

À l'aire de Mâcon Saint-Alban, au moment où Grospiron se précipite vers les toilettes du resto en se tortillant, une grosse moto, une *Yamaha XV 1900 A*, se rapproche des trois autres. Ils ôtent leur casque. Rigault montrera plus tard à Akim les copains rencontrés durant leur escapade. Ils n'oublient pas les plaques d'immatriculation, même si elles ne sont d'aucune utilité pour le moment, il est censé décompresser.

Une bonne heure plus tard, les consignes strictement respectées, ils ne se sont pas bafrés, ils n'ont bu que de l'eau plate, ils ont vérifié leur pistolet, ils ont endossé les gilets pare-balles, Bernus et Grospiron prennent la direction de Lyon vers seize heures.

Le péage de Villefranche-Limas au km 427 est franchi sans encombre.

Lyon, une fois traversée, l'autoroute A7 vous souhaite la bienvenue.

Un luxueux *NISSAN PRIMASTAR* de couleur noire pouvant accueillir huit personnes se positionne au niveau de la quatrième moto. Le conducteur et le passager leur font un signe. Il lève le pouce. Les trois autres l'imitent.

Cette fois-ci, ils sont au complet. Ils peuvent agir.

Jean Rigault et Teddy Brinaire doublent la *NISSAN PRIMASTAR*. Une mesure nécessaire et préventive à prendre principalement vis à vis des trois conducteurs des motos qu'ils suivent depuis le km 29 au niveau de l'aire des Lisses. Une précaution superfétatoire, jugent-ils. Mais il est absolument hors question de modifier la stratégie si compliquée à mettre sur pied.

En fait, ils resteront constamment à moins de cinq kilomètres devant eux. Une prudence d'autant plus utile que le capitaine croit reconnaître deux visages européens de l'Est.

Que peuvent-ils bien fricoter parmi les quatre Maghrébins ?

Une fois passée l'aire de Savasse au km 110, ils accélèrent.

- Bernus ! Toujours avec une parole dédaigneuse comme s'il confondait volontairement la consonne *B* avec celle de *M,* après l'aire de Montélimar Ouest au km 120,4, tenez-vous prêts. Compris ! Respectez scrupuleusement mes ordres. Compris !

- Bien Chef. Nous sommes parés.

En fait, ils sont contractés. Patrick Lefeuvre leurs met une telle pression, avec un mépris incroyable de surcroît, qu'ils craignent de ne pas être à la hauteur tant ils sont morts de trouille.

- D'ici que tu chies dans ton froc, lance Bernus. Une plaisanterie graveleuse sans effet. Grospiron reste de marbre, la frousse d'échouer le bloque.

- Lefeuvre entraîneur ! L'équipe de France ne décrochait pas la coupe du monde de foot en 2018.

La remarque cinglante de Bernus surnommé le Martiniquais - il porte le même nom que le fameux rhum agricole -, fait soudainement baisser la tension de Jeannot, la sienne aussi.

***

Une dizaine de kilomètres après l'aire de Montélimar Ouest, Jean Rigault et son collègue Teddy Brinaire sont postés dans une aire de repos sommaire. Des WC uniquement, fort peu entretenus. Les habitués de l'A7 ne s'y aventurent plus.

Son autre particularité ?

Au milieu de la route goudronnée, un chemin de terre légèrement caillouteux permet d'accéder à un terrain de détente et de regagner l'autoroute sans revenir sur ses pas afin d'éviter une collision.

Ils ont six bonnes minutes pour mettre en œuvre la méthode élaborée par Akim et Jean avec le concours de Franck. Jean est planqué au début de l'aire, à l'abri de tout regard, la moto cachée derrière un arbre, prête à démarrer en toute sécurité. Ils ont retiré quelques grosses pierres et des morceaux de verres. Teddy, à l'autre extrémité de l'aire, s'est réfugié derrière un camping-car haut de gamme, bien garé sur le bas-côté.

- Les touristes allemands doivent être sacrément friqués, chuchote Teddy à Jean de son portable.

Craint-il de les déranger ?

Maintenant, ils guettent l'arrivée de la camionnette blanche.

13

Mercredi 10 juillet. Nice. Vers 11 h 30.

Leurs grandes valises déposées à la va-vite à l'entrée du studio de la résidence du Splendid, Franck et Simone marchent d'un pas actif en direction de l'épicerie avant de s'attabler dans un restaurant proche du commissariat Foch.
- Le café *Victor Hugo* est trop éloigné de Foch. Respirons l'ambiance du quartier du commissariat afin de mieux s'y familiariser avant la réunion de demain.
- D'accord avec toi, Franck.
- Dommage ! Car si la jolie doublure du film *Basic Instinct* y est présente, devine la nationalité de son nouveau client aujourd'hui, questionne Franck.
- Il vient du Qatar ! tape joyeusement des deux mains Simone.
- Réalisateur ! traduit l'interprète.
- De quels films ? s'enquiert Maître Coquet, s'esclaffe Simone aussi imaginative que son boss.

Les deux, la larme à l'œil, pensent à Alex, encore trop près de la mort. Pour les répliques au tac au tac, il est bien l'as de l'humour vif, débridé, voire corrosif parmi les quatre.

- Simone ! L'épicier n'est pas né de la dernière pluie. Je ne serai pas étonné qu'il me reconnaisse. Achète d'abord, ne t'éternise pas. Ses vendeurs, aussi, sont tout sauf naïfs. Attention à la déformation professionnelle. Ne fixe pas une plombe un acheteur trop accro sauf si tu reconnais une tête connue des Français comme l'Aya Naka je ne sais plus quoi par exemple. Tu es obligée de prendre une photo, fais-le avec précaution. Ce sont des malins.

Franck lui recommande de doubler de prudence. Une observation qu'il insiste pour la première fois car il a toujours eu une entière confiance en son équipe. Elle raisonne et agit comme lui avec un art de l'anticipation incroyable. Mais avec ce qui est arrivé à Alex, les ennemis sont partout y compris dans la police.

Les aveux de Ducournau sont trop alarmistes. Qu'il existe une imbrication entre la drogue et les trafics d'armes, rien d'étonnant. Mais cette fois-ci, sans repère, ils s'interrogent.
Pas le moindre indice à onze jours de la dernière étape du Tour de France, ce n'est pas possible.
Pas le moindre élément à se mettre sous la dent, c'est inimaginable.
S'entêter car la cérémonie d'ouverture des J.O. serait grandiose et inoubliable d'après quelques indiscrétions, c'est incompréhensible.
Pour le covid, le capricieux narcissique a tout arrêté et enfermé les Français.
Deux ans auparavant, Franck trouvait beaucoup de défauts aux flics niçois. Mais des nazes, des incompétents, NON !
Quelque chose les dépasse.

En attendant le retour de Simone, Franck se remémore leur dernier entretien. Naturellement sans Alex. Le pauvre, il est sous appareil respiratoire et sous protection renforcée. Quatre flics le protègent dorénavant en permanence suite aux premières recherches effectuées par Akim sur Duviviez en toute discrétion.
Les découvertes sont alarmantes.
Les trois étaient parvenus à la même conclusion. Franck est juste chargé de trouver qui se cache derrière le trafic d'armes afin de déjouer le projet islamiste mortifère, au moins durant le temps des J.O. Il a un flair exceptionnel pour débusquer ce qui cloche. Grâce à lui seul, un attentat fut évité de justesse à Nice, deux ans auparavant, lors de la venue de l'ambitieux pour inaugurer le futur hôtel de police.
Qui étaient les inspirateurs ?
À ce jour, on l'ignore encore.

Les deux exécutants des basses tâches, le tireur et l'homme à la moto furent abattus sur le champ par le RAID.

Une affaire vite enterrée. Comme d'autres faits scandaleux si ça atteint des personnes intouchables.

Simone et Akim soulignèrent la discrétion de Franck, une fois la mission achevée. Il n'émit aucune remarque que ce soit sur l'épicerie, sur des pratiques pas très règlementaires dans le commissariat, sur un élu qui aurait tendance à pécher ou sur l'Ukrainien, propriétaire d'un luxueux appartement au Splendid, dont on ignore sa véritable profession, écrivain, chef d'entreprises, pourquoi pas chanteur.

La préfecture des Alpes-Maritimes en avait conclu :
« Un super flic, obéissant et très docile de surcroît. Un flic comme on les aime. »

- Franck ! Tu solutionnes le problème et tu repars gentiment à Paris, remarque Akim.

- À condition de rester en vie, objecte Simone. Car, cette fois-ci, tu dois résoudre du très lourd en moins de onze jours. J'imagine à l'avance les nombreuses défaillances à ne pas être révélées afin d'épargner quelques responsables ou hautes personnalités corrompus.

Les trois n'ont plus aucune confiance en Ducournau. S'il n'est pas un traître comme Taupin selon Franck, le cupide, en tout cas, a bien vendu son âme. Il ne vaut guère mieux.

Qui sait à quoi Simone et Franck seront opposés à Nice !

Au tour de Franck de retrouver le véritable goût d'un fruit.
**

Au restaurant italien *Metà e Metà*, ils partagent leurs impressions.

- Franck, les fruits d'une beauté remarquable et présentés avec raffinement sont excellents.
- J'étais certain que tu partagerais mon avis.

- Cependant, passons au plus pressé.
- OK !
- Franck ! Que je te narre mon premier étonnement ? Je fus servi par un vendeur islamiste contrairement à l'autre, très sensible à mon charme. Ils sont tous les deux sur mon portable. Crois-moi, ils n'iront pas voir un match de foot ensemble.

Franck hoche de la tête affirmativement.

- Quant au patron ! Zied est bien trop maniéré pour tenir une petite épicerie aussi accueillante soit-elle. Mais je le trouve tourmenté. À l'apparition d'un flic, mon flair est infaillible, sapé avec des fringues de marques, comme si son salaire correspondait à celui d'un sénateur avec ses nombreux avantages, il y eut une altercation. Je l'ai sur mon portable. Enfin, je remarque Zied saluer respectueusement un type : « Bonjour Monsieur le maire » tout en lui remettant un sac contenant une pêche. Ce n'était pas la girouette ni l'autre, celui qui défendait le maestro des ouvertures de coffres de banque en passant par les égouts de Nice. Je l'ai également sur mon portable.

Simone conclut.

- L'épicerie est un point important de vente de drogues. Je te reconfirme mon impression. L'épicier diffère de ton portrait. Certes, il reste très affable, mais pas aussi insouciant et chaleureux que ta description. Il semble contrarié. Bien plus qu'une déception amoureuse.

Franck est satisfait. Elle est sur la même longueur d'onde que lui, complète-t-il. Elle a le même feeling. Décidément, il a une équipe en or. Des fonceurs, des psychologues, des comédiens et un léger grain de folie en plus.

- J'ai eu la même impression. Avec le vendeur rustre dans son magasin, j'ai immédiatement noté une anomalie. Zied avait l'air surpris de me revoir dans les parages. Aussi, j'ai préféré ne pas trainer. J'ai quand même réussi à prendre une photo d'un bonhomme – il a tout du gros bonnet – avec son fruit dans un sachet. J'ai un très mauvais pressentiment. On est vraiment sur un terrain miné, on est mal barré.

- Simone ! Franck ! disent-ils en même temps.
- Je t'en prie.
- Toujours aussi galant le Chef. Nous ne devrions émettre aucune observation sur l'épicerie demain lors de la réunion prévue à dix heures trente. Même s'ils nous la mentionnent. Ils sont censés ignorer ta connaissance de l'existence de ce commerce puisque tu n'en avais pas glissé un mot deux ans auparavant. Jouons les cons. Ma main à couper, Zied profite de solides soutiens dans la police.
- D'accord avec toi Simone. Par contre, il faudrait informer Philippe Mahut jeudi soir et trouver le meilleur moyen de se mettre en rapport avec la fliquette des Moulins. Je prédis la découverte d'un tas de surprises dès demain matin.
- Franck ! Je partage ton avis.
- Bon ! Passons au plus important, s'excite Franck en se massant l'estomac.
- Car un repas sans dessert n'est pas un repas, clame à voix haute Simone.

Quand Franck attaque un dessert, son équipe respecte la minute de silence.

Franck regarde son gâteau avec autant de dévotion qu'un catholique pratiquant devant la statue de la Vierge Marie ou un juif croyant touchant la mezouzah accrochée à sa porte d'entrée, avant d'entamer le délice avec une jouissance extrême, la mine épanouie.

On entend les mouches bourdonner.

Soudain, les voix hautes de deux voisines.
- Annick ! Tu as vu dans le journal ?
- Je ne lis pas *Nice Menteur*. Tu le sais bien, Colette.
- Monsieur Nahon l'ex-prof de maths, notre ancien voisin, est dans la mouise. Son locataire, expulsé récemment, en plus de ne jamais avoir payé le loyer pendant plus de trois ans, a complètement saccagé son appartement.

- Le pauvre.

- Plus embêtant ! Nahon se serait fait rouler par l'Agence Immobilière située en face de ton appartement. Elle aurait loué à un Égyptien avec d'excellentes fiches de paie. Il serait en fait Iranien. Sans aucune qualification professionnelle d'après *Nice-Matin*.

- LPI ! Le Pro de L'Immobilier. Ça ne m'étonne pas. Depuis que la petite tête de fouine a ouvert son Agence, deux ans auparavant, il végète. D'ailleurs, il devait mettre la clé sous le tapis quand, au début du mois de juin, le Plouc de l'Immobilier se spécialise dans la location meublée. J'admets qu'il marche fort. Depuis la mi-juin, il est de plus en plus débordé. Mais, ma chère Colette, si tu voyais les tronches de ses clients !

- Les tronches de ses clients ? répète Colette, pressée de connaître la suite.

- **Des têtes à applaudir Dupont-Moretti quand il visite les prisons !**

Le tout balancé avec une voix si sonore que les gens blottis au fond de la salle se redressent.

Franck, aussi, sursaute. Il cesse de croquer avec un plaisir intense sa savoureuse tarte au citron meringué. Simone l'imite.

Les deux policiers parisiens attendent le moment propice pour se mêler habilement à la conversation.

- Incroyable !

- Colette ! Je n'ai pas fini. Si tu avais vu la voiture garée devant son agence six semaines auparavant. Une *Maserati Trofeo* à plus de trois cent mille euros. Je l'ai vérifié sur internet. Je l'ai même prise sur mon portable. Regarde.

- Bigre ! Les deux armoires à glace n'ont pas l'air commode. Le troisième, le gringalet, c'est l'agent immobilier ?

- Exact ! D'ailleurs, depuis juin, du Plouc il est devenu Le Péteux de l'Immobilier.

- Annick ! Que tu causes si bien. Tu fais danser les mots. Tu devrais écrire.

- Colette ! Tu me le dis sans arrêt. Je préfère faire la lecture aux enfants défavorisés.

- Je vous félicite, Madame, pour votre initiative, intervient Simone. Votre amie a raison. Vous narrez si bien.

- Merci Madame. Mais ce n'est pas correct de se mêler de la conversation d'autrui.

Simone rectifie vite le tir.

- C'est une déformation professionnelle. Je suis professeure de français. Je suis tant à l'écoute de mes élèves, surtout pour ceux qui sont en grande difficulté. Et mon collègue est professeur de gym. J'ai été muté au lycée Calmettes, lui au Parc Impérial. Nous sommes désespérés. Nous cherchons un appartement à louer. Sans succès à ce jour.

- Vous venez d'où ?

- Moi ? de Paris. Rue des Nanettes dans le 11ème. Cette fois-ci, Simone brode le moins possible. Pas commode la vieille. D'ici qu'elle soit l'épouse d'un inspecteur de la police.

- Vous connaissez la rue des Bluets ?

- Bien sûr ! répond-t-elle d'un ton offusqué. Une rue connue pour la création d'un centre de santé pour les ouvriers. Mes parents avaient bien connu un docteur qui venait d'un pays de l'Est. Le fameux docteur Michel Lazareff. Ah ! Que je vous explique...

- Je sais ! dit la pète-sec, la larme à l'œil. Amadouée, elle poursuit.

- Si je peux vous aider.

- Nous aurons peut-être plus de chances avec l'agence située en face de chez vous.

- Elle se trouve rue Gioffredo. Surtout ne me mentionnez pas. Pour moi, c'est un gangster.

- Madame ! J'ai toujours été amoureux des belles voitures de sports malgré mes revenus limités qui m'obligent à rouler en *Dacia*. Je n'ai pas encore vu la nouvelle *Maserati*.

- Et gourmand comme Paul mon ex-mari. Le pauvre, mort d'un cancer à la prostate l'année dernière.

Franck contemple le bolide de long en large, émet des cris de joie pendant, qu'en douce, Simone prend des photos et lance une pique à Annick tout en l'embrassant :
- Ce n'est pas correct de se mêler de la conversation d'autrui.
- Merci énormément, répond plus sobrement Franck.
- Je vous souhaite bonne chance dans vos recherches.

Annick est fascinée par les deux enseignants. Pourtant…
- Colette ! Je les trouve trop bien pour des profs. Non, pas *trop bien*, je connais des profs supers. Disons trop différents pour exercer le beau métier. Ah ! Si Paul était encore parmi nous. L'as d'Auvare avant qu'il ne prenne sa retraite.
- Annick ! En tout cas le prof de gym, je le trouve craquant. Si j'avais eu quarante ans de moins, je ne me serais pas fait prier pour le rejoindre dans un buisson.
- Colette ! La prof de français est également vachement bien foutue. Les mômes ne sèchent immanquablement pas les cours. Ils ouvrent si grands les yeux qu'elle leur fait avaler du Victor Hugo, du Émile Zola ou du Albert Camus sans problème.
- Annick ! Tu causes bien.

14

Mercredi 10 juillet. Nice. En début d'après-midi.

Quelle effervescence au numéro 79 de la rue Gioffredo !

LPI
Le Pro de l'Immobilier

Ils reconnaissent vite le gringalet, en grande conversation avec une coquette femme blonde. Grâce à la qualité exceptionnelle de leurs ouïes, ils l'entendent de loin donner les directives sans se faire repérer.

- Olga ! Tu prends en charge les Parisiens et moi les Lillois.
- Compte sur moi.
- Ne flâne pas au retour. On réceptionne d'autres clients aujourd'hui.
- Antoine ! Je traine une rage de dents depuis huit jours. Ce fut si difficile d'obtenir le rendez-vous à quinze heures trente. Ce matin, tu m'avais encore garanti recevoir uniquement un groupe pour cet après-midi. Je souffre ! Je n'en peux plus. Je prends un doliprane 1000 toutes les quarante-cinq minutes. C'est dangereux. Si j'en prends toutes les trente minutes, je claque devant toi.
- Désolé, il m'a contacté à la dernière minute. Ton dentiste te soignera aujourd'hui, même à vingt heures, j'en fais mon affaire.
- Antoine !
- Me casses pas les burnes ! Sinon, retourne en Ukraine.
- Du calme ! le crâneur. Tu crois avoir évité la faillite et remboursé toutes tes dettes avant qu'ils ne te brisent les jambes grâce à ton pédéraste d'Alain Rémy ? Celui qui a ses entrées dans la police. Pauvre con ! Qui a versé une somme colossale à ton vicieux, également endetté jusqu'au cou, pour

filer un max à l'avocat véreux mais talentueux afin qu'il puisse échapper à la taule ?

De quoi rabattre le caquet de son boss.

- Antoine ! Ne m'emmerde pas. Sinon, ça pourrait te coûter cher. Minable demi-portion.

Avant de rajouter en élevant la voix.

- La différence entre toi et moi, tu la connais ?

Antoine ne répond pas. Il a d'autres préoccupations.

- MOI ! l'ex-pute, je le sais. Je ne suis qu'une pionne. Alors que toi, avec le paquet de fric que tu n'avais jamais possédé dans la vie, tu as pris la grosse tête. Réagis ! Ouvre les yeux ! Nous ne sommes que des pions. Sois plus effacé au lieu de rouler des mécaniques dans une grosse *CUPRA*, alors que quatre mois plus tôt tu n'avais pas les moyens de t'acheter un vélo non électrique d'occasion.

Sa colère atténuée, elle poursuit avec un ton interrogateur.

- Franchement ! Tu ne trouves pas tout ça louche. Aucune location n'est prévue à partir du 18 juillet. Des Ukrainiens culs et chemises avec des Arabes à la gueule de terroristes. Ça ne t'intrigue pas ? Tu ferais mieux de travailler en toute discrétion et penser dès maintenant à te carapater de la France. Si tu veux profiter de ton magot. En tout cas, moi j'y songe.

- Pour fuir en Ukraine ? demande Antoine inquiet à son tour.

- En Ukraine ? Un pays de corrompus. Même le journal *Le Monde* le signalait un an avant l'invasion de l'Ukraine par la Russie. Pas question. Merci j'ai donné. J'ai honte pour mon pays. Surtout depuis qu'ils ont remis à l'honneur le salaud de Bandera.

Coup de tonnerre au sein de l'agence d'Antoine Fauché ! Sa carte de visite est accolée à la porte vitrée. Si les quatre vérités d'Olga sont fondées, son chef, en plus de bien porter son nom, devrait moins parader.

Franck se remémore les prévisions pessimistes du préfet lors de son entretien avec Ducournau le 8 juillet. Il hésite entre se rendre de toute urgence à Foch ou attendre un, deux, voire trois jours.

Simone, par contre, refuse catégoriquement de dévoiler de suite ce qui se trame.

Primo : elle a pris des risques inconsidérés pour ne pas aller à Saint-Denis.

Deuzio : si elle s'y était rendue, soit elle aurait été morte soit elle aurait terminé sa vie dans une chaise roulante.

Elle ne le pardonnera jamais.

- Franck ! Nous pourrions découvrir un tas d'autres surprises dès aujourd'hui. Si les Niçois ont les yeux obstrués depuis mai, qu'ils prennent leur mal en patience. Le grand bang bang est programmé au 21 juillet. Nous ! Nous venons juste d'arriver et nous tirons sur le bon fil pour dénouer éventuellement un massacre pire que celui du 11 septembre 2001. Pas question de les prévenir pour que l'ambitieux claironne qu'il va faire place nette afin de permettre aux vrais coupables ou irresponsables de s'en sortir une fois de plus. Pensons à Alex.

- Tu as raison, murmure Franck avant de poursuivre en mode plus décontractée.

- Des Parisiens ! Des Lillois ! Annick la pète-sec a de bons yeux : « Tous des têtes à applaudir Dupont-Moretti quand il visite les prisons ». Simone ! Tu suis l'Ukrainienne. Moi, le boss. Voyons où les touristes poseront leurs valises.

Le groupe d'Olga prend la direction de la place Masséna. Celui d'Antoine Fauché, celle de l'avenue Félix Faure. Franck envoie le portrait du *gangster* à Akim, à traiter en priorité en toute confidentialité avant celui des touristes parisiens, également pris sur le portable, s'il parvient à ne pas se faire choper. Sinon, qu'il attende son feu vert.

Hors question de passer par la police de Nice pour l'instant pour le *gangster*.

S'ils ont bien capté la conversation, ils devraient être de retour dans moins de quatre-vingt minutes.

Dans le mille !

Ils repartent avec d'autres vacanciers venus de Strasbourg et de Marseille.

- Décidément ! Les villes de France ressemblent à Alger, ironise Simone avant de suivre à la trace Olga qui frotte vigoureusement sa joue droite tant la douleur l'envahit.

Une aubaine. Elle ne se retourne jamais contrairement aux clients, constamment sur le qui-vive.

Assurément, une déformation due à l'exigence de leur métier qui nécessite une vigilance permanente.

Soudain, le portable d'Olga vibre à tout rompre. Si son boss est fort peu discret sur le choix du modèle de la voiture, Olga est soit-mal entendante, soit trop heureuse de séjourner dans un pays beaucoup plus libre que le sien.

- Antoine ! Je viens de lire ton message. Merci. Dès que je les ai logés, je fonce chez le dentiste. Pour demain matin, j'ai bien noté. À l'agence des huit heures trente pour accueillir les Belges. Les veinards ceux qui partiront avec toi à la Turbie Village, loin de la forte chaleur. Le reste des bouffeurs de moules frites, je les case à la place Masséna et au port.

Pas très discrète la Popoff, jubile Simone.

Elle avertit Franck.

Du café *Rose Wood* situé en face de LPI, ils auront seulement Le Péteux de L'Immobilier dans leurs collimateurs.

15

Mercredi 10 juillet. Autoroute A7. Vers 17 heures.

Jean Rigault, alias Patrick Lefeuvre, et son collègue Teddy Brinaire sont déjà postés à l'aire de repos situé une dizaine de kilomètres après celui de Montélimar Ouest.

- Henri Bernus ! Patrick Lefeuvre.
- Oui ! Chef, répond Bernus tout surpris. Il a prononcé mon prénom pour la première fois, sans aucune agressivité. Il n'a pas mixé la consonne *B* avec celle de *M*.
- Rejoignez la prochaine aire de repos dans deux kilomètres en évitant toutes fausses manœuvres, déclare Patrick Lefeuvre avec une voix ferme mais chaude et sympathique.
- Compris Chef !

Patrick Lefeuvre s'est adressé à lui en le vouvoyant sans afficher une supériorité de classe, loin de son ton cassant habituel. Henri Bernus n'en revient pas.

Les deux chauffeurs ont soudainement l'air moins contracté.

Les signaux de détresse actionnés, la camionnette blanche roule sagement à un train de sénateur provoquant un léger embouteillage. Les quatre motos dont la *BSA 650 Gold Star* de Jean Dupuis et la *NISSAN PRIMASTAR* accélèrent. Elles doublent quelques voitures afin de se coller au plus près des deux chauffeurs policiers en effectuant des zig-zags inconsidérés dans un concert de klaxons.

Résultat ? Si un automobiliste avait voulu accéder à l'aire de repos, il en fut dissuadé.

Au tour des trois gendarmes de quitter l'autoroute, eux, prudemment et en toute discrétion.

Arrivés au début de l'accès à l'aire, l'un des trois gendarmes, un blondinet d'1 mètre 70, saute de sa moto. Il pose sur la chaussée à la vitesse de l'éclair un panneau gonflable d'interdiction, la dernière innovation technologique. Il enfile une veste large qui lui donne un aspect bien plus corpulent, ôte ses chaussures pour les remplacer par des bottines avec quinze centimètres de semelle et accroche une perruque brune sur son crâne. Lui, il restera sur place jusqu'à la fin de l'opération.

Sa mission ? Empêcher les curieux de venir les perturber.

Le capitaine Franck Lagarde a tout bien anticipé, songe Jean Rigault. Il se remémore ses corrections, ses suggestions et ses prudences : « Il faut toujours envisager le pire. Aussi, faut-il limiter la casse au maximum si ça risque de devenir trop saignant. »

Il y a bien plus d'un kilomètre avant de parvenir à l'aire de repos.

- Henri ! Plus que cent mètres, dix mètres, STOP !

Grospiron s'extrait avec souplesse de la voiture et file vers les toilettes. Quelques secondes plus tard, la meute surgit.

Les quatre truands, suivis par la *NISSAN* conduite par les deux européens de l'Est sont à moins de cent mètres de la camionnette blanche. Jean Dupuis, le premier, repère Grospiron. Il s'est relevé malgré les consignes strictes. « Le con ! » rage Teddy Brinaire. Sur le point d'être abattu, Grospiron l'échappe de justesse. La balle du révolver de Jean Rigault, alias Patrick Lefeuvre, a effleuré le bras droit de Jean Dupuis qui laisse tomber son révolver.

Bernus enclenche la première, démarre sur les chapeaux de roue, tourne à droite pour emprunter le chemin de terre caillouteux. S'il ne fait pas l'andouille pour se gratter comme Grospiron, il est hors d'atteinte, estime Teddy Brinaire, en véritable pro. Ainsi, il honorera sa mission première, prendre soin des motos.

Les quatre truands et les deux européens de l'est tirent en même temps que les quatre furieux Allemands sortis de leur camping-car, alertés par le coup de révolver de Jean Rigault. Deux secondes plus tard, un européen de l'est, Jean Dupuis, jusqu'à présent blessé seulement, et un Allemand à la tête d'un Turc sont sur le carreau définitivement. Deux autres, un de chaque côté, sont grièvement blessés. Ils ne tarderont pas à expirer.

Jean Rigault et son équipe restent à l'écart de l'horreur. Ils scrutent et comptent le nombre de gens étalés pendant que Grospiron s'escrime à retirer le tas de merde accroché à ses vêtements. Il a glissé malencontreusement sur l'endroit préféré des toutous.

Avec leurs kalachnikovs, les deux derniers Turcs, encore indemnes, découpent en morceaux deux truands, tandis que le dernier européen de l'est survivant balance un lance-roquette en direction du camping-car, déchiquetant le troisième Turc. Le dernier, fou de rage, disjoncte. Il se précipite en hurlant vers les trois d'en face encore en vie, la kalachnikov en action. Une avalanche de tirs saccadés meurtriers qui met tout le monde d'accord.

Une scène dantesque. On a carrément plongé dans l'abomination. Dix malfaiteurs ne surchargeront pas les urgences déjà très encombrées.

Soudain, le camping-car explose.

Il libère des dizaines de milliers de billets de 100 ou 200 euros et plus de cent kilos de cocaïne. Les billets s'éparpillent. Parfois, ils tombent dans les poches de Bernus ou sur le nez crotté de Grospiron et de celles de nos quatre gendarmes par l'opération du Saint-Esprit. Fort heureusement, le vent souffle à peine. Les euros ne tourbillonnent pas sur l'autoroute.

Le cinquième gendarme, à la carrure d'un stadier d'un stade de foot et à la coupe de cheveux d'un célèbre footballeur portugais entend bien le son bruyant des armes. Heureusement, la circulation est fluide. Cela lui permet d'appliquer à la lettre les consignes, empêcher les éventuels fouineurs d'assister au carnage.

Léon Poisson attend le signal pour les rejoindre.

Son portable vibre. « Léon ! Rapplique en vitesse. Attention ! Tout doit être net. »

Le blondinet d'1 mètre 70 passe-t-il tous les soirs dans un spectacle de transformiste ? Si des automobilistes parviennent à dresser un portrait-robot le plus ressemblant, ce n'est pas l'an prochain que les enquêteurs le découvriront.

- Teddy ! Tu avais raison. Les touristes allemands sont sacrément friqués, exulte Jean Rigault, alias Patrick Lefeuvre.

À cet instant, Jean se souvient du conseil de Franck à Akim hier après-midi que ce dernier lui avait transmis : *Akim ! songe au pire. Au cas extrême. D'où la nécessité de prévenir au maximum. Tu auras peut-être à faire à un cas encore plus extrême qu'extrême. Explique bien ma proposition au capitaine Rigault. Il est le seul décisionnaire.*

Jean Rigault pensait avoir tout prévu, sauf à ce cas *plus extrême qu'extrême*.

Si les quatre gendarmes quittent l'aire de repos dans les temps, un repos définitif pour Jean Dupuis et les neuf autres truands, l'opération nette et sans bavure fut réalisée en dix-sept minutes au lieu des douze minutes planifiées.

À cause d'une glissade inattendue, le capitaine Jean Rigault patiente. « Souhaitons que le service roulant de surveillance de Vinci ne passe pas plus tôt que prévu dans les parages », parle à lui-même le capitaine. Tout en observant le *Gros con* de Jeannot Grospiron, d'après Teddy Brinaire, entrain de se déshabiller intégralement et de se frotter énergiquement le visage avant d'enfiler de nouveaux vêtements et une autre paire de chaussures.

Il range dans un grand sac poubelle les fringues crottées ainsi que la paire de grolles. Il le ficelle bien. Il renouvelle l'opération trois fois, tant l'odeur de la chiasse est forte, mais surtout par professionnalisme. Une odeur pestilentielle qu'ils doivent subir tant qu'ils resteront sur l'autoroute. Jean Rigault ne veut prendre aucun risque.

Il craint les caméras de surveillance.

Le tout prit cinq courtes minutes ou cinq longues minutes.

Cinq courtes minutes si le personnel de Vinci n'a pas fait un excès de zèle.

Ainsi, personne ne pourra mettre en doute le rapport de la gendarmerie :

Un règlement de comptes.

En fait, personne ne mettra en doute le rapport de la gendarmerie.

Jean Rigault omit volontairement de signaler à Akim sa solution envisagée pour un autre cas extrême. Une solution nettement moins tirée par les cheveux que celle suggérée par Franck pour distraire l'attention du service du personnel roulant de Vinci.

Il a un très bon ami parmi les passionnés de *Harley Davidson* ; Pombber de Saint-Laurent du Var, du club Shot gun. Il a des potes partout, aux quatre coins de la France, grâce au club Shot gun, fiers d'arborer le sigle *LE, Law Enforcer.* *Là-haut Enforcer* pour Pombber qui eut toujours quelques difficultés dans l'apprentissage de la langue anglaise.

Depuis Lyon, des motards appartenant aux forces de l'ordre ou aux pompiers profitent de leurs temps libres pour rouler en *Harley Davidson* de 1800 cc pour la plupart. Ils sont prêts à intervenir à tout moment pour déconcentrer l'attention du service du personnel roulant de Vinci.

Au niveau de l'aire de repos du lieu de règlements de comptes, ils y sont parvenus d'une manière magistrale. Six magnifiques et rutilantes *Harley* ont détourné leur attention.

Faut dire qu'elles sont si belles et le son si caractéristique.

Aussi belle que la chanson qui passe en ce moment sur *107.7*, la radio d'information des autoroutes : *Tous les garçons et les filles de mon âge…* en hommage à Françoise Hardy. La chanteuse préférée des parents d'Henri Bernus.

Jeannot Grospiron qui l'ignorait en raison de son enfance chaotique, est impressionné.

- C'est vraiment elle qui a composé et écrit la chanson ?
- Oui ! Mon Jeannot. C'est vraiment elle.
- C'est beau !
- Puisque tu as apprécié la chanson de Françoise Hardy, écoute *Mon Vieux* de Daniel Guichard et *Les Mots Bleus* de Christophe. Tu découvriras deux autres auteurs compositeurs talentueux qui ont bercé ma jeunesse. Ainsi, j'espère que ton vocabulaire ne sera plus réduit qu'à : *Oh ! Dja Dja…* et à ta phrase culte : *Fais chier !* Mince ! Je finis par parler comme toi. Fais chier ! Putain !

***

De la première voiture à avoir accédé à l'aire de repos enfin rouverte aux automobilistes, deux étudiants en première année d'une école de journalisme s'y extraient.

Effarés, ils ouvrent grands la bouche. Ils sont apeurés, horrifiés, liquéfiés. Un vomit.

Cependant, l'instinct du futur grand reporter reprend très vite ses droits.

Des prometteurs grands reporters ou des acharnés chasseurs de trésors ?

Ils se précipitent vers les billets de 100 et de 200 euros et les tassent dans leurs valises trop minuscules à leur goût. Puis, avec leurs portables, ils prennent les photos des dix morts dans des angles différents avec la jouissance des cannibales avant qu'ils ne songent à appeler les pompiers ou police-secours, et de se barrer.

- De toute façon, ils étaient tous clamsés, concluent-ils.

D'autres automobilistes les imiteront. Au début, ils sont consternés et livides. Une sidération vite dissipée au point de s'écharper pour un billet, jusqu'à l'arrivée des forces de l'ordre, des pompiers et du Samu qui les font tous évacuer manu militari.

Hélas, trop tard pour relever le moindre indice. Ils ont tant piétiné l'aire, y compris l'endroit préféré des toutous pour relever un objet intéressant ou une trace qui se démarque des autres.

L'appât du gain et une collection de photos souvenirs sont bien plus forts que porter d'abord assistance.

16

Mercredi 10 juillet. Nice.
Devant l'agence LPI vers 17 heures.

Installés discrètement au café *Rose Wood*, Franck et Simone aperçoivent Antoine Fauché se rendre à son agence quand il bifurque vers le café.
- Une pression Mike.
- Antoine ! Je constate que tes affaires progressent à pas de géants.
- C'est bien Mike. Comme ton français. Tu cesses enfin de dire par sauts et bonds.
- Antoine ! Voilà ton Popoff.
- Ce n'est pas un Russe, je te l'ai déjà dit. Un Ukrainien.
- En tout cas, il a une belle bagnole.
Un Ukrainien sort de la *Maserati Trofeo.*
Antoine Fauché avale à toute vitesse sa pression, pose un billet de dix euros « *Mike ! Garde la monnaie* », sort du bar et laisse le costaud entrer le premier dans l'agence.

Deux minutes plus tard, Franck et Simone quittent le café à pas de velours sans avoir été vus et se dirigent vers le Splendid, boulevard Victor Hugo. Une marche exténuante en raison de la forte chaleur, car Franck et Simone évitent de prendre un taxi, encore moins un Uber, par prudence.
Le concierge est différent du laconique d'il y a deux ans.
- Vous connaissiez Jacques-Henri ? Le pauvre. Basculé par un motard inconscient qui faisait une roue arrière sur la promenade des Anglais. Il est tétraplégique. Il a rejoint sa famille en Lozère.
- C'est triste, compatit Franck. Deux ans auparavant, j'avais emménagé au Splendid en même temps qu'un Ukrainien.
- Dans le studio réservé aux officiels ?
- Exactement !

Le prolixe concierge, impressionné, veut se faire bien voir.
- Vous ! Juste avant l'arrivée du ministre de l'Intérieur...
- Lui-même, répond Franck avec un sourire qui en dit long avant de poursuivre. Je disais donc, j'étais légèrement en colère. Un Ukrainien jouit d'un grand garage et moi non. Pourtant, je roulais en *5008*. Alors que ce bien ne lui serait qu'un pied à terre.

Franck veut enfoncer le clou.
- Lui, il ne conduit sûrement pas une grosse voiture.
- Détrompez-vous ! Monsieur Volodymyr Bubka possède une *Maserati Trofeo* de couleur bleue. Maintenant, il la gare dans le garage d'à côté acheté en avril. Il est plus petit. Alors, il fait plus de manœuvres pour y accéder.
- Il a deux garages. Il est chanceux. Ce doit être si recherché.
- Si vous saviez le nombre d'agences qui me supplient. Mais, grâce à la patronne de l'agence LSI, *La Star de l'IMMO*, Monsieur Bubka l'a obtenu. Il est très riche.

Toi mon lascar, si tu veux bien te faire voir auprès de nous, tu en fais autant avec Monsieur Bubka, *Monsieur* prononcé avec tant de dévouement et de reconnaissance. Ma tête à couper qu'il a obtenu une commission bien plus rondelette que d'habitude, pense Franck qui n'est pas né de la dernière pluie.

Avant de pénétrer, cette fois-ci, complètement dans le studio, Franck n'allume pas immédiatement la lumière. Dans le cas où ils repèreraient une caméra. Aucune. Le jour revenu une fois le volet roulant électrique remonté, ils font l'éloge du restaurant sans le mentionner. À l'intérieur, ils poursuivent dans les compliments à propos du plat principal tout en fouillant et vérifiant le studio du sol au plafond.

Bingo !

Ils remarquent un micro. Ils s'y s'approchent, s'extasient sur les desserts sans préciser lesquels, s'éloignent rapidement en continuant à distribuer des bons points.

Franck claque la porte. Maintenant, direction rue Gounod.

- Simone ! C'est pire que de marcher sur des œufs. Mais, trop tard, nous ne pouvons plus reculer.

Dans le studio de Simone, à part une barre fixe accrochée par pression au bout de l'entrée, leurs deux yeux expérimentés n'ont point trouvé de micro ou de caméra.
 Avant de sortir, Simone a une idée tirée par les cheveux. Elle place la barre fixe à un mètre au-dessus du sol.
 - Si quelqu'un entre en douce, il la heurte.
 Franck peaufine la trouvaille géniale de Simone.
 - S'il renverse un pot de peinture, prions le ciel qu'il ne s'en aperçoive pas.
 Ils cherchent sur leur smartphone le magasin le plus proche de la rue Gounod.
 Quelle chance !
 Dans la rue Verdi, à deux pas de la rue Gounod, ils trouvent leur bonheur à la boutique *Jolie Maison Décoration*. Ils sont accueillis par un couple jovial et dynamique. L'homme a le côté chaleureux de Philippe Mahut en moins fantasque. Quant à son associée, voire sa compagne, elle est aussi gracieuse et spontanée que Simone. D'ailleurs, le courant est si bien passé qu'on aurait l'impression que ce sont deux cousines. Ils repartent avec un litre de pot de peinture de couleur jaune, une couleur plutôt discrète.
 - Une peinture d'excellente qualité. Un jaune inimitable, assure la charmante blondinette. Elle fera de l'effet.

De retour au studio, ils répandent un peu de peinture sur le sol et placent une mini caméra qui se mettra en marche dès qu'une personne entre. Ils s'en vont, contents.
 - C'est la même chance qu'au loto. Mais si on ne tente pas, on est garanti de ne pas toucher le jackpot, affirme Franck.
 - Je ferai attention de la déconnecter avant d'entrer et de ne pas m'encadrer dans la barre, prévient Simone.

Franck commence par changer d'avis sur Nice.

17

Mercredi 10 juillet.
Coup de tonnerre à Paris.

À partir de dix-huit heures cinquante, c'est le branle-bas au ministère de l'Intérieur. Ils ont été avertis du carnage. Quatre Allemands ont liquidé six Français qui réussirent, toutefois, à les tuer avant de mourir.

Pommard, l'arriviste énarque, accro aux substances psychotropes, au lieu d'approfondir la nouvelle catastrophique et de prévenir l'ambitieux ministre de l'Intérieur, fait un excès de zèle. Lors de la dissolution inattendue de l'Assemblée nationale, il manœuvra si bien avec le concours des médias trop inféodés au pouvoir qu'il désamorça le danger RN.

De quoi obtenir plus de responsabilités parmi toutes les têtes formatées assoiffées de pouvoir. Le carriériste s'imagine dans le prochain gouvernement. Aussi, il alerta uniquement les médias dévoués au pouvoir.

Trente minutes plus tard, les médias publics interrompent leurs émissions et font une annonce fracassante à leurs auditeurs.

Un commando de nazis allemands abat des Français

La nouvelle se répand comme une trainée de poudre. Un frisson de terreur parfaitement compréhensible et renforcé par des experts qui alimentent la peur s'étale en une fraction de seconde en France comme la lave destructrice du volcan.

Vers vingt heures, patatras. L'annonce jouissive téléguidée par Pommard est contredite par des médias privés.

Sur les réseaux sociaux, on voit parfaitement les têtes des victimes

D'un côté, quatre Allemands avec des têtes de Turcs sont allongés. De l'autre, quatre Français avec des têtes de Maghrébins et deux Français de type européen de l'Est gisent sur le sol. Quatre Français dont Jean Dupuis et un autre sous OQTF, très familiers de la police, de la justice et des avocats, heureux de s'enrichir. Quant aux deux autres Français, il y aurait un sérieux doute sur la nationalité française.

Un journaliste remarque amèrement des touristes réjouis d'être pris en photo avec les morts. Ça circule sur les réseaux sociaux. Il est scandalisé. « La honte ! Se prendre pour les vedettes du cinéma spécialisé dans le rôle de flics ou de voyous avant de secourir. »

***

Vers vingt heures trente, Bernus et Grospiron quittent l'autoroute après Aix-en-Provence. Ils balancent le sac dans un des containeurs proches d'un lotissement.

À peine remontés dans la camionnette blanche, des gens font déjà le tri. Ce soir, ils seront sûrement gâtés. Quelques billets de 100 euros et de 200 euros ont dû rester coller aux vêtements.

Après son étourderie qui a failli lui ôter la vie, Grospiron, tremblant de peur, donnait l'impression de vouloir s'enfoncer dans la terre. Les deux policiers ont respecté à la lettre les instructions de Patrick Lefeuvre, le stagiaire enquêteur de leur cheffe Claudette Lecocq.

- Ce ne sont pas les spécialistes du pré-tri écologique, venus de Roumanie, qui feront renifler les billets aux enquêteurs de la gendarmerie, affirma catégoriquement Patrick Lefeuvre.

***

Les gendarmes ne les suivent plus. Il n'arrivera plus rien de fâcheux aux deux policiers jusqu'à Nice. Inutile que des caméras s'agitent et enregistrent une camionnette blanche de type *Renault Trafic* suivie par cinq gendarmes.

Leur soutien s'est achevé avec succès. Sans bavure. Ils ne peuvent faire davantage. Ils ont déjà pris tant de risques.

Jeudi et vendredi, ils suivront les instructions à la lettre d'Isabelle Jaicoute : *Décompressez.*

Afin que samedi, la psychologue soit comblée et qu'elle cesse de les tanner.

Par contre, si Akim est encore dans le pétrin, il sait pouvoir compter sur lui et ses quatre zigotos. Il le lui a confirmé peu de temps auparavant sur un portable prépayé jeté peu après l'entretien.

Henri Bernus fit de même avec le portable remis par l'enquêteur Personne le mercredi matin devant le garage de la police du 36, rue du Bastion.

Naturellement, loin des yeux inquisiteurs.

18

Mercredi 10 juillet. Vers 20 h 30.

Alors que partout en France, aussi bien à travers les médias que dans la rue très émue, le massacre expéditif à l'aire de repos est commenté de long en large, Franck répond à l'appel de Ducournau.
- Lagarde ! Vous êtes bien à Nice, dit-il avec une voix angoissée.
- Où voulez-vous que je sois ? Aux alentours du drame sanglant ? Soyez rassuré. Nous n'avons pas bougé de Nice depuis que nous y sommes arrivés. En ce moment, nous dînons dans un restaurant très coûteux de la place Masséna. Voulez-vous que je filme ?
- C'est bon. Peut-on se parler en toute confidentialité ?
- En toute confidentialité ? C'est compliqué. Par contre, en toute tranquillité c'est faisable. Nous sommes entourés de touristes qui tchattent dans toutes les langues sauf en français. À voir leurs mines réjouies, je vous le garantis, ils sont trop joyeux pour jouer les espions.

Ducournau lui révèle ses vives inquiétudes.
- Je suis au bureau avec Taupin quand, dès dix-neuf heures, je suis mis au courant du terrible drame survenu à l'aire de repos. Imaginez le choc. Aussi, je contacte sur le champ Claudette Lecocq, la responsable du garage. La standardiste m'apprend son accident de voiture. Elle est à l'hôpital avec une fracture à la jambe. Je panique. La secrétaire me rassure. « J'ai bien vu Bernus et Grospiron montés dans la camionnette blanche à l'heure fixée. » Je suis soulagé.

Franck le laisse discourir.
- À cet instant, la soudaine contrariété affichée de Taupin ne m'interpelle pas. Mauvaise digestion, je suppose. Puis la secrétaire me confirme n'avoir aucune nouvelle des deux chauffeurs policiers depuis ce matin et me communique leurs

numéros de portables. Elle doit ressentir mon anxiété, car avant de raccrocher, elle me réconforte : « Pas de nouvelles, bonnes nouvelles. » En ligne avec Henri Bernus, il me répond spontanément : « Oui ! Je suis au courant du carnage. C'est dans toutes les radios. » Avez-vous remarqué quelque chose de particulier ? Je lui demande. « Non Chef ! on n'a rien vu ni remarqué de particulier. Nous on conduit. » Quand son collègue Jeannot Grospiron prend son portable. « Chef ! Au péage de Fleury de l'A6, il y avait une *BSA 650 Gold Star* de couleur rouge sur la file voisine. Elle correspondrait à celle mentionnée dans *Europe 1.* » Je raccroche. Enfin je respire. Par contre, Taupin est décomposé. Je ne l'ai jamais vu dans un tel état depuis qu'il est sous mes ordres. Il s'excuse de ne pas pouvoir rester afin de clore un dossier pointu qui traine. Il a mal digéré le poisson. Lui qui pétait encore la santé juste avant le coup de fil de dix-neuf heures.

Le bref exposé achevé, Ducournau pose une question étrange.
 - Lagarde ! Qu'en pensez-vous ?
 - De quoi ?
 - De la conduite de Taupin.
 - Quelle conduite ? S'il a mal digéré le poisson, c'est normal qu'il se sente mal. Cet après-midi, Simone, gourmande comme pas deux, s'est tapé tout le melon. Elle est allée plusieurs fois aux toilettes. Quoi de plus normal pour un estomac détraqué.
 - Pour vous, tout est normal.
 - En tout cas, rien d'anormal. Que je sache ! C'est bien vous qui aviez exigé que je parte seul à Nice. Pas Taupin. Si vous doutez de lui, assumez vos responsabilités. Prévenez la police des polices.
 - Oui ! Mais... qu'en pensez-vous ?
 - Et vous ? Franck garde en mémoire les mots d'Alex : « *Taupin a voulu nous éliminer...* », les consonnes : « *S. D. D.* » de Marion la Bretonne, l'infirmière en chef, et de Laurent

Aboulker, le génie de la chirurgie, enfin, le déchiffrage rapide d'Akim : « *Salaud de Duviviez* ». Qu'il lâche en premier le morceau. Je lui répondrai peut-être, estime Franck.

Ducournau se racle la gorge et sort d'un trait.

- Je me suis toujours méfié du Trotskyste…
- Taupin ! communiste ? Première nouvelle.
- Oui ! Aujourd'hui, il est adhérent dans un parti plus extrême qui soutient être les seuls détenteurs du communisme.
- Je l'ignorais, répond Franck qui savoure intérieurement. Il se remémore sa conversation dans l'Airbus ce matin. « *Désolé Simone ! Je ne délirais pas. J'avais juste des intuitions.* »
- Vous êtes bien de droite ! Vous et votre équipe.

Surpris par le coup bas gratuit sans la moindre preuve, Franck lui répond du tac au tac.

- D'abord, moi et mon équipe, nous ne sommes adhérents à aucun parti et nous ne sommes même pas syndiqués contrairement à Taupin. Quant à vous ! Ducournau - Franck ne respecte pas les usages envers les supérieurs pour la première fois -, si nous n'avions pas signalé à *Gala* ou *Voici* vos aventures extra-conjugales, nous fûmes toujours très discrets sur vos opinions politiques. Pourtant, ça aurait tant plu à *Marianne,* à *Libération* ou à la bavarde de *Causeur* de savoir que votre flexible carte d'adhérent politique est similaire à celles de vos amis l'ambitieux et le dilaté.

Ducournau, aux abois, au lieu de chercher à arrondir les angles, s'enferre.

- OK, mais vous votez bien RN.

Quelle ordure ce mec, enrage Franck.

- Ducournau ! prononcé d'une manière méprisante. Je n'ai jamais glissé un bulletin FN ou RN. Même au premier tour des Législatives fin juin de cette année. Pour autant, puisque vous vous êtes lancé dans la politique de caniveau, je tiens à vous dire qu'aujourd'hui, je ne place pas le RN au même niveau que la LFI ou les écolos. En revanche, je n'ai toujours pas digéré que vous m'ayez traité de facho ainsi que mon équipe. Avec ce que vous venez de me dire, je ne vous le pardonnerai jamais. Autant vous filez ma démission sur le champ et me casser.

- Surtout ne faites pas ça ! Pensez à la France.

Hors question que Franck se tire après tout ce qu'il vient de découvrir. Lui aussi, il pense d'abord aux gens qui peuplent ou visitent la France. La fonction première d'un flic c'est de protéger les habitants et de les assister. Pas de les tuer ou de les laisser se faire massacrer sans intervenir. La frousse de Ducournau lui permettra d'avoir les coudées plus franches.

- C'est à cause de Taupin. Il m'a embobiné.

Je le savais con, cupide, arriviste. Malléable à ce point, je ne pouvais imaginer. Qu'il ne compte pas sur moi pour le sortir du pétrin si la suite des enquêtes démontre une participation directe de Taupin suite au carnage de l'aire de repos.

- Résultat ! Si un repris de justice au volant d'une *Mercédès* dérobée avait respecté le code de la route, et si des voyous et des migrants qui bloquent un passage dans un coin pittoresque de Paris avaient été plus gentlemen, Akim et Simone auraient subi le même sort qu'Alex qui vient de se faire réopérer.

- Que dois-je faire ?

- C'est votre problème. Moi ! je respecte la hiérarchie. J'ai des comptes à vous rendre. Mais après ce que vous m'avez révélé, tant que vous n'aurez pas réglé le cas Taupin, comprenez que je ne vous fasse plus aucun rapport durant notre mission. Si vous n'êtes pas d'accord, virez-moi.

- Non ! Franck. Ne partez pas. La France a besoin de vous, supplie Ducournau. Je vous donne carte blanche. Cessez, jusqu'à la conclusion de votre enquête, de m'envoyer vos rapports.

- Ducournau ! La remarque vaut pour Akim. Inutile de le harceler. Sinon, je donne de suite au préfet de Paris la raison de ma démission.

- Akim a également carte blanche ! gémit Ducournau.

- Ducournau ! Prévenez immédiatement le service recherche d'identités qu'Akim Bougrab a carte blanche. Confirmez-moi dès le nécessaire fait. Compris ?

- Ok, abdique Ducournau.

Sur le point de raccrocher,

- Ducournau ! Rappelez les deux policiers afin d'être certain qu'il n'est rien arrivé à nos motos.

C'est au tour de Franck de s'angoisser.

Une minute plus tard, Franck entend Bernus répondre à Ducournau.

- Chef ! Quel raffut sur les radios. Non ! Les motos ne sont pas endommagées. Pourquoi le seraient-elles ? Non ! Aucune voiture n'a heurté notre camionnette. Nous n'avons jamais pilé. Nous conduisons prudemment. Chef ! Nous nous approchons de Cannes. Dans moins d'une heure, nous sommes à destination. Chef ! Ce serait un règlement de comptes d'après la radio.

Ducournau les salue.

Avant qu'il n'ouvre la bouche :

- Bonsoir ! Dormez bien, lui lance Franck avec un ton plein de sous-entendus.

- Franck ! Mes excuses. Mes reproches de ce matin dans l'Airbus étaient irréfléchis : « *Tu ne délires pas un peu trop ? Nous ne savons rien des idées politiques de Taupin.* » Tes doutes sur Taupin étaient pleins de bon sens.

- Simone ! Tu n'as pas à t'excuser. J'avais juste un feeling. Maintenant, j'en ai un autre, bien confus celui-ci. Écoute-bien, c'est tarabusqué.

- Franck ! Je suis rôdée.

- En fait, nos motos ne devaient pas arriver à Nice à la différence de la stratégie de Ducournau. Lui, il veut juste que je déjoue l'attentat prévu à la dernière étape du Tour de France sans trop fouiner et en ayant l'œil sur nous. Il y a quelqu'un d'autre au-dessus ou en-dessous de Ducournau, voire du préfet. Ce quelqu'un d'autre a tout orchestré pour que deux pauvres types dans le besoin prennent la place de Bernus et de Grospiron. Ce quelqu'un d'autre n'hésite pas à sacrifier le peuple d'en bas, leur vie n'a aucune importance pour lui.

Simone s'était habituée aux analyses fines de Franck. Elle le regarde perplexe. Ne pousse-t-il pas le bouchon trop loin ?

- Tu penses que je délire à nouveau, à grande échelle cette fois-ci. Continue à le penser et surtout à me le dire car je ne suis pas que votre chef. Je suis un manager qui veut le meilleur pour l'équipe. Sans des caractères comme vous trois plus Victor et Héloïse, serais-je resté un flic rebelle ? Car, à force de prêcher dans le vide, j'aurais donné ma démission ou, pire encore, je perdais toute ma fougue pour devenir un flic lambda obéissant, obtus, rigide qui se prend trop au sérieux à l'image d'un Ducournau. Un flic si docile prêt à se dresser au garde à vous aux ordres les plus saugrenus ou les plus néfastes pour la démocratie qu'il n'aurait jamais eu l'idée de secourir deux chauffeurs intérimaires très nécessiteux à cause de tous les malheurs qui se sont abattus sur eux.

- Bravo Franck ! Nous n'avons plus à nous taper des heures et des heures à lui rédiger des rapports où les avocats de la partie adverse traquent la moindre virgule mal placée. Une paperasserie qui gonfle sans arrêt au détriment des vraies victimes. Akim sera enchanté.

Simone regarde son chef avec deux yeux déterminés.

- Dorénavant j'escamoterai volontairement son nom devant tout le monde en me tordant la bouche comme si j'avais une rage de dents : DUCON… NAU !

- Tu veux te faire virer ? Simone.

- Je veux qu'il dégage ! C'est une pourriture.

Détendus, Franck et Simone ont une heure à apprécier le dessert à la carte à vingt euros et l'ambiance décontractée avant de se rendre au boulevard Victor Hugo et à la rue Gounod, l'heure à laquelle leurs motos parviendront. Ils les vérifieront, une fois les deux chauffeurs policiers de la camionnette blanche disparus de la circulation. Ils n'ont aucune raison de les rencontrer, prudence oblige.

Ensuite, ils retourneront à l'agence LPI.

***

Entre-temps, ils reçoivent un appel d'Akim.
- Franck ! Alex a été de nouveau opéré. C'est compliqué. Le génie rafistole d'un côté, ça part en vrille de l'autre. Surtout qu'ils ne sont que deux plus une élève infirmière chargée de poser des cathéters et de surveiller les appareils pour la première fois. À croire que la direction de l'hôpital est plus qu'embarrassée par la présence d'Alex, l'encombrant malade. L'électrocardiogramme est sans arrêt en phase fatidique. Il peut cesser de vivre d'un moment à l'autre. J'espère que tu comprends ce que je veux te dire. Je ne suis pas toubib. D'ailleurs, je n'ai pas le droit de le voir. Il faut éviter toute contamination, paraît-il. Cependant, le génie a bon espoir. Un génie ou un acharné du bistouri ? je finis par douter. Je me pose un tas de questions.

Franck le laisse poursuivre.
- L'infirmière en chef a noté mon embarras. Elle me donne une raison supplémentaire de ne pas baisser les bras en évoquant un fait émouvant. « Cet après-midi, une libellule bleue s'est posée sur la fenêtre ». D'après Marion la Bretonne, la présence inattendue de la libellule est un bon présage, un message venu du ciel. La libellule bleue, aussi fragile soit-elle, a l'instinct de survie.

Akim respire profondément avant d'achever.
- Franck ! Marion la Bretonne s'est mise à prier. La dernière fois, c'était le jour de sa communion solennelle, nous avoua-t-elle. Franck ! Nous avons été touchés tous les quatre et, je n'ai pu me retenir, j'ai pleuré à chaudes larmes quand les trois soignants déclamèrent :
Alex ! Nous te sauverons. Tu seras aussi fort qu'auparavant.

Franck, également, n'a pas cherché à retenir ses larmes.

19

Mercredi 10 juillet. Nice. 22 h 30.

Deux heures plus tard, Bernus et Grospiron stationnent devant le Splendid du boulevard Victor Hugo. Le gardien de la paix Philippe Mahut les dirige vers l'accès au garage situé dans la rue Berlioz. La moto soigneusement rangée, Grospiron remonte dans la camionnette tandis que Bernus le curieux prend l'ascenseur. Il passe devant l'entrée majestueuse avant de rejoindre les deux autres.

Dehors, il partage sa découverte.

- Vache ! Un immeuble ultra standing réservé à nos riches, note Bernus.

- Pas seulement que pour nos fortunés, ajoute Mahut. Des Anglais, des Italiens, toutes les nationalités. Dernièrement des Ukrainiens. Ils sont tous prêts à débourser des sommes folles. Récemment, un garage se serait vendu à cent trente-mille euros. Officiellement.

- Officiellement ? questionne Grospiron.

- Sans compter les dessous de table, sourit malicieusement Mahut.

- Mais c'est interdit ! remarque Grospiron scandalisé.

- Du calme ! Jeannot. Tu crois que les notaires sont tous des saints ? Je t'expliquerai. Tu fais perdre du temps au gardien de la paix.

- OK ! ça va. Tout de même, cent trente-mille euros. Alors ! Un studio, ça vaut combien ? demande timidement Grospiron, toujours mal à l'aise dans un endroit si différent d'où il habite ou craintif, voire diminué, lorsqu'un intellectuel ou un trop diplômé lui parle.

- Ne rêvez pas, interrompt Philippe Mahut. Avec votre salaire, vous aurez déjà du mal à payer les charges. Oui ! C'est un quartier très chic et recherché. Pourtant, je préfère ma résidence située à Nice Ouest. Certes, elle a un côté snob mais il y a une piscine olympique.

- Cinquante mètres, complète Grospiron en connaisseur.
- Oui, cinquante mètres pour me resourcer et réciter le texte de mon prochain rôle. Bon ! Vite en direction de la rue Gounod pour déposer en toute sécurité l'autre moto selon les instructions. Faut que j'aille me coucher. Je bosse demain.

Les deux policiers sont ravis. Ils savent où bien grignoter dans le Vieux Nice.
- Il a plus la tronche d'un comédien comique que celle d'un flic, remarque Jeannot.
- Toi, pour un bon prévisionniste, aujourd'hui tu as été gâté. Comme tu en as bouffé de la merde. Savonne-toi bien avant d'aller au lit. Tu pues ! explose de rire Henri Bernus.

Franck et Simone, volontairement à l'écart, observent en se marrant.
Décidément, Mahut est un sacré zozo. Il saute d'un sujet à l'autre : restos, théâtre - sa passion -, magasins souvenirs ou galeries d'arts, en évitant soigneusement de mentionner les véritables possesseurs des motos et la raison de leur présence à Nice.
- Un pro ! Un gars fiable, jugent Simone et Franck.

***

Avec leur argent de poche non négligeable, Bernus et Grospiron optent pour demain soir le plus coûteux restaurant niçois situé dans le Vieux Nice recommandé par le gardien de la paix. La cousine d'Henri et son compagnon le Niçois, un abonné au chômage, participeront aux festivités.
Jeannot le met en garde.
- Henri ! N'oublie pas. Avec ta paie, tu n'es déjà pas en mesure d'aider ta cousine. Elle cherche sans arrêt à te taper depuis qu'elle a épousé le parasite.
- J'ai gagné au loto.

- Misérable ! Surtout pas le loto. Tu veux nous faire griller ? Improvise. Tu t'es serré la ceinture pour eux. Tu as économisé grave sur tes quatre derniers frais de mission. Avec, en plus, celle d'aujourd'hui tu réussis enfin à les inviter dans celui tant convoité situé dans la rue Droite à proximité de la Galerie Ferrero. À condition de ne pas choisir un vin trop onéreux. Fais leur honte.
- Ça tombe bien que t'en parles. Toi, l'ivrogne. Surtout, n'en abuse pas. Toi aussi, n'oublie pas les avertissements de Patrick Lefeuvre. Je n'ai pas envie d'être muté dans le *Neuf Trois*. S'ils mentionnent le carnage de l'aire de repos, pose immédiatement à son jules la question qui le fait royalement chier : « Vous en êtes où dans votre recherche d'emplois ? » Monsieur je sais tout est un glandeur de première. Qu'il bouffe et se taise. J'ai tant de choses à raconter à ma cousine.

***

Les deux policiers partis, Franck et Simone vérifient l'état de leur moto avant de retourner rue Gioffredo.

Ils commencent par celle de Simone. À première vue, elle est intacte. Elle n'a subi aucun choc suite au virage amorcé à grande vitesse dans l'aire de repos – Akim lui en a touché deux mots. À Paris, le personnel les avait bien fixées. Il est rassuré. Néanmoins, il poursuit minutieusement la vérification.

Soudain, l'œil exercé de Franck remarque un minuscule objet légèrement détaché de la moto. Un traceur. Il se redresse doucement tout en musclant trois fois les joues de son visage. Simone a compris. D'ici que le traceur renferme également un micro. Du doigt, il montre l'objet. Les deux vérifient. Ils reconnaissent le modèle. C'est un traceur simple.

- Franck ! Un traceur avec un micro qui peut capter une conversation sur des centaines de kilomètres, tu as une sacrée imagination.

Dehors, ils parlent de tout et de rien d'une manière naturelle. Dans le cas où quelqu'un les guetterait. Il ne mouchardera pas que les deux avaient l'air en pétard.

L'opération se répète au studio du boulevard Victor Hugo. Après plusieurs longues minutes de recherches, ils détectent un traceur sans micro. Il ne s'était pas détaché.

- Simone ! Quelque chose me chiffonne. Pourquoi placer des traceurs sur nos motos s'ils avaient eu l'intention de les saboter. Ça me dépasse. C'est plus grave que je ne l'imaginais. Le garage de la police est gangréné au moins par un fumier en liaison avec Taupin et, qui sait, par quelqu'un au-dessus de Taupin et de Ducournau, voire Ducournau lui-même. Ce dernier était soulagé que les motos n'aient pas participé au carnage de l'aire de repos. À Nice, une personne a dû recevoir des instructions pour nous surveiller dans notre terrain d'action afin de nous empêcher d'avoir une liberté complète tandis qu'à Paris, j'ai la forte intuition qu'un autre gus encore plus mal intentionné, a tout mis en œuvre pour que les motos n'arrivent pas à destination afin de mieux saboter notre mission.

- Je partage ton avis. Franck ! Pour autant, je maintiens. Ducon…nau est un pourri. Car l'un ou l'autre, les deux nous mettent des bâtons dans les roues.

- C'est bon ! Simone. Parons au plus pressé. Akim vérifiera quelles sont les personnes chargées d'entretenir les voitures et les motos. Cependant, nous avons maintenant la certitude ; il y a au minimum deux taupes à Nice. L'un en liaison avec Taupin et un autre en contact avec Ducournau. N'oublie pas, je me répète, lors de son appel vers vingt heures trente Ducournau avait l'air rassuré de savoir les motos intactes. Demain, quand on les récupère, parlons naturellement, sans déborder. À Foch, nous ne mentionnons pas les traceurs, au moins jusqu'à samedi. Encore moins à Ducournau. Non ! Ducon…nau. Tu as raison. D'ailleurs, je n'ai rien à lui dire. J'ai déjà oublié notre arrangement. Je vieillis Simone. Nous avons besoin d'alliés si nous ne voulons pas finir découper en morceaux. Je préviens Akim, Ducon…nau lui foutra une paix royale. Il en aura bien besoin pour manœuvrer en toute liberté.

- Bande d'enfoirés ! tempêtent Simone et Franck.

20

Mercredi 10 juillet. Nice. 23 h 12.

Une chance ! La rue est déserte, le café d'en face est fermé.
Franck et Simone s'introduisent facilement dans l'agence LPI, la porte ne possède aucune protection particulière. Ils font attention à ne rien renverser dans la pièce sombre composée de deux petits bureaux et d'un tabouret seulement en face de chaque bureau. Ça ne respire pas l'aisance par rapport à d'autres agences.
- Simone ! Attention à remettre tout en place.
Simone préfère ne pas répondre. Ils sont déjà si tendus.

Ils ne remarquent rien de significatif aux murs.
Si ! Un grand calendrier *2024*. Pratiquement vierge jusqu'à fin mai, de nouveau immaculé à partir du 18 juillet. La pertinente remarque d'Olga l'Ukrainienne est fondée.
 « *Franchement ! Tu ne trouves pas louche tout ça. Aucune location n'est prévue à partir du 18 juillet...* »
Clic ! Une photo souvenir du calendrier du Pro de l'Immo.
Sur les étagères, rien qui ne prouve une éventuelle participation au drame prévu le 21 juillet.
Franck extrait du tiroir du bureau d'Antoine Fauché un grand et épais agenda *2024* offert par une banque.
Effectivement, de janvier à fin mai, il ne fut guère actif pour rentrer des produits afin de les montrer à des clients potentiels. Annick du restaurant *Meta e Meta* avait raison.
En revanche, à partir de fin juin jusqu'à la première semaine de juillet il est très accaparé et, depuis le 9 juillet, encore plus archi débordé que le capricieux narcissique à la recherche d'un Premier ministre.
Il est bien le *king* incontesté de la location meublée de Monaco à Nice. Par précaution, ils prennent chacun des photos de chaque page à partir de mi-juin et du mois de juillet.

L'épais agenda confirme le grand Calendrier.
Aucun client à partir du 18 juillet.
Stupeur ! Nos deux flics ont les adresses exactes où logent les clients de l'agence LPI. De Monaco à Nice. Des meublés dans l'ensemble. Quelques hôtels également.
- Franck ! regarde. Les touristes dont les noms ne sont jamais mentionnés logent même à Saint-Laurent du Var : 30 juin, 4 juillet, 13 juillet, plus rien. Tu ne trouves pas ça bizarre ?
- 13 juillet ! C'est samedi. Il faut creuser Simone. Mais comment ? C'est déjà si compliqué. Alors, sans aide.
Dans le deuxième tiroir, ils trouvent un paquet de fric. En euro et en dollar. Combien ? Ils ne comptent pas par prudence. Mais un paquet de fric.
- Simone ! Tirons-nous en vitesse. Nous avons amassé suffisamment de preuves d'une vaste opération d'envergure. Plus d'une centaine de vacanciers sans nom. Incroyable !
- Franck ! L'agence a-t-elle été manipulée ? En tout cas, elle est maintenant complice. Filons à Massena, il y a une fête.
- Il faut que nous soyons vus là-bas, note Franck.

***

À la place Massena, la foule est bon enfant.
- Franck ! Il faut quand même être un sacré con pour laisser tant d'argent dans un local si peu sécurisé, constate Simone quand elle lui secoue brusquement le bras. Regarde ! La sœur jumelle.
Ils ne sont pas les seuls à l'avoir confondue. La plupart s'éloigne d'elle de fort mauvaise humeur.
- Ils ont peur d'être contaminés, rigole Simone.
Sauf un brave mec du genre fonctionnaire alcolo fainéant, excepté pour brandir les banderoles les jours de grèves. Il se précipite vers elle : « J'ai voté pour vous », dit-il en haletant.
Un Niçois devise avec ses invités : « Elle est aussi grande gueule que l'originale. Maintenant qu'un admirateur pochtron s'accroche à elle, écoutez-la bien. »

Dix secondes plus tard.
- Mélenchon ! Premier ministre ! Le pouvoir au peuple ! Repris avec enthousiasme par son fan avant que la Police Municipale ne lui conseille de baisser d'un ton.
- T'es soulagée Arlette ? se moque le Niçois.
- Écrases ! Le facho.

Pendant ce temps, quelques personnes se penchent sur les rares balcons présents à la place Massena.
- Franck ! Regarde le balcon du deuxième étage, celui situé juste en face de toi. Ce sont les trois Parisiens déposés par Olga en début d'après-midi. Soit on se plante carrément dans nos recherches, dans ce cas nous faisons fausse route, soit ils sont encore plus bornés qu'Antoine Fauché. Laissé tant de frics dans le tiroir de l'agence, répète à nouveau Simone.
Elle les prend en photos. Franck l'imite.
D'autres Parisiens les rejoignent sur le balcon. Les portables fonctionnent à nouveau.
- À croire que l'agence a loué tout l'immeuble à une bande de tarés, complète Simone qui pousse un cri d'effroi.
Le balcon s'est effondré. Dix corps sont étalés sur le sol. Franck et Simone prennent les photos de toutes les victimes et se précipitent au deuxième étage avant que la police et les pompiers n'interviennent.
La porte d'entrée est ouverte.
Dans le studio, au premier coup d'œil, ils ne notent aucune arme. Ils ne touchent à rien afin d'éviter toute trace de leur présence. Ils remarquent juste un faux plafond de plus deux mètres de large sur près de quatre mètres cinquante de longueur, monté ou démonté très récemment, mal badigeonné, un véritable travail de sagouin. Ça dénote sérieusement pour un endroit qui se prétend extrêmement luxueux afin de justifier le prix exorbitant de la location à la journée, à la semaine ou plus.
- C'est louche, disent-il en même temps tout en prenant les photos. Redescendons vite avant de se faire coincer.

Moins une ! Les pompiers se précipitent.

Franck et Simone restent en retrait. La police entre à son tour, flashée à leur insu par nos deux flics parisiens. Simone remarque le flic frimeur croisé à l'épicerie tenue par Zied l'homo il y a quelques heures.

- C'est bien celui d'il y a deux ans, approuve Franck qui le met également dans son portable.

Un quart d'heure plus tard, ils entendent un pompier toubib annoncer la mort de trois touristes. Les sept autres sont conduits aux urgences.

Dans un premier temps les nombreux badauds furent épouvantés, horrifiés. Mais très vite, le besoin malsain de prendre un maximum de photos et de se bousculer auprès des journalistes déjà à la recherche du scoop de l'année prit le dessus. Incroyable le nombre de gens qui ont tout vu et tout entendu.

La journaliste du grand quotidien de Nice évite sciemment le facho niçois et tend son micro à Arlette, la *grande gueule* de Nice qui prend possession chaque samedi de la place Garibaldi, en même temps que des reporters de radios et télévisions locales ou nationales. Au grand mécontentement du facho Niçois.

- Souhaitons que ça ne passe pas en direct, car elle va vous sortir une autre ânerie contagieuse, remarque le facho Niçois.

- Les touristes se sont penchés sur le balcon afin de contempler la place Massena. J'ai bien entendu : Sales Arabes ! et j'ai vu un blanc aux yeux bleus méchants lancer une grenade. C'est l'Extrême Droite ! balance Arlette l'hystérique en transe.

Le facho Niçois avait raison. Une désinformation digne de la *Pravda* ou des radios en Allemagne durant les heures sombres du nazisme.

Effectivement, qui peut nier la présence de nombreux visiteurs scandinaves parmi la foule.

- Comment peut-on tendre le micro en priorité à une femme réputée à Nice pour sa subjectivité, son parti pris et sa mauvaise foi, maudit Franck. Arlette la fougueuse, sauf au travail, qui serait bien connue par les médias locaux et quelques entreprises ayant eu le malheur de l'embaucher d'après le *facho niçois*. Les dégâts sur une information objective sont déjà si considérables. Une grenade ! Il faut avoir l'esprit bien détraqué.
- Attendons cependant la confirmation dans le journal demain, tempère Simone.
- En tout cas, demain à Foch, nous les laissons également gloser les premiers.
- Ok ! Franck. Il est temps d'aller se coucher. Une dure journée nous attend demain.

21

Jeudi 11 juillet. Nice. 6 heures.

Franck, déjà réveillé, reçoit un message de Ducournau : *Bougrab a carte blanche.* Il envoie sur le champ un SMS à Akim : *Akim ! Tu as carte blanche. Fouille uniquement sur les Parisiens.*
Pour Antoine Fauché, le *gangster* selon Annick, Franck patientera. Il se méfie des taupes non identifiées à Nice.

Une heure plus tard.
- Simone ! Es-tu prête dans quarante-cinq minutes ? Ne pouvant trop nous éloigner, voici ma proposition. Nous prenons le petit déjeuner dans un bistro du port puis nous faisons une virée à Villefranche-sur-Mer. La rade, parait-il, est grandiose et nous serons de retour à Nice bien avant dix heures. N'oublie rien.
- Bonne idée Franck, je salive à l'avance. Un bon bol d'air frais, ça renforcera notre concentration. Je t'attendrai devant l'immeuble.

Si quelqu'un écoute Franck, il connait exactement le lieu de leur destination. Franck, aussi, n'oubliera pas l'essentiel.

Sur la vaste terrasse ensoleillée du café du quai des Deux Emmanuel, Franck et Simone jettent un coup d'œil sur le titre choc de la première page écrit en immenses caractères gras du grand quotidien local laissé à la disposition de la clientèle.

TRAGIQUE DESTIN POUR DIX PAISIBLES TOURISTES

Aucune photo pour attester la catastrophe d'une telle ampleur.

En page trois, l'article sur le malheur mortel est dense. Toutefois, la journaliste fouille superficiellement, elle donne l'impression de noyer le poisson.

Par exemple, comment dix gentils curieux pouvaient-ils se trouver sur un balcon capable d'accueillir seulement quatre personnes en se serrant comme des sardines dans une boite de conserve. Sauf si un groupe qui se connaît a investi les lieux.

Quelques lignes plus bas, elle précise, avec insistance, l'origine asiatique du serveur qui a reçu quelques débris de pierre au visage. Cependant, elle oublie d'être aussi pointilleuse sur la provenance des dix paisibles touristes.

À moins que le passage ait été coupé en cours d'impression par le rédacteur en chef.

PAISIBLES TOURISTES !!!

Si le mot *touristes* est approprié, celui de *paisibles*, en revanche, est-il heureux ?

Ah ! les maudits réseaux sociaux. Capables du pire et, parfois, du meilleur.

Des *paisibles* touristes abonnés à la police et à la justice du 93 depuis plus de dix ans.

La journaliste zélée aurait dû tourner son stylo six cents fois avant de conclure :

L'acte criminel aurait été causé par l'Extrême Droite

Arlette, l'enragée de Nice qui jacasse bruyamment à chaque manifestation de haine organisée tous les samedis est-elle son unique source d'inspiration ?

L'acte criminel ! De quoi faire bondir Franck et Simone.

Comment peut-on s'entêter à ce point après la bévue magistrale de la veille :

Un commando de nazis allemands a abattu des Français

Si les médias se taisent, la rue se gausse de Jean Dupuis le Français modèle qui fauche une *BSA 650 Gold Star* de couleur rouge sans changer de plaque d'immatriculation.

Franck et Simone sont curieux de découvrir la réaction du préfet.

En attendant, bien installés sur leurs puissantes motos, ils suivent le bord de mer, s'arrêtent un instant devant le palais Maeterlinck, un ancien hôtel de luxe.

- C'est sublime ! s'extasie Simone en lorgnant la baie des Anges, avant de se pâmer à nouveau en découvrant la rade de Villefranche dans un temps limité, hélas.

Ils poursuivent leur tourisme express à la japonaise, sans le crépitement des portables ou des appareils photos, en prenant la direction du parc du Vinaigrier afin de rassasier davantage leurs yeux émerveillés quand ils aperçoivent un motard faire de grands signes. Il gesticule sans cesse en se redressant tellement sur sa moto qu'ils pressentent un danger imminent. N'ayant rien remarqué devant eux de suspect, la menace devrait provenir de derrière. Au dernier moment, ils se retournent en pivotant légèrement la tête. Simone vient d'échapper à une mort certaine. Le tireur à moto qui venait de les dépasser, obligé lui aussi de se retourner s'il ne veut pas rater sa cible une seconde fois, ne voit pas le gros cageot tombé malencontreusement d'un camion. La roue de sa moto le heurte faisant basculer le tueur.

Franck se précipite vers lui, il balaie à la vitesse de l'éclair son pied droit vers la main qui tient le révolver et lui plaque la tête contre le sol.

- Simone ! Range ton flingue. Ce n'est pas nécessaire.

Le motard qui les avait alertés se présente.

- Vous l'avez échappé belle. Je suis le docteur Peter Muller de Munich, en vacances à Nice.

Il ausculte le meurtrier pendant que Simone, légèrement tremblante, contacte Foch et prend la photo souvenir de leur fugue matinale qui faillit être la dernière.

- Rien de grave si ce n'est une fracture au poignet droit, constate le toubib dans un Français parfait.

Il loue la maîtrise des deux policiers.
- Je craignais que vous vous déchainiez sur lui. J'aurais parfaitement admis votre mouvement de colère même si c'est contraire à l'éthique, car si la balle ne s'était pas volatilisée ailleurs, votre collègue avait de fortes chances de succomber instantanément. Il visait sa tête. La police me posera quelques questions, je mentionnerai aussi votre attitude exemplaire.
- La police assemble tous les témoignages dans la rédaction de leur rapport, confirme Franck.

Moins de quinze minutes plus tard, l'ambulance des pompiers et la police dont la présence du gardien de la paix Mahut sont sur les lieux.
- Vous le connaissez ? demande Franck à Mahut.
- Inconnu au bataillon.
Philippe Mahut envoie immédiatement son portrait à l'identification judiciaire avant qu'il ne soit conduit aux urgences. L'assassin n'a pas ouvert une seule fois la bouche, même lorsqu'il reçut le violent coup de pied de Franck à son poignet droit.
Est-il muet ?
Le docteur Muller suit la voiture du gardien de la paix Mahut.
Franck et Simone ajournent leur sortie. Ils ont besoin de prendre une douche avant de se retrouver à Foch.

22

Jeudi 11 juillet. Nice. Commissariat Foch. 10 h 30.

À Foch, pour accueillir Franck et Simone à peine remis de leur émotion, le préfet est assisté du gratin des forces de l'ordre, de Monaco à Nice. Le Directeur Inter Départemental de la Police Nationale des Alpes Maritimes, tous les commissaires de Nice, le Directeur principal de la Police Municipale, le colonel de la gendarmerie des Alpes Maritimes, le chef de la Direction de la Sûreté Publique (DSP) de la principauté de Monaco, ainsi que de nombreux commissaires, ou directeurs de la police municipale et commandants de gendarmerie de Beaulieu jusqu'à Villefranche sur Mer. Sans oublier le plus haut gradé des CRS et des pompiers.

Ils viennent tous d'être avertis, la lieutenante Guichard a failli y laisser sa peau.

Excepté le préfet, ils se lèvent spontanément et lui adressent leur soutien.

Le préfet, avec un temps de retard, se redresse par la force des choses. Il lui distille brièvement quelques paroles banales de réconfort sans la moindre empathie et frappe la table du plat de la main.

- C'est bon ! grogne-t-il. Passons à l'essentiel.

De quoi faire bondir de rage Simone.

- Franck ! Moi un simple fait secondaire. L'ordure.

Au moins, elle s'est soulagée.

Elle est prête à affronter le préfet durement, si nécessaire, sans s'emporter. Elle y est déjà parvenue l'année dernière à la préfecture de Cergy-Pontoise. Quelle élégance du verbe et du geste pour rabaisser avec des mots choisis la superbe d'un hyper diplômé en sciences sociales hautement qualifié des rouages de l'administration judiciaire.

- Capitaine Lagarde ! Votre supérieur Ducournau vous a déjà expliqué notre dilemme. Aussi, allons droit au but.
- Sauf que lui, il passe à côté, pointe discrètement Simone à Franck.
- Dans dix jours c'est la dernière étape du Tour de France, l'étape fatale, et toutes les forces de l'ordre réunies, de Monaco jusqu'à Nice, n'ont toujours pas trouvé le moindre indice, elles piétinent. Elles sont dans la panade. Capitaine Lagarde, avez-vous remarqué quelque chose de particulier qui pourrait les faire avancer ?

Trois jours auparavant, à Paris, Franck expliquait à l'entêté Ducon…nau qu'il n'était pas James Bond.

Trop chamboulé par l'atroce drame survenu à Alex, par ce qui leur était promis ce matin, il s'abstient d'exprimer avec vigueur son indignation : « Monsieur le préfet ! Charger les forces de l'ordre uniquement, c'est petit ! » Franck, solidaire de ses collègues, boue de rage. « Reprends-toi ! Conserve toute ta maîtrise afin d'éviter de commettre un impair, se sermonne Franck. »

- Monsieur le préfet, nous venons d'arriver. À part la chute du balcon, nous étions présents lors de la catastrophe, nous n'avons rien noté de notable.
- Vous n'avez rien remarqué, insiste le préfet.
- Non ! rien. Si ! Au fait ! Monsieur le préfet, pour les malheureux paisibles touristes, pouvez-vous nous confirmer que c'est bien l'œuvre de l'Extrême Droite comme stipulé dans le journal local ?

Le préfet a bien noté le changement de voix de Franck en prononçant *paisibles* – mince, ils ont lu le grand quotidien local -, il est bien embarrassé. Dans son for intérieur, il reconnait maintenant avoir tout faux depuis le début.

Qu'importe, l'exécutant de Jupiter fera porter le chapeau à d'autres. C'est un classique, bien avant la prise du pouvoir du capricieux narcissique en 2017, suite à un hold-up médiatique.

Le commissaire d'Auvare lui vient en aide.

- Nous perquisitionnons activement auprès des gens qui ont un rapport avec l'Extrême Droite.

- Pendant que tu y es, avec un accent qui ne renie pas ses origines, fais un saut dans la permanence du chauve. D'ici que tu retrouves quelques armes, ironise un autre commissaire.

- Ça va ! Castelli. Arrêtez avec vos idées conspirationnistes. Castelli ! Le commissaire très débordé des Moulins d'après la fliquette mal éduquée. Oh ! Je sens que notre déjeuner sera fructueux, anticipe Franck. Il retrouve subitement l'intégralité de sa force de concentration. Laissons-les s'écharper afin de les enfoncer davantage.

Simone, aussi, se sent en meilleur état psychique. Ses jambes ne sont pas les seules à être lestes et percutantes.

- Monsieur le préfet ! intervient la lieutenante Simone Guichard ragaillardie. Avez-vous découvert l'identité du tueur qui voulait m'abattre ? Il serait inconnu de la police de Nice pour le gardien de la paix Mahut.

- De quoi se mêle le gardien de la paix Mahut, enrage le commissaire de Foch.

- Pour votre gouverne, je n'ai pas exigé sa présence lorsqu'en état de choc j'ai appelé Foch ce matin, pendant que le capitaine Lagarde retenait le tueur avec un sang-froid remarquable. Que ça vous plaise ou non, nous sommes en droit de connaître l'identité de celui qui a voulu me buter. C'est un blanc ! OK, nous l'avons vu avant vous. Mais qui ? Que nous cachez-vous ? exige Simone avec un ton cassant.

Elle ne sent pas le commissaire. À voix basse, elle dit à Franck :

- Que le préfet ne compte pas sur moi également pour éclairer leur lanterne. Elle s'oriente trop d'un seul côté. Est-elle bloquée ou ont-ils si peur d'être percutés par la réalité en ouvrant tout simplement les yeux ? Un tel refus ou aveuglement devient pathétique.

- Capitaine Lagarde ! Vraiment ! Vous n'avez pas la moindre suggestion ?

- Monsieur le préfet ! Me suis-je peut-être mal exprimé ? Nous venons juste d'arriver.

Franck marque un temps d'arrêt. On l'entend respirer profondément. Il se lève lentement, il déploie son corps athlétique qui impressionne tant les femmes et, d'une voix grave, profonde et sensuelle qui fait fondre les dernières résistances de ses multiples conquêtes…

- Puisque vous tenez vraiment à connaître mon opinion, allons-y. La veille, tous les médias publics annonçaient en fanfare : « Un commando de nazis allemands avaient abattu des Français. » Une heure plus tard, les nazis allemands sont quatre Turcs adorateurs d'Erdogan et les six Français sont finalement deux Ukrainiens et quatre maghrébins dont deux sous OQTF. Quatre Français bien connus de la police et de la justice. Quant aux deux Ukrainiens, ils seraient des trafiquants d'armes.

D'une voix légèrement irrespectueuse Franck déclare :
- Monsieur le préfet !
Le préfet le regarde, peu à l'aise.
- D'abord ! Avez-vous contacté au moins les services secrets de l'Allemagne, des États-Unis et d'Israël, le pays en première ligne face au Hamas et au Hezbollah ?
Le préfet est gêné.
- Ensuite ! Avez-vous donné immédiatement aux forces de l'ordre des instructions pour perquisitionner tous les quartiers sensibles de Nice, d'autres habitations dans les quartiers résidentiels y compris celles des Ukrainiens ?
Le préfet baisse honteusement la tête.
- Oui, Monsieur le préfet, celles des Ukrainiens, car les deux Ukrainiens abattus à l'aire de repos hier auraient un lien avec le trafic des armes pour quelques journalistes.

Dans la salle, c'est un silence de cathédrale.
Le préfet a-t-il séché des cours à l'ENA ? L'établissement élitiste des technocrates de l'administration devenu au fil des années l'École Nationale des Arrivistes à la réponse toujours

appropriée pour en mettre plein la vue aux ploucs et aux gueux avec un air condescendant.

Le préfet cherche, recherche, il se creuse la tête. Avec des yeux de chien battu, il regarde les commissaires rétrécis en les implorant. Aucune aide n'apparait quand soudainement la foudre s'abat sur eux.

Une parole ferme, pleine de reproches, résonne.

- Capitaine Lagarde ! Depuis début mai, je m'acharne sans succès à expliquer au préfet qu'il fait fausse route mais…

- Taisez-vous ! Castelli, gueule le commissaire de Foch.

- Votre nom ? Monsieur le commissaire ! afin que je puise vous poser les bonnes questions, intervient sèchement la lieutenante Simone Guichard.

- Lefaux ! hurle Castelli avec morgue.

- Merci commissaire Castelli, répond calmement Simone en lui faisant un bref clin d'œil avant de reprendre un ton ferme avec un sourire glaçant.

- Commissaire Lefaux ! Vous voulez vraiment que nous vous aidions ?

- Nanaturellement lieutenante Guichard, bégaie le falot commissaire Lefaux qui se fait tout petit.

- Alors ! Expliquez-nous tout ce que vous avez déjà entrepris de concret. Déroulez vite ! s'emporte Simone, en franchissant la limite autorisée.

À voix basse, Franck lui conseille de se calmer et de baisser d'une octave. « Laisse-les s'étriller. »

Au bout de quatre-vingt-dix minutes durant lesquels ils s'agitent et se menacent dans un tumulte et un climat d'extrême tension équivalent à celui de l'Assemblée nationale, ils font pitié à voir.

Franck et Simone constatent leur impuissance et leur désarroi. Depuis la critique cinglante de Castelli, le préfet est absent du débat animé.

Franck n'intervient pas, il y a urgence à découvrir les taupes à Foch et, qui sait, dans d'autres commissariats avant de révéler ce qu'ils ont vu et entendu.

Des gens ont voulu liquider Alex, Simone et Akim. Ils renouvèlent avec Simone. Franck médite : « Ils veulent que je sauve la dernière étape du Tour de France. J'avais bien permis au ministre de l'Intérieur d'échapper à un attentat, deux ans auparavant. Pour quel résultat ? Ils ne se sont pas attaqués aux racines du mal. Seraient-ils prêts à nous sacrifier. Depuis fin 2016, je me suis toujours méfié de celui qui affirmait que la France n'avait pas de culture et qu'elle avait commis un crime contre l'humanité en Algérie. Aujourd'hui, je ne fais plus confiance à ce gouvernement. Il a sombré dans le déshonneur en pactisant avec le diable pour sauver quelques sièges aux Législatives. Qu'ils patientent encore quelques jours. »

- Simone ! Nous respecterons pleinement notre devise : Servir et Protéger. Nous déploierons toute notre énergie pour sauver la dernière étape du Tour de France. Mais à notre manière. Comme je me suis engagé auprès de toi et d'Akim lorsque j'appris par Alex, sur le point de mourir, la terrible nouvelle : « Franck ! Taupin a voulu nous éliminer… »

- Franck ! D'accord avec toi. Protéger ne signifie pas épargner des coquins qui se croient intouchables.

- Capitaine Lagarde !

Franck se retourne. Il rejoint le préfet, isolé des autres.

- J'ai été muté à Nice, en fin de l'année dernière. Je suis au courant de vos prouesses lors de la visite du ministre de l'Intérieur en 2022. Également de votre déception. Vous l'avez mal digéré. Ne cherchez pas à savoir par qui. Je vous reconfirme. Nous sommes dans la mouise. Voici mon numéro personnel si vous aviez besoin de mon intervention. Ne contactez pas mon Directeur de Cabinet. Je ne suis pas dupe. Un homme de votre qualité, la réputation de la lieutenante Guichard, ne me faites pas croire que vous n'avez rien remarqué de suspect.

23

- Enchanté ! Je suis le commissaire Ange Castelli. Allons en face. C'est bon.
- En face ! Ce n'est pas trop près du commissariat ?
- Vous n'avez pas apprécié la tarte citron meringuée ?

Simone et Franck sont sur leurs gardes.

- Soyez tranquilles, je ne suis ni un espion ni un extra-terrestre. Ce matin, vers dix heures, je m'y rends pour prendre un café quand je croise Annick, une femme plus que pète-sec mais si droite et généreuse. Son mari était enquêteur à Auvare. Un pro. Un vrai. Pas comme la chiffe molle de Lefaux ou le préfet, un véritable courtisan. Vous les professeurs de français de Calmettes et de gym du Parc Impérial, vous lui aviez fait une très forte impression. Bon ! Dépêchons-nous.

Castelli les laisse entrer en premier dans le restaurant.

- Allez tout droit, il y a un endroit où on peut discuter sans crainte à condition de ne pas trop hausser la voix quand vous attaquez un dessert.

Une fois installés, Castelli s'épanche davantage.

- Oui ! Capitaine gourmand. Je suis également au courant pour l'agence LPI. Ah ! qu'ils sont cons mes collègues. Faut dire que je suis devenu un pestiféré pour certains depuis que j'avais vu l'autre candidat à la Présidentielle à Cannes en janvier 2022 avec mon bon pote de Nice, l'ex-colonel de gendarmerie converti à la politique. Grâce à Victor, j'ai appris, aussi, ce qui était arrivé à votre collègue Alex.
- Victor ! interrompt Franck.
- Oui, Victor le flic comédien de votre équipe. Sa mère est Corse, c'est mon ami. Son mari, un brave gars un peu borné, avait mal admis que son fils soit homo. Aujourd'hui, tout est rentré dans l'ordre. Revenons à la réunion. Vous n'avez pas signalé l'agence LPI au préfet. Normal, vous cherchez ceux au-dessus de toute cette crasse, car à Paris vous voulez venger Alex, et Simone et Akim s'ils s'étaient rendus à Saint-Denis.

Franck et Simone sont estomaqués.

- Capitaine ! Je comprends votre attitude, croyez-moi. Mais je ne peux pas vous aider directement, je suis depuis bien longtemps dans leur collimateur. De plus, j'en ai marre de Nice, j'ai demandé ma mutation en Corse. L'avancement, je n'en ai rien à foutre. Indirectement, par contre, c'est possible de vous offrir tout mon soutien.

Le courant entre Franck, Simone et Castelli est passé.

- Ange ! La jeune demoiselle que nous avons vue aux Moulins a l'air désabusé. Vous en savez plus sur elle ?

- Elle était à Foch. Elle serait une tocarde pas fiable de surcroît, paraît-il. Est-ce justifié ou non ? J'avoue n'avoir pas cherché à creuser, j'ai déjà tant de soucis faute de ne pouvoir être écouté. Aussi, pour ne pas les contredire, je ne lui ai donné aucune responsabilité malgré son grade, elle est devenue plus la bonne à tout faire que policière. Quant aux deux autres flics peu diserts également, ils se terrent au commissariat depuis le décès d'un répugnant malfrat suite à un refus d'obtempérer à Nice. Une belle ordure avec un CV défavorable long comme un bras que ses soutiens, toujours les mêmes, le comparent à un ''ange''. Pauvre France ! Les deux silencieux que vous aviez vus durant mon absence hier sont tétanisés. Ils ont peur d'aller droit en tôle après avoir été accusés de meurtriers par la plus haute autorité s'ils agissent en légitime défense. Effectivement, vous auriez besoin d'être épaulés car vous êtes bien seuls à affronter un monde de scorpions. Aussi, si vous estimez qu'elle pourrait vous seconder, je suis d'accord à condition d'obtenir le feu vert de Foch. La hiérarchie, Franck. Elle termine à dix-sept heures. Passez cinq minutes plus tôt ct je vous présente Emma Bailly. Si elle n'est pas tendre avec moi, ne cherchez pas à me défendre. J'attends votre décision.

***

Franck et Simone sont rassurés.

Durant la réunion de ce matin, Ange Castelli n'a pas soufflé au préfet d'autres pistes possibles alors qu'il avait été mis au courant de leur intention de se rendre à l'agence LPI par Annick, celle qui se méfient des paroles d'évangile du grand quotidien local.

Pourquoi ?

Inutile de chercher en ce moment, il y a plus urgent à traiter. Pour autant, Franck et Simone ne lui ont pas mentionné toutes leurs découvertes. Ils ont omis de signaler volontairement les logements loués à Saint-Laurent du Var, même s'ils le trouvent fiable.

Quant à ses opinions politiques, c'est son affaire.

Quoique !

Franck et Simone ne se seraient jamais renseignés sur Emma Bailly, la fliquette désabusée, si les idées de Castelli avaient correspondu à celles de Taupin ou d'un dictateur politicien hargneux, intolérant et antisémite qui perd facilement son sang-froid ou à celles de juges syndiqués.

24

Jeudi 11 juillet. Nice. 17 heures.
Commissariat Les Moulins.

Les présentations faites, Ange Castelli retourne à son bureau. Seuls, loin des oreilles indiscrètes, Emma Bailly explique à Franck et à Simone la raison de son transfert aux Moulins.

- J'ai été muté à Nice au début de cette année. Ce fut un honneur. Hélas, je fus rapidement déçue. J'avoue que ma naïveté m'a joué un vilain tour, je ne cherche aucune excuse.

Elle est au moins directe, pense Simone.

- Olivier Cerqueux, un officier des Stups de Foch, se montre très agréable dès mon arrivée. Sotte, j'imagine qu'il fait tout pour me faciliter mon intégration. Au début, il m'offre un café en compagnie d'autres collègues. Il me vante la beauté de la ville et de son fameux ciel bleu. « Un ciel qui ravissait tant d'illustres peintres ! » déclame-t-il avec beaucoup de lyrisme. Quelques semaines plus tard, je me dirige vers le magasin d'alimentations à proximité du commissariat pour m'acheter un sandwich quand il me propose de partager son repas au resto d'en face. « Nous sommes nombreux à y aller pour prendre un café, parfois pour y manger. Je vous invite. Vous vous imprégnerez plus vite de la bonne ambiance à Nice », me dit-il d'un ton léger et, je le reconnais, magnétique. Je n'avais pas encore fait attention à ses vêtements très chics car, ici, il est loin d'être le seul à prendre soin de sa tenue vestimentaire.

En élevant légèrement la voix :

- Un jour, il m'invite dans un restaurant réputé de Nice. J'avoue n'avoir pas eu le courage de refuser. De plus, j'ai été impressionnée par la présence de tant de gens connus. C'était si incroyable ! Un élégant artiste américain mondialement connu et d'autres que j'avais vu dans des séries à la télé, un footeux argentin célèbre, si bien que l'addition payée en espèces me paraît presque normal. Que je fus conne.

Emma Bailly les regarde avec des yeux de chien battu s'attendant à recevoir une volée de reproches.

Franck et Simone n'ont pas à la juger sur sa vie personnelle mais sur ses capacités à se fondre dans l'équipe.

- Début avril, bêtement, j'accepte son invitation dans un autre établissement gastronomique où la très grande majorité des Niçois se contentent juste de saliver devant le tarif affiché. Il me fait une cour effrénée, je n'y suis pas insensible, je le reconnais, car il ne manque pas de charme.

Emma se redresse fièrement.

- Ma chance, j'ai toujours aimé la simplicité. Quand il sort à nouveau un paquet d'espèces pour régler l'addition, mon cerveau réagit. « Emma ! Fais gaffe, ne t'étale pas dans son lit connement ». Je suis sur mes gardes quand je pense à ce qu'il va me sortir. En fait, j'ai eu tout faux. Il a commis une terrible maladresse en mélangeant en même temps une partie de jambes en l'air et une plongée dans le monde des ripoux. « Tu pourrais également te vêtir plus chic et ne plus te sustenter uniquement d'un burger. » Choquée, je refuse immédiatement d'entrer dans ses combines. J'exige de ne plus le revoir en dehors des heures du travail, même pour un café avec le groupe durant la pause. Je reconnais avoir manqué de subtilité.

Franck et Simone ont compris ses malheurs avant qu'elle ne poursuive.

- Ses collègues concluent que l'irrésistible tombeur est tombé sur un os. Malin, il ne les contredit pas, même s'il est vexé pour sa réputation de séducteur. Il est surtout paniqué, il m'a dévoilé ses magouilles. Il manigance tout en finesse pour me descendre professionnellement plus bas que terre dans le but de me virer. Excepté la responsable de l'identité judiciaire, elle l'aurait rembarré, personne n'a plus eu la moindre attention envers moi. Oui ! Je suis devenue devant tous une pestiférée.

Emma se redresse soudainement.

- Il a failli réussir sauf que ses griefs différaient totalement des commentaires élogieux de l'école de la police et de ceux de mon premier poste à Romans-sur-Isère. Oui, je suis née et j'ai grandi à Crépol. Aussi, le commissaire de Foch, un mollasson de première, partisan du pas de vagues, me transfère aux Moulins au début du mois de mai en prévenant son homologue : « Castelli ! Attention ! c'est un élément peu fiable, une incapable de surcroît. » Immédiatement, j'en veux à mort à Castelli. Il me placarde sans chercher à me rencontrer. « Ça ! un Ange », je rouspète. Mais, à partir de début juin, ma position vis-à-vis du démon évolue. Vers la fin du mois, je capte une très vive altercation entre Castelli en pétard et le préfet. « Monsieur le préfet ! Depuis votre alerte au ministre de l'Intérieur en mai, vous faites fausse route. Cherchez du côté des islamistes et des Russes ou des Ukrainiens plutôt que de vous entêter avec l'Extrême Droite. » « Castelli ! Vous voulez être muté en Nouvelle-Calédonie, à Mayotte ou en Guyane ? Suivez mes ordres. » Ce fut la seule réponse du préfet pour couper net à la discussion. Elle est bien belle notre liberté d'expression. Depuis ce jour, je comprends son embarras, je n'ai plus de rancœur envers lui. Il se passerait quelque chose d'inimaginable à Nice. Quoi ? Je l'ignore.

Simone et Franck sont du même avis. Le crâneur pourrait être celui vu chez Zied, l'épicier.

Pour l'instant, ils sont satisfaits, l'intuitive Emma Bailly marque des points.

Au tour de Franck de se dévoiler en partie et de continuer d'étudier son profil psychologique. Car si Franck a le pardon difficile et la mémoire longue, il est aussi lucide. Il est bien placé pour savoir que vivre en permanence avec la haine en soi est un risque énorme pour l'équipe. Si on confie à Emma une mission d'une gravité extrême, elle peut perdre soudainement tout contrôle de soi-même en raison d'un passé éventuellement très douloureux qui n'a jamais été évacué ou analysé. Il a bien noté qu'elle vient de Crépol, le village meurtri où un jeune de seize ans fut tué à l'arme blanche en novembre 2023.

Franck et Simone lui expliquent la raison de leur envoi sur Nice et la perte énorme de leur équipier Alex, entre la vie et la mort, pour mener à bien leur mission. « Il fut gravement blessé il y a quatre jours. » Ils restent vagues prudemment. Ils doivent en savoir plus sur elle. Emma, la jeune fliquette, l'a bien ressenti, aussi ne cherche-t-elle pas à en savoir davantage. « En tout cas, il nous manque terriblement. Car je n'ai jamais connu un tel foutoir depuis mes débuts dans la police. »

Les trois cogitent.

- Alex vous manquerait-il tant ? Emma Bailly dégaine la première.

- Lui présent, nous anticipions mieux le piège qu'on nous a tendu ce matin. La lieutenante Guichard a failli y laisser sa peau. Il y a une taupe dans le commissariat Foch.

- Une ? Dites plutôt plusieurs, coupe Emma. Il est temps que je parte. Le jeudi, c'est plongée sous-marine.

- Plusieurs ? Ce soir, nous sommes occupés. Prolongeons la discussion demain vers midi dans un restaurant proche de votre commissariat.

- Je me méfie de quelques serveurs.

- Où alors ?

- Chez moi. D'ici que vous soyez sur écoute, vous devriez vérifier. Demain soir, ça vous convient.

- OK pour demain soir, répond Franck.

Il la trouve fiable, mais prudence oblige, il sera équipé de son mini détecteur.

- Emma ! Avez-vous les coordonnées de l'homme qui a perdu son frère, un médecin urgentiste parait-il, demande à brûle pourpoint Simone.

- Il s'appelle Mickaël Guidonneau, il est architecte à Nice, répond la jeune fliquette radieuse en lui tendant un papier avec l'adresse indiquée. Si je peux vous être utile en quoi que ce soit, je serai très heureuse d'être sous vos ordres. Désolée, je suis déjà en retard. Castelli ne m'avait pas prévenue de votre présence.

Futée, Emma cesse d'avancer ses pions.

S'ils ont voulu la rencontrer, ils ont certainement une idée derrière la tête.

Quelle métamorphose par rapport à hier et au début de leur conversation, constatent les deux policiers.

Sur le point de quitter le commissariat, Ange Castelli les intercepte.

- Votre assassin de ce matin vient de se faire buter à l'hôpital. Il viendrait d'un pays de l'Est de l'Europe. Lequel ? Je n'ai pas encore la réponse. Il avait un paquet de fric sur lui. C'était certainement un tueur à gages. Faites très attention. Vous êtes en terrain miné. C'est pire que je ne l'imaginais.

***

Vers dix-huit heures, ils reçoivent un appel d'Akim, très angoissé.

- Franck ! Alex est encore en vie. Il ne réagit toujours pas mais le génie est persuadé de sa guérison complète à condition de le transférer ailleurs, dans un hôpital beaucoup plus à la pointe du progrès. En plus, ici ils sont sous la menace d'une foule belliqueuse. Incroyable le nombre de personnes qui y entrent comme si c'était le hall de la gare du Nord. Tu peux imaginer l'ambiance. Je mets au point une stratégie pour l'exfiltrer samedi soir avec l'aide de mon ami Jean Rigault, car les dernières nouvelles me donnent la nausée. Je ne te dis rien, j'en saurai plus demain, mais c'est grave. Extrêmement très grave. En attendant, j'ai rajouté deux policiers pour le surveiller vingt-quatre heures sur vingt-quatre. Prenez soin de vous... Au fait, savais-tu que la mère de Victor est Corse ?

25

Jeudi 11 juillet. Saint-Laurent du Var. Vers 20 heures.

Franck et Simone garent leurs motos au boulevard du général de Gaulle, en face d'une boulangerie pâtisserie très réputée d'après le miraculé gardien de la paix Philippe Mahut. Ils appuient sur le bon bouton de l'interphone.
- Troisième étage ! L'ascenseur est en panne.
La voix théâtrale de la jeune délurée, déjà entendue sur le palier, s'active.
- Philippe ! V'là tes deux poulets essoufflés, je les ai bien roulés avec l'ascenseur en panne.
La troupe théâtrale au grand complet accueille avec les honneurs Franck et Simone souriants, ils prennent bien la blague.
- Bienvenue aux sauveurs de Philippe ! Dans un tonnerre d'applaudissements, tout en leur tendant une coupe de champagne.
Ils ne s'attendaient pas à une telle entrée en matière.
Pourtant, ils sont ravis. Car, après ce qui s'est passé aux Moulins hier matin où il s'en était fallu d'un cheveu pour qu'ils perdissent tous la vie, puis ce matin en se rendant à Villefranche-sur-Mer, le rire réduit le stress et les sourires diffusent la joie.
Néanmoins, avec une pointe de regret. Alex, le premier à sortir toutes ses bonnes blagues juives, agonise. Ils dissipent vite leur malaise. Ce soir, c'est l'anniversaire d'un ami de Mahut. Ils n'ont pas à savoir et surtout à subir ce qui s'est passé dans le 93.

La jeune espiègle s'approche des deux parisiens.
- Bonsoir ! Je suis Nadine Goutte, comédienne en devenir. En attendant, je bosse dans un restaurant. Début juin, j'avais signalé à Philippe la consternation du père d'une de mes amies

au sujet de la présence inattendue d'un bateau plat pour regarder les fonds sous-marins. Certes, il avait reçu l'accord de la capitainerie de Saint-Laurent du Var pour y accoster, mais son père l'avait de travers. Lui, il avait fait une demande officielle pour son cousin plus de deux ans auparavant. « Il doit attendre son tour ». Il patiente. Cependant, par prudence, il vérifie chaque fois qu'il n'y ait pas un passe-droit. Aucun favoritisme jusqu'à présent quand il remarque sur le quai un bateau plat avec l'inscription : *ISC International Scuba Diving*. « N'est-ce pas bizarre ? Il existe déjà un bateau pour la plongée sous-marine. Pourquoi une telle concurrence sauvage ? » me rapporte mon amie Martine.

Simone et Franck l'écoutent sans interférer.

- Qu'elle ne compte pas sur nous pour un coup de piston afin de donner satisfaction au cousin du père de son amie. Nous avons d'autres chats à fouetter, chuchote Franck à Simone.

Par correction, il la laisse continuer à plaider la cause.

- Le bateau sort régulièrement. D'après le père de mon amie, l'équipage aurait plus la tête de videurs costauds que de plongeurs en eau profonde. Les baraqués seraient anglais. Pourtant, un jour, mon amie Martine, une fan de plongée sous-marine et étudiante en langues étrangères croient avoir entendu une langue d'Europe de l'Est, peut-être du russe.

Franck et Simone qui restaient poliment auprès d'elle en rongeant leur frein sont en état d'alerte. La veille, chez l'agence LPI, n'avaient-ils pas lu : « Des touristes à caser à Saint-Laurent du Var le 30 juin, 4 juillet, 13 juillet. »

Plus concentrés, le visage attentionné cette fois-ci pour du bon, ils l'écoutent patiemment déballer tout ce qui lui passe par la tête tout en lui remplissant sa coupe de champagne, les leurs également au passage.

- Elle a une bonne descente, transmet Franck à Simone.
- Nous aussi.

Ils apprennent d'autres choses. Deux heures auparavant, Nadine Goutte s'initiait à la plongée sous-marine sous le

contrôle d'une nouvelle monitrice au Stade Laurentin Plongée.
- Emma est une pro vachement chouette même si elle porte constamment un visage triste. Sauf cet après-midi. Elle a dû se trouver un mec.
- Psychologue la gonzesse, apprécie Franck.
- Emma ! Si c'était la même, murmure Simone à Franck.
- C'est la même. Tu paries ?
- Franck ! Un Paris-Brest ou un Merveilleux ?

Vers vingt-deux heures, avec regret, ils quittent la troupe théâtrale sous les acclamations après avoir descendu plusieurs coupes de champagne.
- Vive les sauveurs de Philippe ! encense la troupe théâtrale.

- Franck ! Ce n'est pas le moment de se faire contrôler.
- Simone ! Ne partons pas tout de suite. Planquons-nous en face du grand chantier du square Bènes. Regardons plus attentivement les mois de mai et de juin des photos prises à l'agence LPI du grand calendrier *2024* accroché au mur et de l'épais agenda *2024* rangé dans le tiroir de son bureau, le cadeau d'une banque.
Sur le grand calendrier. Début mai : Alain, au Salon de thé *L'Insolent* - ne serait-ce pas Alain Rémy le pédéraste -, 6 mai : RDV Splendid. 14, 15, 16 mai : visite villas. 25 mai : remise clés villa. Sans plus de précisions.
Dans l'épais agenda *2024* : les mêmes écrits que sur le grand calendrier avec, cependant, un ajout non négligeable. 15 mai : vingt-huit mille euros. 25 mai : trente-six mille euros. Deux chiffres non négligeables qui confirmeraient les remarques d'Olga l'Ukrainienne à Antoine Fauché : « ... qui a versé une somme colossale à ton vicieux également endetté jusqu'au cou... »
Sacré Antoine Fauché. Encore plus performant que la pub alléchante collée sur la porte d'une agence immobilière de Nice remarquée par Franck : *Nous ne recherchons pas des*

négociateurs diplômés mais des personnes motivées et ambitieuses. Nous sommes l'école de la seconde chance pour gagner bien sa vie.
   Il revient vite au primordial.
   - Où se situe la villa ?
   Ce n'est pas précisé.

   Il est temps d'aller se coucher. Une rude journée les attend demain.

   - Simone ! Fais bien attention quand tu pénètres dans ton studio. N'oublie pas la barre.

26

Vendredi 12 juillet. Nice. 10 heures.

Suite à l'appel de Franck, Mickaël Guidonneau, intrigué, accepte de les recevoir.

Il ne se souvient que de la fliquette au regard désabusé et de ses réflexions guère optimistes vis-à-vis de la justice. Comme si elle l'encourageait à se faire justice soi-même. Quant aux autres flics, ils n'ont pas ouvert une seule fois la bouche.

Maintenant, il se rappelle de l'apparition d'un couple au cours de l'entretien, muet également sauf qu'à la différence des autres ils étaient plus attentifs. Ils avaient l'air de compatir.

Mais tout est vague, tant sa peine est énorme. Il ne les visualise pas non plus. Il était ressorti du commissariat sans le moindre espoir, encore plus abattu et avec la conviction que désormais, en France, les moins-que-rien ont plus de droit et de considération que les victimes.

Hier soir, il passait à la télé *L'Inspecteur Harry* avec Clint Eastwood. C'est triste à l'avouer, mais ça lui avait remonté le moral. Serait-il prêt aussi à transgresser la loi, même s'il est conscient qu'il n'a pas à faire justice soi-même.

À dix heures précises, Franck et Simone garent leurs motos à côté d'un scooter électrique *BMW CE 04* dans la rue Hérold, un passage calme situé entre le boulevard Victor Hugo et la rue Verdi où se trouve le cabinet d'architecture ultra design de Mickaël Guidonneau.

Un scooter électrique ! Un flash illumine le cerveau de Franck, jamais vraiment en veille.

L'architecte les reconnait. Il les mémorise. De rage, il retourna devant eux, d'un grand coup de pied, une poubelle à l'extérieur du commissariat des Moulins. Veulent-ils lui faire la morale et le mettre en garde ? Pauvre police, juste bonne à jouer les gardiens écologistes, se lamente l'architecte.

Les présentations à peine achevées, l'architecte, en furie, se déchaine contre eux.

- La police fut défaillante lors de l'affrontement entre les gangs de différentes ethnies pour un point de deal, estime-t-il. À quoi sert-elle si elle laisse le quartier délaissé s'embraser aussi facilement sans prévenir en amont ? Ce quartier est devenu une véritable cocotte-minute depuis plus d'un an. À verbaliser pour un léger excès de vitesse et coller des contraventions à longueur de journées pour cinq minutes de dépassement plutôt que de coffrer tous les voyous qui ont tué mon frère. À rien ! Ils se sont tous volatilisés dans la nature, s'exclame-t-il en tapant du poing sur la table comme un bucheron. Au point de renverser les trois tasses de café.

Franck et Simone n'interviennent pas. Ils comprennent sa douleur et sa colère. Si ça peut commencer à le libérer de la haine accumulée dans son cerveau à cause de toutes les images d'horreurs depuis cet effroyable incident, qu'il balance son profond courroux contre nous.

- À croire qu'ils avaient reçu des instructions afin d'éviter une nouvelle déflagration nationale ou, après un long temps d'hésitations, de remonter jusqu'aux commanditaires.

Sa rage, loin d'être apaisée, il rajoute.

- Désolé ! La police et la justice, je ne fais plus confiance. Qu'on cesse de me raconter des sornettes en prétendant qu'ils n'ont aucun indice pour retrouver les assassins de mon frère. Lui qui continuait à secourir des habitants des Moulins, même après avoir été agressé sauvagement par la racaille pour son portable, son portefeuille, sa mallette carrément saccagée, son outil de travail. Oui ! Même son outil de travail, en cognant son pied droit contre sa corbeille à papiers avant de poursuivre avec une profonde tristesse. Il avait le visage si tuméfié que son fils fit des cauchemars pendant des nuits et des nuits.

Après l'avoir remise en place, sa rancœur ne s'atténue pas.

- Je lui avais bien dit : « *Frérot ! Ne te déplace plus seul dans ce quartier mal famé.* » Il avait refusé de m'écouter. « *Mon devoir, c'est secourir conformément à mon serment* », telle fut l'excuse affirmée avec beaucoup de sincérité de la part de mon frère, l'idéaliste. Une réponse noble qui honore la beauté de son métier, je l'accorde, si le quartier des Moulins, un quartier populaire sans problème dans les belles années 1960, n'avait pas subi une telle transformation.

Revenu avec trois nouvelles tasses de café, il poursuit, toujours sans être interrompu.

- Car vous l'ignorez certainement, reprend-il avec une voix calme mais désespérée, lors d'une manifestation pour Gaza organisée chaque samedi…

- Monsieur Guidonneau ! Nous sommes au courant : « Des bas du front tellement abreuvés de slogans antisémites montés de toutes pièces avaient carrément pété un câble. Ils avaient amoché salement deux hommes et violé avec une sauvagerie inouïe une femme pour le seul fait d'être de religion juive. Pas n'importe lesquels. Trois chirurgiens réputés de Nice qui, quelques mois plus tôt, sauvèrent la vie d'une paisible famille musulmane des Moulins victimes des règlements de compte entre Arabes et Tchétchènes ».

- Vous le saviez ? Je n'en reviens pas. Ça ne circulait pas sur les réseaux sociaux. La presse n'en avait pas fait état.

- Monsieur Guidonneau ! En interne, nous avions été avertis. Croyez-nous, nous avions été choqués, meurtris et abasourdis par le silence des médias et …

Franck stoppe à temps sa critique : « … la soumission et la lâcheté du gouvernement. »

Ils n'ont pas à donner leur impression.

Il a failli commettre une grave erreur professionnelle.

- « Un malheur pour notre profession ! » selon mon frère. Il réagissait enfin. Ce choc lui permit de relier la haine exprimée sur les visages des salauds entrain de lui dérober son portable et son portefeuille à celle envers les trois chirurgiens. Et pire encore, leur réponse fielleuse quand il déclina sa profession tout en saccageant sa mallette de médecin. Je ne vous répète pas, vous imaginez aisément si vous les côtoyez. Sa déposition n'a servi à rien. Le procureur et la juge n'en ont pas tenu compte. Aussi, envisageait-il sérieusement d'abandonner le métier d'urgentiste. Je me maudits de ne pas avoir été plus ferme et convaincant.

L'homme aux pectoraux saillants se redresse, bombe le torse et, le poing serré, il menace.

- Si je les chope, je les brise. Et celui qui a tué mon frère... je l'achève. Ce serait lui faire encore une trop grande fleur de le laisser en vie même handicapé à demeure.

Franck et Simone ne répondent pas. Au moins, il a tout déballé. Il devrait voir une psychologue afin qu'il ne commette pas l'irréparable, pense Franck. Ils se lèvent. Sur le palier de la porte d'entrée, Franck lui confirme son soutien et ajoute :

- Si vous avez le moindre soupçon, n'hésitez pas à nous recontacter personnellement.

Sur le point de fermer la porte, l'architecte, maintenant plus irrité qu'en fureur, leur dit :

- Ils ne foutent rien et ils ont les moyens d'avoir de belles motos. Elles ne sont pas toutes volées, croyez-moi. Ils ont plein de fric pour se payer des vêtements de marque et de belles chaussures. L'un d'entre eux, habillé différemment de tous les autres, portait des boots *Testoni* de couleur marron. Je les ai reconnus quand il a démarré en trombe sa moto pour s'échapper. Je possède la même paire. Regardez ! en levant sa jambe gauche. Elles coûtent un max mais elles sont si confortables pour mes pieds sensibles. Moi, les officiers de police, je bosse légalement pour me les payer.

Le sourire satisfait de Franck en dit long. Des boots *Testoni*. Bien retenu.

***

Dehors, Franck et Simone ont le même avis.

- Il ne faut surtout pas s'allier avec l'architecte dans une action éclair sans éclaboussure.

- Aujourd'hui, il a évacué une très grande partie de tous les griefs et de toutes les rancunes qu'il a accumulés depuis le décès de son frère. Mais il renferme encore tant de haine et de rage que notre *Rambo* risque de commettre des dégâts bien plus dommageables que l'orage ultra violent qui avait frappé la France le mois dernier en faisant quelques morts et des centaines de blessés, si nous lui demandons son concours.
- Surtout s'il a les pieds sensibles, ça risque de le déséquilibrer, lance du tac au tac Simone malicieusement.
- C'est dommage pour nous car je ne pense pas qu'il soit d'un caractère impulsif. Sans Akim et Alex pour faire le ménage efficacement, nous allons droit au casse-pipe.

Le portable de Franck signale un appel.
- Franck ! C'est Akim. Retirez en quatrième vitesse le traceur sur vos motos. Conservez-les. Je vous expliquerai plus tard, je fonce à Saint-Denis, il y a du grabuge à l'hôpital.

Les traceurs retirés et désactivés, rangés dans une boite, Franck a un flash. Ce n'est qu'hier, très tôt le matin, qu'il a indiqué à Simone le lieu de la balade : « Simone ! Es-tu prête dans quarante-cinq minutes ?... Nous prenons le petit déjeuner dans un bistro du port puis nous faisons une virée à Villefranche-sur-Mer... »

Il y a urgence à découvrir les taupes de Nice et à savoir ce qui se trame à Saint-Laurent du Var. Franck demande au gardien de la paix Philippe Mahut d'organiser aujourd'hui une rencontre aux environs de midi avec le père de la copine de plongée de Nadine Goutte, la comédienne en devenir.
- Rappelle-moi et, si c'est possible, essaie de te joindre à nous. C'est vital et très urgent.

- Simone ! Le frimeur Olivier Cerqueux porte des boots *Testoni*.

- Franck ! Qu'il soit plongé dans la drogue, ça ne fait pas l'ombre d'un doute. D'ici qu'il se convertisse en assassin, je ne suis pas aussi catégorique. Souviens-toi de mes remarques de mercredi après mon passage à l'épicerie : « Mais, je le trouve tourmenté. À l'apparition d'un flic – mon flair est infaillible -, sapé avec des fringues de marques, comme si son salaire correspondait à celui d'un député avec ses nombreux avantages, il y eut une altercation... » Avant de le condamner définitivement, cherchons à connaître la raison de l'échange si agressif au point que les yeux du flic étaient rouges de colère et qu'un rictus déformait son visage.

Philippe Mahut confirme le rendez-vous pour midi au port de Saint-Laurent du Var devant le bateau de plongée officiel depuis de nombreuses années. L'entretien se déroulera sur le voilier. Le père s'occupe de la bouffe et de la boisson.

27

Vendredi 12 juillet.
Port de Saint-Laurent du Var.

Vers douze heures, Franck et Simone se dirigent d'un pas alerte vers le bateau de l'école de plongée *PSD Passion Scuba Diving,* le lieu exact du rendez-vous. On ne peut accéder directement aux bateaux en moto.
Surprise ! Philippe Mahut les attend en compagnie de la pimpante et déroutante Nadine Goutte.
- Bonjour les héros. Je vous présente Martine, ma meilleure amie depuis l'école primaire, et son père Hervé Didier, l'heureux propriétaire du voilier capable d'aller en Corse et même au-delà. Hervé est un ex-courtier en assurances de Nice à la retraite. Il a fait fortune en vendant des produits financiers Luxembourgeois.

Ils entrent vite dans le vif du sujet. Comme à son habitude, Franck le laisse palabrer. Cette fois-ci, ils ont tout le temps.
Trente minutes plus tard, Hervé n'en a pas encore terminé avec le honteux passe-droit. Pour autant, lui et Simone approfondissent leur connaissance sur la région.
Au port de Saint-Laurent du Var, il n'existe pas une capitainerie de la douane à la différence de celle du port de Nice. Seul un garage positionné en face d'un vaste et convivial terrain de boules permet aux douaniers d'entreposer les motos et les voitures de fonction.
À Saint-Laurent du Var, le responsable de la Capitainerie des affaires maritimes serait un joueur invétéré très endetté. « Il a apuré ses dettes au début du mois de mai », aurait confié le Directeur de la banque à son ami Hervé, en pétard car son cousin n'a pas obtenu l'emplacement attendu depuis si longtemps.
Une discussion finalement instructive.

Elle passe fort bien avec le rosé du Var bien frais servi à volonté. Un vin agréablement fruité qui accompagne avec volupté la nourriture véritablement maison en provenance d'un restaurant de Saint-Laurent du Var situé dans le quartier de l'Empereur. Un régal en attendant la suite qui devrait combler l'amoureux des douceurs.

- Capitaine Lagarde ! Si vous êtes aussi fou de gâteaux que celui qui divinise le chocolat Lanvin, à coup sûr vous êtes aussi un génie.

- Égal à son génie ! Restons modeste. Bien que, pour dénicher les succulents gâteaux, mes sens et mes jambes sont en perpétuel mouvement.

À Saint-Laurent du Var, Hervé est devenu bon ami avec un officier à la Police Municipale. Il lui aurait confié un secret à ne surtout pas divulguer, même auprès de sa femme.

Il a tenu parole.

- Capitaine Lagarde !
- Appelez-moi Franck et la lieutenante, Simone.

Si ses informations sont plus énormes que celles sur la Douane et la Capitainerie, ils résoudront une immense partie de leurs problèmes. Dans ce cas, donner un coup de pouce à son cousin n'est plus vraiment répréhensible.

Hervé, le fin négociateur, a vite capté.

Un prêté pour un rendu.

- En avril, un épicier de Nice prend possession d'un vaste local vacant depuis plus d'un an. Faut dire que le loyer est gratiné. Il est situé à l'avenue du général de Gaulle, une artère principale en restructuration dont l'achèvement est prévu en fin d'année 2025. Début mai, un magasin de fruits et de légumes ouvre : ***Aux Beaux Fruits***, la même enseigne que celle de Nice.

Entre-temps, Philippe Mahut fait le service pour tous.

- Martine ! Mollo sur le rosé, tance son père avant de poursuivre.

- Certes, les fruits sont superbes, mais je suis intrigué. Pourquoi un si vaste local ? Ce n'est pas terminé. Si vous voyiez la tronche des deux vendeurs, on dirait les gardiens de la police de la moralité en Iran. Bonjour l'ambiance. Ça, c'est mon impression.

Le verre de rosée avalée cul sec, Hervé poursuit son récit.

- Attention ! Le plus important commence maintenant avec le récit de mon ami l'officier...

- Hervé ! Nous n'avons pas à savoir son nom.

- Merci ! Franck. Il m'en aurait voulu. Je disais donc, vers la fin du mois de mai, un matin, je remarque plusieurs policiers devant l'épicerie du Niçois. La police municipale écarte les curieux. Mon ami...

- Attention ! Hervé, prévient Franck.

- Merci Franck. Tu m'as sauvé de nouveau.

- Appelle-le Colombo. Tu ne gafferas plus.

- Colombo ! Quelle ... Hervé marque un temps d'arrêt.

- Donc, mon cher ami Colombo m'ordonne gentiment de m'écarter. Deux jours plus tard, il me demande de faire une balade en mer. Il a besoin de se changer les idées. Le pauvre, il vient de perdre ses parents. On pique-nique à l'île Saint-Honorat et, sans m'y attendre, il me raconte ce qui s'était passé à l'épicerie *Aux Beaux Fruits*. Un fait divers qui m'était passé par-dessus la tête car les médias locaux n'avaient rien signalé.

- Hervé ! J'ai soif, lance Simone, de plus en plus captive.

- À Simone et à Franck ! Les sauveurs de Philippe, tance l'excitée Nadine Goutte.

- Mes très bons amis, écoutez-moi, je poursuis. Donc, des mineurs multirécidivistes eurent la stupide idée de fracturer la porte de son commerce pour écrire en caractères gras **PD**, **Salle PD** (avec deux L), au plus mauvais moment. Ce soir-là, pour des raisons obscures, la Bac patrouillait dans le secteur. Ils appellent du renfort qui coffre les jeunes. Ils en profitent également pour vérifier si rien n'a été dérobé. Stupeur ! Ils découvrent des fusils de type AR 15 identiques à ceux retrouvés une semaine plus tôt dans un logement de la route de Turin à Nice, lors d'un violent affrontement. La police scientifique, avec l'aide du TIC, les techniciens en identifications criminelles, rapprocha rapidement l'origine des fusils de type AR 15 à ceux retrouvés route de Turin.

Après s'être régalé d'une marmite niçoise, Hervé poursuit avec entrain.

- Franck ! Pensez-vous que le magasin fut fermé ? Eh bien non ! Comme par enchantement, les trois vaillants policiers à l'ouïe trop fine, fraichement transférés d'Auvergne pour être expédiés à Nice en pleine ébullition deux semaines auparavant, furent déplacés illico à Marseille. La raison officielle, ça craint encore plus là-bas. Ils ont trouvé dans le coffre d'une voiture un jeune de dix-sept ans, calciné. En fait, personne ne les avait avertis des relations privilégiées entre les Stups et l'épicier Niçois. Une pratique courante, parait-il, dans les quatre coins du globe. Attaquons la suite ! Je vois les yeux de Franck trop fixés sur les boîtes à desserts.

Franck acquiesce, le visage gourmand en manque.

Hervé extraie des boites deux sortes de tiramisu dont un au spéculos, de la crème brûlée et de la salade aux fruits.

- Tout est maison, précise Hervé.

- Simone ! On pourra lui filer un coup de pouce, conclut silencieusement Franck tout en tendant son assiette à Hervé qui poursuit.

- Un des trois policiers expédiés à Marseille est le petit neveu de la femme de Colombo. Elle est auvergnate. Le petit neveu l'a mauvaise. Quand il fit son contre-rendu à l'officier des Stups de Nice, ce dernier fut très brusque envers lui. Il eut l'air de lui en vouloir d'avoir trop bien appliqué sa mission. Son petit neveu eut immédiatement un doute. Aussi, s'abstint-il de lui dire que la preuve de la présence des fusils et de l'inscription PD - SALLE PD -, est enregistrée sur son portable. Le petit neveu de la femme de Colombo est un gars sans chichis. Il n'a pas apprécié l'officier frimeur de Nice sapé comme un milord et chaussé de boots de riche, mais classe, très classe, avait-il précisé.

Franck et Simone font vite le lien avec Olivier Cerqueux.

- Franck ! Que je suis devenu aveugle. C'est en vous racontant l'histoire des deux fusils et de l'inscription PD que je viens juste de me rendre compte que mon ami Colombo n'est plus le même depuis début juin. Il me semble tourmenté. Oh ! Que je suis con. Je m'en voudrai à mort s'il lui arrive un malheur. C'est un homme d'honneur.

Après les remerciements d'usage et les compliments appuyés pour le repas et le délicieux tiramisu au spéculos, Franck, Simone et le gardien de la paix Mahut reprennent le chemin pour Nice.

28

- Philippe ! Avant de retourner à Nice, faisons un saut à la Police Municipale.
- Franck ! Il y a un poste de police près de la gare. C'est à deux minutes.

En cours de route, Franck est intrigué.
- C'est quoi ces palissades le long des voies ferrées ?
- Tu vois les restaurants *La Bohème, Le Chantilly* et les autres commerces vétustes ?

Franck les regarde, pressé de connaître la suite.
- Tout va être démoli. Il n'y a rien de prestigieux à conserver du délabré qui n'a aucune valeur patrimoniale, il faut du nouveau pour améliorer le coin. La semaine prochaine, durant trois jours, ils feront des études de sols très approfondis.
- Des études de sols très approfondis ? interroge Simone.
- Ce serait mal venu que le bâtiment, une fois sorti de terre et presqu'achevé, imite le gigantesque building de la gare Saint-Augustin. Si tu savais ! Il s'enfonce, le bougre. De profundis... Appeler le colossal programme : *L'Avant-Scène* qui sombre lentement mais sûrement comme le Titanic, le gag. Tout est à l'arrêt depuis plus d'un an, gausse-t-il en se tordant de rire.
- Les palissades ne semblent pas très solides. Un coup de pied bien appuyé, ça vacille. Ce n'est pas très prudent, constate Franck.
- C'est du provisoire, Franck. Oh ! Que tu es tatillon.
- Oui ! Philippe. Tatillon, précis, maniaque et exigeant. Retiens-le bien.

Ils garent leurs motos à proximité du poste.
Au poste, trois policiers municipaux très concentrés discutent activement sur les J.O.
- Nos footeux décrocheront la médaille d'or...

Ils sont interrompus par Philippe qui décline sa profession et celle des deux Parisiens. Aussitôt, ils se mettent au garde à vous comme des gamins pris en faute entrain de se taper en douce le paquet de biscuits sous la table.

Le plus gradé, avec l'accent aussi reconnaissable que l'immortelle, la fleur légendaire qui embaume l'île, donne des instructions aux deux autres.

- Une voiture est encore mal garée à l'avenue Jeanne d'Arc. Elle bloque la circulation.

- Enchanté ! Je suis l'adjudant-chef François Colombani. Si je peux vous être utile.

- Colombo ! Colombani. Tu n'étais pas très loin, susurre Simone à Franck.

- Bonjour adjudant-chef Colom…bani, prononcé d'une voix ferme.

L'adjudant-chef se redresse, mal à l'aise.

- Vous êtes sûrement au courant des projets d'attentats durant les J.O.

- Naturellement Capitaine.

- Entre le 25 mai et le 3 juin, avez-vous remarqué quelque chose de suspect ? Soyez très précis dans votre réponse.

- Entre le 25 mai et le 3 juin ? Que je réfléchisse. Il y a toujours des vols à la tire, des trafics de drogue, des violences mais un lien possible avec un attentat, je ne vois pas.

Le policier municipal répond trop rapidement. Qui plus est, maladroitement. Franck et Simone perçoivent son embarras.

- Adjudant-chef Colombani ! Hier, nous étions à Marseille.

- Vous étiez à Marseille ?

- Oui ! à Marseille, le regard sévère. Nous avons déjoué un attentat programmé pour les J.O. lors de l'épreuve de la voile. Hélas, nous n'avons coffré que des seconds couteaux. Il y aurait eu des pressions.

- Des pressions ? répète Colombani gêné aux entournures.

- Un jeune policier de la Bac, fraîchement muté à Marseille, nous a avoué, loin de ses collègues, qu'à Nice c'est pareil.

Nous avons eu du mal à le croire. C'est grave d'accuser des collègues. Nous lui avions demandé de répéter par précaution. *C'est pareil !* répliqua-t-il sans hésitation. Sans hésitation ! Il nous répondit, répète Franck.

Colombani est de plus en plus coincé. Franck poursuit son travail de déstabilisation.

- François Colombani ! À Saint-Laurent du Var, si la tête pensante reste en circulation, un carnage n'est pas à écarter. Il lui est facile de reconstituer une équipe de tueurs. Imaginez Saint-Laurent-du-Var, *Terre d'entrainement des J.O. du rugby à 7* comme c'est indiqué sur les panneaux de la mairie, transformée en Terre d'abattage des athlètes venus d'ailleurs. Ça fait désordre, n'est-ce pas ? Y avez-vous songé ?

Philippe Mahut est sur le cul. Quelle mémoire ! « Moi, j'ai répété des dizaines de fois pour lui en mettre plein la vue. Lui ! Il n'a entendu ma composition qu'une seule fois. Il la sort avec le talent équivalent à celui d'un Alain Delon. »

Simone remarque la face épanouie de Philippe Mahut.

L'adjudant-chef frémit. Il ne peut plus se dérober.

- Capitaine Lagarde ! Je vous fais un aveu. J'ai eu des pressions de la part d'un officier des Stups de Nice. J'ai d'autant plus de remords que j'ai confié un secret à un bon ami. Il ne mérite pas ça car je le sais, il tiendra sa promesse. Mais s'il y a un carnage ici, je ne pourrai plus vivre. Autant me pendre. Que deviendra mon bon ami ? Tout ça à cause de ma lâcheté. J'ai honte.

Colombani respire profondément.

- Capitaine ! Tant pis, si vous me foutez à la porte, je l'aurai mérité. Il y a, parmi nous, au moins un véreux, en cheville avec l'officier des Stups de Nice. Il s'appelle Jacques Letravers. Il est facile à reconnaître avec sa grande cicatrice au visage. Autant vous dire tout ce que j'ai vu et entendu si ça peut sauver un paquet d'innocents.

En moins de dix minutes, François Colombani a retrouvé son honneur et sa fierté. Il s'en veut d'avoir mis son ami Hervé dans la gêne.

Franck exige de lui de ne rien divulguer, surtout pas à sa hiérarchie, encore moins à son ami Hervé jusqu'à nouvel ordre. Officieusement, il devra suivre ses consignes ou celles de la lieutenante Simone Guichard.

- François Colombani ! Nous vous confions un secret. La situation est gravissime. Nous comptons sur votre discrétion. Ne changez pas vos habitudes. Surtout, ne parlez pas à des têtes inconnues, ni à quelqu'un à qui vous donneriez le bon dieu sans confession. Prévenez-nous personnellement si quelque chose vous parait suspect.

- Compris ! Capitaine.

- C'est un ordre !

Ainsi, ils apprennent que Cerqueux est passé deux fois à l'épicerie à Saint-Laurent du Var.

La première fois, lorsque trois policiers de la Bac, fraîchement transférés d'Auvergne, patrouillaient dans le secteur, Cerqueux était seul. Il fit le nécessaire pour leur retirer l'affaire et les empêcher de rédiger un rapport.

- Affaire très sensible. Ne vous en mêlez pas, avait-il averti d'une voix menaçante.

La seconde fois, Cerqueux était accompagné de l'épicier de Nice, un Arabe élégamment habillé qui dénote sérieusement de ses vendeurs islamistes. Le policier des Stups eut l'air très surpris de voir deux Russes dans l'épicerie, ainsi que de la présence de deux vendeurs avec des mines islamistes.

- Capitaine Lagarde ! L'officier des Stups, un frimeur habillé élégamment comme s'il travaillait plutôt dans la finance comme mon ami Hervé, avait l'air très étonné, voire de très mauvaise humeur. Il s'est fait blouser. Mon instinct se trompe rarement.

***

Au café d'en face, Franck révèle à Philippe ce qu'ils envisagent.

- Tu es déjà au courant d'un projet d'attentat pour le 21 juillet, non résolu à ce jour. Franck se garde bien de lui dire tout ce qu'ils ont découvert depuis mercredi. Voilà ce que nous te proposons. Surtout ne réponds pas tout de suite. Réfléchis bien. Tu as jusqu'à dix-huit heures pour peser le pour et le contre, car nous te l'annonçons tout de go, tu risques ta peau. Comme Simone hier matin et à l'instar de notre collègue Alex, dernièrement, toujours entre la vie et la mort.

- Franck ! N'attends pas ma réponse à dix-huit heures. Je te la donne immédiatement. C'est oui. J'ai mûrement réfléchi depuis que vous m'avez sauvé la vie. Certes, vous prenez des risques insensés, mais pas à la légère. Je l'ai encore enregistré avec tes remarques sur les palissades en face des restaurants *Le Chantilly* et *La Bohème* et des autres commerces prévus à la démolition. Vous êtes des audacieux réfléchis et perfectionnistes.

Après une profonde réflexion,

- Toutes vos actions sont conduites dans l'intérêt général et non dans votre intérêt personnel. Je fus estomaqué par votre maîtrise envers l'assassin qui a failli achever pour de bon Simone. Franck ! C'est une chance inouïe et un honneur de collaborer avec vous dans l'intérêt de notre pays.

- Philippe ! Tout d'abord, avant de t'exposer nos projets, que je te rappelle un point capital. Si je suis leur chef, Simone et mes autres équipiers ont des responsabilités importantes et de vastes initiatives toujours dans l'intérêt de chaque mission à honorer. J'ai une confiance absolue en eux. Si tu estimes ne pas être en mesure d'accomplir l'intégralité de ta tâche, dis-le nous franchement afin que nous puissions te moduler un programme sur-mesure.

Franck tient à le rassurer.

- N'essaie pas de nous cacher tes lacunes ou tes faiblesses. Tu ne passes pas un examen. Tu l'as déjà réussi. Dans un laps de temps très court, nous voulons juste tirer le meilleur de toi sans que tu te fasses trouer sottement. Nous sommes parfaitement conscients que tu n'as pas suivi la même filière que nous, que tu n'as pas reçu notre formation ni notre entrainement. Ceci nécessite des années de préparation, contrairement à celui du poste de Premier ministre.

- Entièrement d'accord avec toi, Franck.
- C'est bien que tu partages notre réflexion, ajoute Simone. Ici, un gars de vingt-six ans prétend avoir remis la France sur les rails avec son compère le dilaté du cerveau ; un autre du même âge, le cheveu bien gominé, bien plus puceau professionnellement que le précédent, soutient mordicus avoir toutes les compétences pour redresser la France. Oui ! Nous ne sommes pas à l'Assemblée nationale ou à une réunion ministérielle. Pour le bien de l'équipe, agissons seulement en fonction de nos limites. L'art, c'est que tu puisses accomplir avec succès ta mission tout en restant en vie. Nous ! Nous n'aurons pas droit à un nouveau découvert.

- Bien que plusieurs Premiers ministres avec de la bouteille furent loin d'être à la hauteur...

Franck et Simone lui ordonnent sur le champ de mettre la politique de côté et le laissent méditer avant de conclure :

- Pas en finissant en héros. C'est pour d'autres pressés de rejoindre des vierges.
- Franck ! J'ai bien compris. Dans ma passion de comédien, je sais depuis fort longtemps ce que je vaux. Je ne serai jamais du niveau d'un Gérard Philippe. Mais quand je vois tous les zozos à la télé, souvent des fils à papa, sincèrement, je crois les avoir déjà dépassés et, modestie mise à part, il me reste une marge de progression à la différence de tous les pistonnés ou soumis à la sauce woke. Si ma passion avait été un sport, ma réponse aurait été la même. Tous les sportifs ne peuvent rivaliser avec un Djokovic ou un Riner. Je connais mes limites.

Simone et Franck le recadrent de nouveau.

Pour autant, ils apprécient sa comparaison car Simone est fan de Riner et Franck de Djokovic.

- Attendez ! Les Parisiens. Je n'ai pas fini. Il n'y a que la dérision qui est sans limite chez moi. Hélas ! Ça déplait de plus en plus dans le grand poulailler.

- Philippe ! Nous avons absolument besoin de serrer Olivier Cerqueux.

Si Franck et Simone s'étaient bien gardés de lui dire tout ce qu'ils avaient découvert depuis mercredi, ils le révèlent maintenant dans les grandes lignes afin qu'il saisisse mieux la gravité de la situation.

- Nous cherchons à savoir s'il couvre l'épicier arabe de Nice dans son trafic de drogue uniquement ou s'il a aussi un intérêt dans le trafic d'armes. Son prénom est Zied dans le cas où tu l'ignorerais. Pour cela, il faut appâter le dragueur. Nous avons notre idée pour le coffrer.

- Comment ? s'impatiente Philippe.

- En l'accusant de détournement de mineure. On fait intervenir la brigade des mineurs et, par un autre stratagème que nous avons mis au point, Olivier Cerqueux n'est pas embarqué par la brigade des mineurs. Nous le retenons dans son logement, puis il nous balance s'il est lié au trafic d'armes ou non, ou s'il est au courant de tout ce qui se trame. Seulement, pour l'accrocher à la toile d'araignée que nous tendons, nous avons besoin d'une personne qui parait bien plus jeune que son âge réel et jolie si possible.

- Comme ma collègue de théâtre, la belle Nadine Goutte ! par exemple, propose spontanément Philippe Mahut.

- Pourquoi pas ? répond hypocritement Franck. Mais ne serait-ce pas trop risqué ? Cerqueux la connaît peut-être en tant que comédienne.

- Il ne l'a jamais croisée, ni un autre membre de notre petite troupe. Je l'ai invité deux fois voir une pièce où je jouais, chaque fois il a décliné. Le théâtre, ce n'est pas son truc. Il préfère le cinéma.

- Dans ce cas, je ne vois pas d'objection même si je demeure encore réservé.

- Pourquoi Franck ?
- Philippe ! Je suis persuadé que Cerqueux est fortement lié au trafic d'armes en plus du trafic de drogue ou de la simple couverture de ce trafic. Simone pense le contraire, il protège Zied. Dans ce cas, nous marchons sur des œufs. Nous avons à faire à deux groupes ultra dangereux qui, au départ, ont peut-être des objectifs différents mais avec un résultat équivalent. Au final, tout s'achèvera le 21 juillet dans un bain de sang.
- Bordel ! Dans neuf jours, j'avais complètement oublié, s'exclame Philippe.
- À nous de tout mettre à jour, complète Simone.
- Franck ! Je connais déjà la réponse de Nadine, la ravissante croqueuse d'hommes. Elle sera partante. Parfois, elle s'imagine interpréter le rôle d'une flic hors du commun avec la finesse d'esprit et le charme coquin d'un Sean Connery en féminin. Si vous saviez le nombre de beaux mecs qui défilent dans ses rêves avant de ligoter le méchant.
- Philippe ! Contacte Nadine immédiatement. Donne-nous rapidement la réponse. Si c'est OK, dis-lui de bloquer sa soirée. Nous voyons Emma Bailly, la fliquette des Moulins, à son domicile à dix-neuf heures trente. Si tout se déroule selon nos souhaits, à mon signal vous nous rejoignez. Voici déjà son adresse à Nice. Ne mentionne rien à Emma Bailly. Attends mon signal, car je suis conscient qu'elle prend un sacré risque.

***

Franck contacte de toute urgence Ange Castelli et lui révèle ce qu'ils ont appris sur le port de Saint-Laurent du Var.
- Merci Franck. En toute discrétion je vous protège avec des gars de confiance et je vous laisse approfondir vos recherches sans intervenir, à cause des taupes non encore identifiées.

29

- Bonsoir Franck. Alex est encore entre la vie et la mort, il n'a toujours pas repris connaissance. Pourtant, Laurent le jeune chirurgien et Marion la Bretonne n'abdiquent pas. Laurent ne cesse de le rectifier, de le découper, de le coudre, de le rouvrir et de refermer sa chair tant malmenée. Parfois, J'ai des doutes sur ses capacités de prestidigitateur. Face à mes craintes, ils me supplient de rester positif, d'y croire. Marion me garantit qu'il survivra et retrouvera tous ses moyens « sans être défiguré », ajoute-t-elle. Je l'espère de tout cœur, mais n'est-ce pas appliquer la méthode Coué. Je suis sur le point de flancher quand Marion la Bretonne m'apporte une nouvelle raison de ne pas désespérer : « Sergent Bougrab. En près de trente ans de carrière, je n'ai jamais assisté un tel génie. »
- Akim ! Croisons les doigts, répond Franck.
- Franck ! La situation est alarmante. Si Alex parvient à survivre, il n'est pas sorti de l'auberge. Des malfrats viennent d'infiltrer l'hôpital pour zigouiller Alex. J'ai découvert des tas de choses sur Duviviez, sur d'autres flics ripoux ou fanatisés, et même sur un gars très haut placé dans le gouvernement et un autre à la préfecture de Saint-Denis. Je ne peux t'en dire plus car je ne détiens pas encore les preuves. Néanmoins, avec mon ami Jean Rigault, nous exfiltrerons Alex et le transférerons dans un réputé hôpital parisien samedi soir.
- Samedi soir ?
- Oui, samedi soir. On ne peut plus retarder. Sinon, nous craignons un assassinat sur place ou la mort d'Alex faute de pansements, de fils, de gants propres et tout le reste. Le toubib est désespéré. Il manque de tout, il n'a plus qu'un jour de soin. De plus, les trois, si je rajoute l'étudiante infirmière, sont à bout de souffle. Depuis le guet-apens tendu à Alex, ils ne voient pas leurs familles. Ils se donnent corps et âme pour le sauver dans un environnement de plus en plus hostile à chaque minute qui passe. Franck ! Nous mettons au point une tactique

originale de diversion pour que tout se déroule avec succès et sans bavure. Pour l'instant, prends bien soin de toi. Ne me pose aucune question, vous avez déjà un paquet de soucis, vous risquez votre peau, je le sais. Vous êtes sur une corde qui peut craquer à tout moment, moi de même. Surtout si je n'obtiens pas les preuves. Dans ce cas, mes théories parfaitement justes tombent à l'eau. Cependant, Franck, crois-moi, je serai à la hauteur. J'ai retenu tout ce que tu nous as enseigné. Je suis bien entouré, Jean Rigault a le même feeling que toi. Je ne pèterai pas plus haut que mon derrière afin de conserver toute ma lucidité.

- Akim ! Pour l'instant concentrons-nous sur nos tâches respectives.
- Tu as raison. Ma priorité, sauver Alex.
- La nôtre ? Eviter la catastrophe sanglante programmée à la dernière étape du Tour de France par les terroristes islamistes avec le concours de trafiquants d'armes en provenance de Russie mais plus vraisemblablement d'Ukraine, sans y laisser notre peau.
- D'accord avec toi Franck. Ne nous nous dispersons pas.
- Akim ! Bonne chance et soyez très prudents.

30

Emma Bailly a commandé les plats dans un restaurant franco-japonais proche de son logement pour recevoir Franck et Simone dans son exigu deux pièces de la rue de la Buffa.

Le mini détecteur de Franck n'a rien décelé d'inquiétant. Il s'en veut légèrement de la suspecter, mais ne doit-il pas, lui-même, appliquer les règles imposées à ses équipiers. Il garde en mémoire un commissaire de province tombé sous le charme d'une soi-disant victime. Il fut roulé dans la farine par la trafiquante de cocaïne. Aujourd'hui, elle profite de la vie sans restriction dans une ravissante île paradisiaque tandis que l'ex-commissaire modèle croupit dans une cellule moisie parmi des gens peu recommandables, heureux de se taper du poulet ou d'assouvir leur passion.

Un jour, on le retrouva pendu.

Après avoir complimenté Emma sur la qualité des plats sans lui faire de reproches : « Quoi ! Vous n'avez pas pensé aux desserts ? » Franck décide de lui poser la question qui les turlupine et qui les décidera de poursuivre ou non avec elle.

- Emma ! Répondez-nous en toute franchise en laissant si possible votre déconvenue avec Olivier Cerqueux.

- J'essaierai. Quoique, admettez-le, ce sera difficile.

Simone prend la parole car Franck estime son équipière plus apte à faire sortir de la bouche d'Emma tout ce dont ils ont besoin d'enregistrer dans l'intérêt vital de leur mission.

La priorité ? Sauver des milliers d'innocents de fous furieux islamistes alliés à des trafiquants d'armes. Car pour Franck et son équipe, toutes les vies se valent et non pas certaines plus que d'autres à la différence de Taupin et d'autres idéologues du même acabit dont certains se sont radicalisés.

- Emma ! Qu'Olivier Cerqueux soit lié à la drogue, à la cocaïne très précisément, ça ne fait pas l'ombre d'un doute. Vous ne pouviez pas le dénoncer par manque de preuves. En revanche, mettez vos griefs de côté et prenez votre temps avant de nous répondre. Pensez-vous que Cerqueux soit en liaison avec un trafic d'armes ? Je répète. Prenez votre temps.

- Pas besoin de dilapider mon temps. J'imagine mal le beau mec, cultivé et courtois, versé dans le trafic d'armes. Ou alors, c'est bien malgré lui. Bien que je le souhaite de toutes mes forces si je peux davantage le charger. Hélas, pour moi, à la différence d'autres personnages répugnants bien connus des Français et de toute la terre, il n'a rien d'une âme de tueur. Qui sait ! Il serait même un bon flic si on oublie son lien avec la drogue. Car si la cigarette tue, la drogue aussi.

Simone sourit à Franck. Son intuition serait-elle juste ?

- Mais, reprend promptement Emma, si vous saviez comme il aime trop les belles choses. Il s'est juste trompé de voie. Il aurait dû devenir député ou sénateur. Tant il aime bavasser, se regarder le nombril, se montrer, jouer les importants, avoir du personnel sous ses ordres, refiler le boulot le plus ingrat à d'autres. Oui ! Cerqueux député ou, mieux encore, député Européen, c'est le poste idéal pour lui. Il tirera mieux au flanc, vu qu'il n'aura pas trop à se creuser les méninges. C'est la commission européenne qui gouverne. La France a délégué ses pouvoirs.

En voyant le visage mécontent de Franck,

- Mon Dieu ! s'exclame Emma. Je m'égare. Excuse-moi Simone. Je m'étais tant retenue depuis ces derniers mois. Il fallait que j'évacue diraient les psychologues. Merci de m'avoir écouté. Je me sens soulagée. Mais que je vous fasse un aveu. Lors du passage de l'architecte au commissariat des Moulins, je bouillais intérieurement. Je l'ai trop laissé parler sans chercher à le canaliser. Il n'a pas à se faire justice lui-même.

Un satisfecit pour Emma. Emma est consciente que de temps en temps l'émotion ne doit pas prendre le dessus, c'est-à-dire dans les moments les plus critiques.

Le signe convenu entre Franck et Simone apparait.

Pendant que Franck envoie un SMS à Philippe Mahut, Simone explique à Emma la raison de leur présence à Nice. Franck en profite pour envoyer un autre SMS à Ange Castelli. « Ange ! Très urgent. Nous avons besoin d'Emma Bailly à Foch. Prévenez le commissaire de Foch. Ça ne peut tarder. »

- Un attentat spectaculaire de Monaco à Nice ! Ouaf ! J'en reviens pas. Et Castelli était au courant ?
- Oui, depuis début mai, affirme Simone.
- Il faudra que je lui fasse mes excuses.
- Vous êtes toute excusée et il vous présente les siennes.
- Ils n'ont aucun indice ? s'enquiert Emma.

Franck et Simone se sont bien gardés de tout lui révéler. C'est de cette façon qu'ils avaient pratiqué avec le gardien de la paix Philippe Mahut. Comme dans la construction d'un immeuble, il ne faut jamais négliger les bases du véritable métier de la police. Elle ne tardera pas à le savoir.

Son interphone retentit.
- Emma ! Coucou ! c'est Nadine, ton élève assidue du centre de plongée.
- Nadine ? C'est que…
- Je sais. Tu ne peux pas me recevoir tant t'es occupée avec Simone et Franck…
- Comment le sais-tu ? interroge Emma le visage ébahi.
- Ouvre vite ! Je suis avec le gardien de la paix Philippe Mahut. Il a les bras chargés.

Arrivés au quatrième étage sans ascenseur, exténués, Nadine et Philippe la taquinent.
- Franchement ! Inviter à dîner Franck sans y inclure le dessert. Quel manque de tact Emma. T'as failli rater ton examen d'entrée.

Philippe Mahut pose les gâteaux, deux bouteilles de champagne et extrait d'une autre boite cinq flûtes.

Nadine, Mademoiselle 100 000 volts, hurle à nouveau.
- Aux sauveurs de Philippe ! devant Emma interdite.

Simone lui révèle la raison du compliment à leur égard. Puis, Nadine et Philippe lui annoncent le pique-nique improvisé à la dernière minute sur le voilier d'Hervé Didier, le père de Martine, et la visite inopinée à la Police Municipale de Saint-Laurent du Var.

Emma, la désabusée, a retrouvé toute sa verve et sa joie de servir. Elle est consciente maintenant du péril immense qui se trame à Nice. Elle aussi veut accomplir sa noble mission dans l'intérêt des Français, comme Franck et son équipe.

Elle a le même feeling qu'eux et un lourd passé à cause d'un grand-père, également un vrai résistant abattu par des résistants de pacotille à la solde de Staline, le fidèle et odieux allié d'Hitler jusqu'en juin 1941.

- Bon ! Passons aux choses sérieuses. Emma ! Tu es prête à nous épauler ?
- Capitaine Lagarde ! C'est mon désir le plus fort.
- OK. À partir de maintenant, cessons de nous vouvoyer et ouvre bien grand tes oreilles. Nous ne sommes pas venus à Nice pour mourir en héros, retiens-le bien.

Emma le regarde avec dévotion. Serait-elle prête à se sacrifier davantage ? À Franck et Simone de bien lui faire comprendre ce qu'ils attendent d'elle.

Pour atténuer sa tension, il lui sort d'un ton badin :
- Écoute la chanson de Balavoine si ça peut …
- Balavoine ! C'est qui ?
- Nadine ! Demande à tes parents et concentre-toi.
- Je disais, pour empêcher un massacre à grande échelle qui dépasserait largement les pires atrocités déjà commises lors de l'attentat de Nice le 14 juillet 2016, **sans mourir en héros**. Hélas, nous avons de sérieuses craintes de ne pas rester debout une fois la mission achevée avec succès. Il y a tant de complicité directe ou indirecte à cause de gens infiltrés dans la police ou pire, parmi des hauts technocrates et des politiciens influents, sans oublier les élus qui appartiennent au *gang* dont leur chef affirme que « la police tue ». Toutes ces

personnes ont des pouvoirs exorbitants qui leurs permettront d'échapper à toute sanction si les témoins de leurs exactions, magouilles ou bassesses délient leur langue et apportent les preuves de leur conduite indigne.

Moins de quarante-cinq minutes après le SMS de Franck envoyé à Castelli, ce dernier lui répond : « Ok ! Tout est réglé. Elle est sous vos ordres. Elle retourne à Foch dès demain matin. Bonne chance. »
Franck lui expédie illico un SMS : « Merci. Ange ! Ne préviens personne. Je t'expliquerai. »
Réponse immédiate de Castelli : « Franck ! Ne te bile pas. »

- Emma ! Dès demain matin, tu bosses pour nous. Tout est réglé. Si tes affaires trainent au commissariat des Moulins, récupère-les d'abord. Sans chercher à voir Castelli ou annoncer à qui que ce soit ton transfert à Foch. Le plus discrètement possible. Philippe t'accompagnera. Et toi, mon coco, ne fais pas le guignol.
- Franck ! Je n'ai rien là-bas. Le balaie ne m'appartient pas. Oh ! que certains bureaux sont sales. Je ferai tout pour me rendre digne de la mission que je partage avec vous. Je resterai à ma place, consciente de ne pas posséder même le vingtième de votre expérience, de vos acquis et de votre sagesse. Simone ! Franck ! Merci pour votre confiance.
Des larmes de bonheur dégoulinent sur son beau visage.

31

Avant d'entrer dans le vif du sujet, Franck fait une mise au point à la nouvelle recrue.

- Emma ! Puisque tu n'as aucune affaire au commissariat des Moulins, ne te pointe pas à Foch demain matin. Ne va nulle part. Reste bien blottie chez toi.

- Pourquoi ? Franck.

- En priorité, nous devons absolument éclaircir la question qui nous turlupine depuis mercredi, le jour de notre arrivée à Nice. Cerqueux est-il également mêlé au trafic d'armes ? Pour le coincer, nous avons imaginé qu'il couche avec une mineure. Nadine parait si jeune…

- Nadine ?...

- Nadine veut tant embrasser la profession de comédienne qu'un baiser fougueux supplémentaire facilitera sa marche triomphale sur le Tapis Rouge.

- Philippe ! grogne gentiment Franck. Évite tes plaisanteries. On ne tourne pas dans : *Les Bronzés à Nice*.

- Ah bon !

- Elles ne sont pas les bienvenues à cet instant crucial, le recadre Franck amicalement.

Philippe garde pour lui celle encore plus drôle, d'après lui, que sa blague à trois balles lorsqu'il accueillit les deux Parisiens à l'aéroport de Nice avant-hier.

Des facéties qui ne font souvent rire que lui-même.

- C'est bon, on peut continuer ?

Chacun revenu à sa place, le pointu et imaginatif formateur Franck poursuit l'instruction.

- Emma ! Dans quels restaurants chics de Nice, le play boy a l'art d'appâter les naïves ? Nous les connaîtrons tôt ou tard sauf qu'il y a urgence.

- Emma ! Tu t'es braquée trop vite, plaisante Philippe.

- Philippe ! Ferme-la.

- Franck, intervient Emma. Je te redis mon impression sur lui. Il n'a rien d'un assassin. Je ne le vois pas mêler dans un trafic d'armes.

- C'est ce que pense Simone. Si c'est vraiment le cas, il accouchera plus facilement tout ce que nous tenons à découvrir si nous parvenons à le serrer. Emma ! Revenons à l'essentiel. Je précise ma question précédente. À ton avis, va-t-il au restaurant le samedi midi ? Si oui, dans lequel le plus souvent. Nous avons éliminé d'office la chère cantine de la girouette. Nous ne l'imaginons pas assez crétin pour pavaner dans un endroit snobinard où il risque beaucoup plus à y perdre qu'à y gagner. Hélas, à Nice, il reste encore six ou sept excellents restaurants hors de prix. Réfléchis bien avant de répondre sauf si tu l'ignores.

- Quand j'étais encore à Foch, des secrétaires ou quelques collègues étaient peu discrètes. J'ai eu tout le mois d'avril pour ruminer ce à quoi j'ai échappé.

Emma se lève, claque des doigts et les fixe avec un regard triomphant.

- Je viens d'avoir un flash. S'il est de permanence demain, il y a de fortes chances qu'il se pointe vers douze heures trente dans celui préféré de notre footeux, champion du monde. C'est dans celui-ci qu'il m'avait emmené la seconde fois un samedi avec une allure de conquérant. Et, lorsque je l'avais rembarré, il répondit à un appel : « Je te verrai à l'épicerie dans moins de dix minutes. »

- Extra ! Emma. Nous songions en particulier à ce raffiné restaurant... Philippe ! Ta gueule !

- Mais...

- Tu n'allais pas l'ouvrir ? rugit Franck.

- Si !

- Philippe ! Cesse de faire du valoisme, explose Franck. Je reprends. Sa réponse à l'appel téléphonique : « Je te verrai à l'épicerie dans moins de dix minutes », confirme notre intuition.

- Franck ! intervient Simone. Demain, Cerqueux est de permanence jusqu'à midi. Je me suis déjà rencardée.

Franck n'a pas le temps d'ouvrir la bouche...

- Simone ! C'est génial, plastronne Philippe. C'est proche d'une boutique chic de la rue Alphonse Karr. Vous pouvez dès maintenant commencer à monter votre baratin, il tient parfaitement la route.

- Philippe, tu me montreras le magasin.

32

Comment appâter avec succès.

- Nadine et Philippe, êtes-vous prêts ?
- Au théâtre, nous endossons chaque fois un nouveau rôle. De vierge à pute, de fliquette maladroite comme celle dans *RAID,* à voleuse ou politicienne débile, je suis rôdée.
- Moi, de flic intègre ou ripoux ou politicien véreux ou opportuniste à enseignant à fuir, également.
- OK les artistes ! Rappelez-vous, le temps presse. Ici, il nous est impossible de faire une multitude de répétitions. Vos remarques sur l'évolution de la mode, des villes, des campagnes ou des monuments, vous les gardez pour vous.

Franck marque un temps d'arrêt.

- Vous la bouclez. Surtout toi ! Philippe. Pas de valoisme.

Valoisme. Simone a pigé. Ça lui rappelle de bons souvenirs. Leur ancien collègue Pierre Alain Xavier Valo, PAX pour ses collègues, était un sympathique brave flic qui causait très bien mais il était incapable de s'arrêter à temps. Il leur avait réduit à néant deux affaires sensibles. Ils furent obligés de s'en séparer. Il a été muté à Radio Police. Une excellente recrue pour la Direction, il fait le job pour trois. Le seul dégât qu'il cause aujourd'hui, c'est de faire rire et de donner une bonne image à la fonction.

- Nous briefons Nadine afin qu'elle ne commette aucun impair. Vous avez bien enregistré ? avertit Franck.

Philippe et Emma lèvent la main d'une manière affirmative.

- Par contre, Nadine, Philippe et toi aussi Emma, si votre intervention a un rapport avec la mission, je vous invite à l'ouvrir. N'oubliez pas. Il n'y a pas de question sotte. En revanche, une absence de questions par timidité ou par arrogance mal placée nuit à notre efficacité. Nous devons être unis et nous serrer les coudes afin qu'il sorte le morceau. Au boulot !

Les trois hochent la tête.

- Avant de s'entrainer, je vous dresse un bref portrait de Cerqueux. Qu'il soit un frimeur, un vaniteux, un jouissif, un gourmet, un érudit, un coureur de jupons, ça ne fait pas l'ombre d'un doute. En tout cas, il n'est pas un vantard. A-t-il affiché le nombre de ses conquêtes ? Non. Il est finaud, il aime les femmes.

Emma, Nadine et Philippe l'écoutent attentivement. Emma qui l'a connu est impressionnée. Le portrait dressé par Franck et Simone en un temps si court correspond à Don Juan.

- Aujourd'hui, Cerqueux semble irrité et contrarié. C'est bien noté ?
- Oui ! Franck, répondent les trois en chœur.
- Nadine ! Tu te prétends comédienne. Récite ton texte, ne l'interprète pas. S'il te pose une question piège à laquelle nous n'avons pas prévu, tu le fais répéter en prenant tout ton temps et tu sautes du coq à l'âne : « Oh le bel oiseau par exemple. » Pour une fois, imite les politiciens et les technocrates, les rois de l'esquive et des mimiques s'ils sont dans la nasse. Et mets-toi en valeur avec ton plus beau sourire ou la mine déconfite en fonction de l'interrogation.
- Franck ! C'est pour cette raison que je veux devenir comédienne à plein temps. J'apprends par cœur de beaux textes écrits par des scénaristes ou des grands écrivains, puis je joue en fonction de ma sensibilité. Comme Edith Piaf chantant avec une voix rare : *Non Je Ne Regrette Rien.*
- En fonction de ta sensibilité, c'est ça Nadine. Et..., parfois avec une grande liberté d'interprétation si les circonstances l'imposent. On ne veut pas t'enfermer dans un carcan rigide.
- J'ai pigé Franck. Si j'ai oublié un passage, je trouve une parade ne sortant pas du contexte.
- Bravo ! On peut poursuivre ?
- Oui, Franck.
- Nadine, as-tu toujours vécu à Nice ou quelquefois ailleurs ?
- Je suis née et j'ai grandi à Nice. Mes parents aussi. J'ai toujours vécu à Nice. Jamais ailleurs.

Ça démarre mal. Franck, Simone et Philippe sont mal à l'aise. Dans leur plan imaginé en quatrième vitesse, Nadine a trouvé un job à Nice. Ses parents lui ont loué un studio dans le quartier des Musiciens. La boutique de prêt-à-porter de la rue Alphonse Karr tient la route.

- Tes vacances, tu les passais où ?
- Jusqu'à mes seize ans, à Cavalaire pendant deux mois chez ma tante.
- À Cavalaire uniquement ?
- Oui ! Uniquement à Cavalaire. Mes parents ne sont pas assez riches pour voyager. Même pour se déplacer jusqu'à Saint-Raphaël, à Colmar-les-Alpes ou à Valberg.

Les trois policiers sont soulagés. Ils se concentreront uniquement sur la belle station balnéaire. Philippe la connait comme sa poche. Simone y avait séjourné l'année dernière avec son bel Hongrois. Nadine ne doit surtout pas commettre la même boulette commise par Simone avec Annick la pète-sec par précipitation, avant-hier au restaurant *Meta e Meta*.

Ne nous emballons pas !

- Donc, tu connais bien Cavalaire. Ses plages, sa calanque, son école, son église, son lycée…
- Il n'y a pas de lycée à Cavalaire. Mes amis de Cavalaire allaient au Lycée Polyvalent du Golfe de Saint-Tropez. Ils me l'ont dit. Cavalaire, je connais bien. Les parents du mari de ma tante y habitaient déjà dans les années 1950. Ils ont connu l'hôtel Le Lido, l'hôtel des Bains avant que tout ne soit chamboulé. Ils sortaient la même histoire chaque année.
- Chaque année ?
- Oui ! Chaque année. Ils savaient même le lieu exact où habitait la famille Gallimard. Elle possédait une belle maison au bord de la mer. Ils me l'ont tant rabâché.
- La famille Gallimard ?
- Oui, la famille Gallimard. Un grand éditeur, parait-il, d'après une copine qui veut devenir prof de français et écrivaine. Moi, Gallimard, ça ne me dit rien, j'aime pas lire.

Par contre, Shalimar de Guerlain... c'était le cadeau d'anniversaire de ma tante offert par son mari chaque année.

Les quatre policiers sont ravis. Nadine est vive, pétillante et très attirante. Elle est fraîche et spontanée et, malgré des lacunes littéraires, beaucoup plus futée et souple d'esprit qu'ils ne l'imaginaient.

- Tu parles une langue étrangère ?
- Anglais !
- Bien ?
- Très bien ! crâne Nadine.
- Fluently ?
- C'est quoi cette langue ? demande-t-elle paniquée.

À voix basse, Emma confie à Simone :

- Pour la plongée, elle a aussi du mal à comprendre. Le calcul n'est pas son point fort.

Son côté crâneur n'est pas un obstacle. Cerqueux est bien un frimeur.

- T'as déjà bossé dans un magasin de vêtements ?
- J'avais fait un stage professionnel dans une boutique luxe de la rue Paradis quand j'étais en troisième. J'écoutais toutes les riches et je regardais la patronne leur faire des courbettes. Je m'emmerdais. Comme je présente bien, un jour, j'ai fait le mannequin. La patronne avait vendu cinq maillots de bain d'une grande marque dont je ne me rappelle plus le nom. Par contre, du prix incroyable, oui ! Un prix astronomique, la paie mensuelle de mon père pour un tout petit bout de tissu. Et d'autres vêtements très chers. C'était un vendredi matin, mon dernier jour de stage. Vers treize heures, pour fêter les ventes, la patronne m'invita à manger avec elle. Oh ! Dans un restaurant chic. Très bon et très cher. Avec mes parents, le resto c'était une fois par an au Mc Do pour fêter mon anniversaire. Oh ! que c'était bon. Je me lèche encore les babines. C'est ce jour-là que j'ai voulu devenir comédienne pour endosser des rôles différents. Mannequin, c'est barbant.

Quarante-cinq minutes plus tard, Nadine est presque d'attaque.

- Philippe ! Tu nous as garanti que Cerqueux ne vous a jamais vus jouer.
- Je confirme.
- Tu placardes bien aux murs les dates de représentations, je suppose.
- Nous devons communiquer.
- Y-t-il les noms des comédiens ?
- Oui ! Ainsi que sur des prospectus que nous distribuons. À Cerqueux aussi.
- Nadine ! Tu t'appelles Charlotte Vasseur.
- Charlotte Vasseur ? Va pour Charlotte Vasseur. Bien que je préfère Charlotte Théron.
- Nadine ! Pourquoi Théron ?
- J'ai connu une copine à Cavalaire qui s'appelait Charlotte Théron.
- Et si Cerqueux connaissait bien Cavalaire ?
- Mince ! Je n'y avais pas pensé.
- Tu veux qu'il se carapate s'il découvre la supercherie ?
- T'as raison Franck ! Va pour Charlotte Vasseur.

Grâce au rapport d'Emma, une secrétaire et une fliquette de Foch ont avoué à Philippe leur liaison avec Olivier Cerqueux. Les deux se souviennent du restaurant, celui du footeux. C'était un samedi. Puis, Cerqueux les avait invitées à poursuivre la conversation dans sa garçonnière, car il vit très loin de Nice auprès de ses parents. Elles ont passé de bons moments dans son studio. « Un coquin ! mais si séduisant. Un très bon coup. » confièrent-elles à Philippe.

Entre-temps, Philippe a déniché un studio loué en saisonnier et un autre au même étage qui s'est libéré plus tôt que prévu. Ils pourront s'y installer et intervenir en toute discrétion si les débats amoureux se passent dans celui de Nadine. Par prudence, quelques objets mentionnés par Nadine seront éparpillés.

Philippe, par l'intermédiaire d'un autre comédien de la troupe, négociateur immobilier pour ne pas crever de faim, a aussi loué pour une semaine un logement qui jouxte le studio de Cerqueux avec la carte Gold de Franck.

C'est fou le nombre de logements loués en courtes durées à Nice, à des prix démentiels. Franck comprend mieux la difficulté de trouver à Nice ou à Paris une location vide en longue durée.

- S'il y avait moins d'impayés ou de logements squattés, récrimine Simone en colère. Ses parents se sont fait avoir.

33

- À demain. Soyez tous en forme.

Franck se tourne vers Emma.

- Emma ! Surtout ne quitte pas ton studio. Ne cherche pas à te rendre chez l'épicerie *Aux beaux fruits*. Ils sont malins et très dangereux. Si tu sors, en plus de la possibilité de te faire zigouiller, tu fais capoter l'enquête. Veux-tu passer le restant de ta vie avec ce terrible poids sur la conscience ? Reste chez toi, discrètement, sans mettre la musique à fond ou te pencher par la fenêtre. Cerqueux doit imaginer que tu te morfonds aux Moulins.

- Compte sur moi Franck, je fais des provisions dès ce soir pour ne manquer de rien en étant posté devant ma télé en attendant ton signal. Sois sans crainte, je ne suis pas encore sourde.

Le portable de Franck vibre.

- C'est Hervé Didier. Je peux te parler ?

- Hervé ! Attends un instant. Emma ! Nous te confions Nadine. On la récupère le coup de fil achevé. Vas-y Hervé ! Je t'écoute tout en faisant un signe à Simone et à Philippe de se rapprocher.

- Après notre rencontre sur le voilier, jamais je n'aurais imaginé que vous enquêteriez sur la Police Municipale et que vous tomberiez au premier coup d'essai directement sur mon ami François Colombani. Colombo ! Quelle intuition Franck. Chapeau. François m'a tout révélé, il est soulagé, moi aussi. Je vous dois une fière chandelle.

Une très longue minute supplémentaire de louanges non interrompue par Franck.

Il pressent une nouvelle bonne surprise pour eux.

- Je jette furtivement un coup d'œil sur le bateau de plongée des Ukrainiens - *ISC International Scuba Diving* - quand je remarque un technicien d'EDF accompagné d'un homme au physique impressionnant s'y approcher. Deux baraqués ayant plus la morphologie de champions de Sumo que de plongeurs longilignes en eau profonde descendent du bateau de plongée et les suivent. Ensemble, ils regardent scrupuleusement les caméras de surveillance tout le long du port. Quel fut mon étonnement.

Franck ne l'interrompt pas.

- Alors, j'ai prévenu un copain, un agent de la douane de Saint-Laurent du Var. Franck ! Si tu savais le nombre de personnes qui aime se balader en mer. Il m'a demandé de ne pas m'inquiéter et de cesser de voir ou de lire des séries policières. « Que n'inventeront-ils pas pour faire exploser les ventes », déballe-t-il avec un rire décontracté. Cependant, Franck, moi je trouve très bizarre l'observation méticuleuse des caméras. D'ici qu'ils veuillent faire exploser le port de Saint-Laurent du Var. Un mois plus tôt, plusieurs bateaux avaient pris feu en pleine nuit. On cherche encore la cause.

Hervé n'a pas tort. C'était même signalé dans les journaux parisiens.

- Un bateau de plongée sans client, des islamistes dans une épicerie louée avec un bail précaire, oui, un bail précaire jusqu'à fin août de cette année, je me suis rencardé, des Ukrainiens avec des profils de lanceurs de poids qui se prennent pour des moniteurs de plongée, habiles comme une anguille, Franck, je trouve tout ça bien louche.

- Effectivement Hervé. Ça mérite de creuser également de ce côté.

- Si ça peut t'aider dans ton enquête je te donne les coordonnées du douanier. C'est un mec bien. On ne peut en dire autant sur un ou plusieurs de ses collègues. C'est ce qu'il me sortit un jour après avoir trop forcé sur le rosé. Je n'y avais pas fait attention. Mais depuis la mésaventure de mon ami Colombo, ah ! Colombo. C'est ainsi que je le surnommerai dorénavant, je préfère te prévenir. Frank ! Quand je vendais des produits d'assurances, je m'étais toujours méfié des rendements extraordinaires proposés…

- Hervé ! La Finance, on en débattra une prochaine fois.
- Excuse-moi Franck. Je te dis merde.
- Il a un côté PAX, remarque Philippe.
- Philippe ! Comme toi. Soigne-toi vite, rétorque Simone.

***

- Les amis ! rameute Franck. J'ai une idée. Ils veulent couper la lumière au port de Saint-Laurent du Var.

Les deux autres policiers sursautent.

- Pourquoi veulent-ils couper la lumière ?
- Si l'attentat était finalement prévu le 14 juillet jusqu'à Saint-Laurent du Var, émet Franck paniqué. Je n'y crois pas trop, mais avons-nous le droit de prendre le moindre risque fatal ?

Ses deux collègues, sans réaction, n'objectent pas.

- Ne nous plantons pas demain vers midi, rappelle Franck. La priorité absolue, c'est d'épargner des milliers de victimes innocentes potentielles. Si nous échouons, il faudra prévenir la hiérarchie. Les véritables coupables, français ou étrangers, s'en sortiront une fois de plus, et nous serons à nouveau les couillons. Cependant, sommes-nous autorisés à prendre tous les risques ? Non.
- Franck ! Je ne crois pas du tout à un attentat le 14 juillet. Toutefois je comprends ta position même si je suis loin de la partager. Certes, nous ne sommes pas des casse-cous contrairement à ceux qui le prétendent comme Ducon nau et d'autres du même acabit qui ont conduit la France dans un tel état de délabrement et de soumission. Toutefois, laisser en liberté aussi bien des criminels que des gens haut placés qui parlent démocratie à longueur de journées et dont certains ont ordonné de me tuer, j'ai du mal à l'avaler.
- Simone ! Franck ! réagit vigoureusement Philippe. N'aviez-vous pas promis à Alex, ainsi qu'à votre ami Akim, que vous ferez tout pour prévenir Nice d'un attentat mais à votre manière ?

- Philippe ! Quand tu l'ouvres ainsi, nous t'adorons. Merci Philippe.

Revigoré, Franck leur communique son immense énergie un temps égaré.

- Je vous le garantis ! La dernière étape du Tour de France se déroulera avec brio et succès, dans la joie et dans la liesse, loin d'un bain de sang programmé et… à notre manière.

***

Sur le point de se coucher, Franck reçoit un appel de Simone.
- Franck ! Un minuscule objet que j'avais accroché à la porte est tombé par terre. La porte de mon studio est à peine fermée. Mon arme sortie, je pénètre prudemment dans le logement. Que vois-je ? La barre fixe à terre et une mince couche de peinture jaune sur le sol. Je sors du studio, je remarque de légères marques de peinture sur le sol et les marches des étages. Il n'a pas pris l'ascenseur pour s'échapper à toute vitesse, je suppose. Les marques s'arrêtent à un endroit précis. Soit il est reparti en voiture, soit en moto, ce qui semblerait plus plausible. De retour à la maison, je visionne la caméra. On voit bien un homme jeune d'allure athlétique chaussé des mêmes chaussures de couleur marron que celles de Cerqueux marcher sur de la peinture.
- C'est Cerqueux ? demande Franck.
- Non ! Peut-être un homme à lui. Qui est-il ? Impossible de l'identifier, il est masqué et ganté de surcroît. Cependant, tout espoir n'est pas perdu. Comme c'était un petit pot, la peinture ne s'est pas tellement répandue. S'il ne s'en rend pas compte, croisons les doigts pour qu'il porte les mêmes chaussures dans les jours suivants.

34

Samedi 13 juillet. Nice. 9 heures.

Pendant les vacances d'été, le commissariat Foch est plus animé que d'ordinaire. Aux multiples plaintes habituelles pour intimidation, vols, agressions, viols, menaces et d'autres faits aggravants, s'y ajoutent celles des touristes paniqués avec une complication supplémentaire, la difficulté de comprendre exactement les circonstances du drame à cause du problème de langue étrangère. De plus, en raison de la proximité des J.O. tout le monde est sur la brèche. Il manque du personnel et les remplaçants sont peu formés.

La menace permanente d'un attentat n'est pas un sentiment d'illusion ou un délire.

Pour une fois, Philippe est ravi d'être de corvée. Il aura mieux à l'œil Cerqueux qui semble d'humeur maussade.
- Olivier ! T'en fais une tronche. Tu as un problème ?
- Non ! Tout va bien.
- Bon ! Tu me rassures. Car tu as la même tête que mon cher cousin quand on lui avait annoncé son cancer à l'estomac. Quelques mois plus tard, dans une souffrance inouïe, il rendit l'âme.
- Je m'en souviens, ce fut si douloureux.
- Olivier ! en lui serrant chaleureusement la main, je n'ai pas oublié comment tu m'avais réconforté durant cette pénible période. Comment tu m'avais empêché de faire de grosses bêtises tant j'étais bouleversé. Merci ! Merci encore.
- Philippe ! Je n'ai pas le cancer, répond brusquement Cerqueux.
- Alors ! J'espère que rien d'autre ne te dévore, car tu as franchement mauvaise mine. Je t'aurai bien invité à prendre un café en face mais je me suis fait remonter les bretelles par le commissaire jeudi en fin d'après-midi.

- Je suis au courant.

- Alors que c'était lui qui m'avait expédié à Villefranche-sur-Mer quand la lieutenante Guichard était à deux doigts de se faire descendre. Olivier ! J'ai juste rédigé mon rapport avec objectivité sans déformer. Tu comprends quelque chose, toi qui as plus d'ancienneté que moi.

- Mahut ! Cerqueux ! Dépêchez-vous ! Plusieurs personnes se sont fait poignarder dans le tramway à Garibaldi. Je suis en manque d'effectifs, venez avec moi, aboie un capitaine.

Un contre-temps qui dérange les affaires de Philippe, chargé de le coller aux basques. Les rixes et les bagarres, si fréquents de nos jours dans les transports en commun, ce ne sont pas de leur ressort. Espérons qu'il n'y ait pas eu de grabuge ailleurs ce matin afin que les services concernés prennent vite la relève.

Cerqueux évite de passer près des journalistes et discute immédiatement avec des passagers présents lors du drame. Puis, ils prennent les premières notes afin de les transmettre à leurs collègues de la police judiciaire. Vers onze heures, ils remettent leur rapport et transfèrent sur le portable de l'un d'entre eux les photos prises dans le tramway et même des environs.

Très pro le Cerqueux. Prendre des photos des environs, il n'y avait pas pensé.

Qui sait ! L'assassin rôde encore dans le coin.

Arrivés à Foch, Cerqueux lui propose de manger un morceau au resto d'en face.

- Ça m'a creusé l'appétit.

- Merci Olivier. Je dois répéter. La première c'est très bientôt.

- Franchement ! Que fous-tu dans la Police ?

- Je te l'avais déjà expliqué plusieurs fois quand tu m'avais remonté le moral. Vas-y seul, tu partageras ta table avec un autre collègue.
- Un autre collègue ? Pas question ! Je préfère aller ailleurs.
- Bon appétit.
- Bonne répétition.
- Olivier !

Cerqueux se retourne, craintivement.
- Tu viendras nous voir pour la première ?
- Si je ne suis pas de permanence, avec plaisir, répond-il soulagé. En prenant la bonne direction.

- Franck ! Que Nadine soit prête. Cerqueux ne tardera pas à se pointer. Planquez-vous.

Un ami de Philippe, André, le technicien et homme à tout faire de la troupe théâtrale, au chômage longue durée, est chargé de le suivre.

Si Cerqueux s'arrête pour téléphoner, il envoie un SMS en écrivant : UN.

UN ! Il n'y a pas lieu à paniquer.

S'il rebrousse chemin, il tape : DEUX.

DEUX ! C'est la catastrophe.

Volontairement, ils n'ont prévu aucun plan B. Car s'ils le serrent sans l'appât, Cerqueux est suffisamment malin pour recueillir les louanges et leur refiler les emmerdes.

Adieu les félicitations, bonjour le tas de problèmes.
- Capitaine Lagarde ! avertirait le préfet avec une voix vengeresse, vous avez commis une faute impardonnable pour n'avoir pas prévenu la hiérarchie dès mercredi soir, voire jeudi matin lors de la réunion à Foch auprès de toutes les forces de l'ordre de Monaco à Nice.

35

Devant le restaurant préféré du footeux, Nadine, étincelante dans sa belle robe blanche qui descend sagement jusqu'au-dessus des genoux, un vêtement chic loin d'être racoleur qui émoustille les sens de n'importe quel homme normalement constitué, lit le menu avec des yeux gourmands. Plusieurs personnes, en entrant dans le restaurant cosy, remarquent ses beaux cheveux lisses et son teint halé, même la comédienne qui répondit malicieusement à un journaliste lors d'une interview exclusive quarante ans auparavant : « La première chose que je remarque chez un homme : c'est sa femme. »

Arrive enfin Cerqueux, longtemps immobile, le portable collé à son oreille. D'après André, le technicien du théâtre, il n'avait pas l'air enchanté et manifestait de temps à autre une réelle irritation.
En s'approchant du restaurant, il marque un temps d'arrêt, il la contemple, il l'admire. C'est vrai, Nadine, avec son côté Michèle Mercier dans *Angélique Marquise des Anges*, est plutôt vachement jolie fille. Il redresse la tête et respire profondément. Nadine s'est aspergée le corps d'un délicieux parfum envoûtant et mystérieux. Elle a bien retenu le nom au cas où.
- Le menu vous plait ?
Nadine le fixe d'un air effarouché. Bougre ! Elle retient bien la leçon.
- Excusez-moi si je vous ai effrayé, dit Cerqueux en reculant souplement de deux pas. J'entrai dans le restaurant quand je vous vois contempler le menu. Ici, la cuisine faite maison est excellente.
- Non ! Je n'ai pas eu peur. Vous m'avez brusqué dans mes rêves.
- Vous êtes une touriste ?
- Non, je commence mon travail mardi.

- Votre travail ?
- Oui, mon travail. Mes parents m'ont aidé à emménager.
- Vous travaillez dans le domaine de la finance ?
- Pourquoi dans la finance ?
- Ici, ce n'est pas donné. Seriez-vous peut être une actrice ?
Quel beau parleur. Charmeur et prévenant de surcroît. C'est vrai, on a presqu'envie de le déguster sur place, s'extasie Nadine avant de reprendre ses esprits. Reste dans ton texte.
- La semaine dernière, ma tante et son mari sont venus spécialement à Nice pour célébrer ici leurs trente ans de mariage.
- Parce qu'ils ne sont pas de Nice ?
- Non ! de Cavalaire.
- Cavalaire ! Oh ! Cavalaire. J'aime Cavalaire, s'émerveille Cerqueux en écartant ses bras musclés au ciel. Hélas, je n'y vais plus dernièrement. Le travail. Trop de travail. Puis-je vous inviter à partager ma table ? Moi c'est Olivier.
- C'est que…
- J'aimerai tant vous parler de Cavalaire avant toutes les transformations.
- Parce que vous aviez connu Cavalaire avant toutes les transformations ? l'interroge-t-elle avec deux yeux avides.
- Moi non. Les parents de ma cousine si.
- Comme les parents et les grands-parents du mari de ma tante.
- Alors ! Au fait, je ne connais pas votre prénom …
- Charlotte…
- Charlotte ! Enchanté. Entrons dans le restaurant avant qu'il ne soit complet. Nous avons tant à discuter sur Cavalaire, la reine des plages.

Franck et Simone se frottent les mains. Nadine a bien tenu son rôle. Ils ont largement plus d'une heure devant eux pour déjeuner dans un bistro éloigné du regard acéré de Cerqueux, pendant qu'André, le technicien du théâtre fait le guet dans une voiture banalisée aux vitres teintées, le sandwich à la main et la bouteille d'eau minérale de l'autre. Franck lui a refusé la bière.

À table, Charlotte et Cerqueux discutent devant quelques regards amicaux ou envieux, comme s'ils s'étaient retrouvés après plusieurs années d'absence. Elle a la meilleure réponse à chaque question posée. Même sur les plus insidieuses. De quoi aiguiser davantage la fougue de Cerqueux. Nadine, alias Charlotte Vasseur, a toujours eu une mémoire phénoménale. Dommage qu'elle soit si fainéante. Rien ne lui plaisait sauf le jour où elle décida de devenir comédienne.

Elle franchit le dernier écueil avec une agilité d'esprit surprenante.

- Oui ! Le grand-père du mari de ma tante avait bien connu le camping des Hongrois *Air Eau Soleil* tenu par Monsieur Herzog.
- Les Hongrois disputaient des matchs de volley-ball contre des joueurs de l'équipe de Joinville.
- Une équipe dirigée par un industriel, Monsieur Lebrun. Son fils Daniel a même joué en équipe de France.
- C'est exact Charlotte. Il y a tant à raconter. Comment ? Il faut déjà quitter la salle.

Cerqueux demande l'addition. Il paie naturellement en espèces.

- Charlotte ! Si nous poursuivions la conversation ailleurs.
- Au café ! répond Nadine ingénument. Avec plaisir. J'ai tant envie de vous écouter sur Cavalaire. Je ne pourrai pas y retourner aussi souvent.
- Venez plutôt chez moi…
- Chez vous ? avec un ton légèrement outré.
- Charlotte ! C'est pour vous montrer des photos anciennes de Cavalaire.
- Des photos anciennes ? De la plage du Lido, de Pardigon, de la Tour Blanche, du Festival des Tragos… Dans ce cas…
- Alors ! C'est Oui ?

Les deux nostalgiques de Cavalaire prennent la direction de la rue Durante.

***

Franck et Simone sonnent le branle-bas. Emma patiente. Quant à Philippe, il est retourné à Foch, également d'attaque.

Un dernier rappel de Franck à Emma.

- Tant que moi ou Simone ne t'avons pas autorisé à entrer dans son studio, tu restes dans l'appartement voisin. Nous avons percé légèrement le mur afin d'y infiltrer une caméra. Tu écouteras et verras mieux sa réaction. Ne réagis jamais bruyamment s'il te mentionnait en des termes peu flatteurs. Par prudence, j'ai écarté tout objet près du trou. Bien compris Emma ?

- Compris Franck, affirme Emma, prête à écouter et à enregistrer la joute amoureuse.

36

Olivier Cerqueux et Charlotte remontent joyeusement l'avenue Durante en direction de la gare Thiers quand le visage radieux de la comédienne se décompose.

- C'est moins chic par-là, remarque Charlotte, ça ne craint pas ?
- Normal, on s'approche de la gare, c'est pareil dans toutes les gares de France, répond Cerqueux avec un ton neutre, sans chercher à s'étendre. Il évite le sujet qui fâche la majorité de Français.

En dévisageant la tête de plus en plus mal à l'aise de la belle Charlotte, il panique. Veut-elle retourner à Cavalaire ? Les vols, les agressions, les viols commis à Nice explosent. Pas plus tard qu'hier, ça mitraillait dans un restaurant situé dans le vieux Nice, avant-hier, c'était un migrant en possession d'un couteau à proximité de la gare. *RTL*, *Le Figaro* et même *Paris-Match* ont devancé les médias locaux pour le droit à l'information.

Il active le pas tant elle lui plait. Certes différemment d'avec la fliquette de Crépol, mais avec une autre attention que la plupart de toutes les autres. Elles sont peu nombreuses à le prétendre dans son tableau de chasse. Il s'angoisse à la vue de quelques hommes en djellaba suivis par des formes obscures recouvertes de la tête aux pieds. Charlotte, le regard indécis, au contraire, ralentit la cadence en parcourant les derniers mètres d'un pas hésitant dans une ambiance sinistre.

Elle, si frénétique quelques minutes auparavant.

Si elle rebroussait chemin, se tourmente Cerqueux.

Enfin, ils entrent dans l'immeuble résidentiel. Au troisième étage, ils sortent de l'ascenseur et accèdent au spacieux studio aménagé avec goût, prolongé par un balcon.

Franck, planqué dans le studio voisin avec Simone et Emma, enclenche la caméra puis, une minute plus tard, se réfugie avec Simone dans un café proche, laissant seule Emma.

Instant crucial.
Le jeu décisif débute.

À Foch, le gardien de la paix Philippe Mahut prévient la brigade des mineurs.
- Je viens de recevoir un appel d'une femme. J'ai bien pris ses coordonnées. Elle répond suite aux nombreuses affiches placardées partout à Nice. L'homme correspondrait au portrait de l'assassin violeur. La môme paraîtrait avoir moins de quatorze ans. Il aurait amené la mineure à son domicile.
Une chance ! Le brigadier-chef Goyard, un abruti fini, est de permanence. Depuis plus de dix ans, il attend la promotion : major de police. S'il lui met la main au collet, enfin il l'obtiendra.

Franck appelle le préfet sur son numéro personnel.
- Bonjour Monsieur le Préfet, capitaine Lagarde.
- Vous avez enfin du nouveau ? Sans même lui retourner ses salutations. Quel gougeât !
Une aubaine ! Franck n'a pas besoin de lui rappeler sa suggestion à la fin de la réunion houleuse de jeudi matin :
« … Je suis au courant de vos prouesses… ministre de l'Intérieur en 2022. Également… Vous l'avez mal digéré. Ne cherchez pas à savoir par qui… Nous sommes dans la mouise. Voici mon numéro personnel…Ne contactez pas mon Directeur de Cabinet. »
Franck lui explique brièvement la situation. Le préfet, imbu de sa personne, est trop direct. Néanmoins, il ne l'imagine pas aussi vicieux. Quoique, fidèle à ses principes de précaution, Franck contourne ou déforme avec souplesse toute question trop inquisitrice.
- C'est OK. Vous avez carte blanche. Vous me passez le brigadier-chef dont vous avez oublié son nom et je règle le problème en votre faveur. À vous de jouer. Le préfet, fébrile, raccroche.

Franck envoie un SMS à Philippe : « Philippe ! Tout est OK. »

- Brigadier-chef Goyard ! Je dois aller aux Toilettes.
- Mahut ! Tu me casses les couilles.
- Partez ! Je vous rejoints.
- Ne tarde pas ! Tu le sais bien. Nous devons être ensemble pour le serrer.
- Je fais mon possible. Mais j'ai une telle…
- Mahut ! Tu me les brises. Je pars.

L'excité Goyard brigue tant une promotion qu'il se précipite en direction de l'avenue Durante, grimpe deux par deux les escaliers jusqu'au troisième étage et, à peine essoufflé, il cogne vigoureusement à la porte indiquée par Mahut.

- Police ! Ouvrez !

Cerqueux qui n'avait pas encore amorcé le virage amoureux regarde Charlotte terrorisée. Heureusement, Nadine/Charlotte conserve tout son sang-froid malgré le contre-temps non prévu. Elle a bien retenu les leçons de Simone et de Franck, elle improvise.

- Quoi ! Vous êtes un gangster, demande-t-elle le regard pétrifié en se serrant les bras.
- Moi ! Un gangster, pas du tout.

Cerqueux, rassuré, se rapproche de la porte. Il aplanira vite le malentendu. La police s'est trompée de logement. Il l'ouvre en toute confiance. Goyard, le pistolet à la main, s'enfonce dans la pièce en criant :

- Détournement d'une mineure, je vous arrête !
- Pas du tout, réplique Cerqueux, certain de son bon droit.
- Pas un mot de plus ! Vous êtes en état d'arrestation. N'avez-vous pas honte, le sadique voyeur.
- Moi ! Un sadique voyeur ?

Il se retourne, mon Dieu ! Ô combien Charlotte est sexy et gracieuse en petite culotte blanche en dentelle de Calais, les seins bien fermes. Nadine le scrute avec deux yeux méchants qui explosent de colère. Quelle comédienne.

Cerqueux est catastrophé. « La salope ! Elle voulait me faire chanter. Elle m'a bien roulé. Je me suis bien fait avoir », se maudit-il.

Juste à cet instant, Mahut le gardien de la paix se pointe, le visage ahuri.

- Olivier ! Que fais-tu là ? Chef ! Rangez votre flingue. C'est impossible. Il y a une erreur. C'est le lieutenant Cerqueux.

- Lieutenant Cerqueux ? Vous êtes… !

La phrase *promotion je la tiens enfin* cogne si fort dans son crâne que son cerveau ne fait pas le lien entre le violeur de mineures et l'officier de police.

- Passe-lui les menottes.

- Chef ! Vous faites erreur. Ne faites pas ça. Regardez bien l'affiche. Il est gros et barbu. Ce n'est pas le lieutenant, je le connais bien. Il ne violerait jamais une femme, encore moins une mineure. Chef ! Ne commettez pas une bourde. Nous risquons grave.

- Écoute le comédien. Moi, je connais mon boulot. Regarde la carte d'identité de la demoiselle.

Il la tend à Mahut.

- Que lis-tu ?

Philippe lui répond d'une voix mal à l'aise.

- Oui ! Je lis bien Charlotte Vasseur. C'est vrai, elle a moins de quinze ans. Mais, Chef ! réagit Philippe dans un ultime sursaut protecteur, c'est Olivier Cerqueux, le lieutenant des Stups en se retournant peiné vers lui puis, embarrassé, vers Charlotte Vasseur.

- Mademoiselle ! Rhabillez-vous s'il-vous-plait.

- Olivier ! Elle m'a piégée. Elle voulait certainement me faire chanter. Je te jure que je n'ai jamais eu l'intention de la violer. J'ai toujours été un galant homme.

- Taisez-vous ! Le violeur. Mahut ! appelle du renfort.

- Philippe ! Fais quelque chose.

- Je te crois Olivier. Mais je dois obéir aux ordres.

- Appelle le Parisien ! J'ai des révélations à lui faire.

- Olivier ! Tu le sais, il n'a pas le droit d'intervenir. Il faut appeler ton capitaine.
- Non ! Pas mon capitaine.

Cerqueux tombe à genoux devant Philippe et l'implore.

- Philippe ! Pour l'amour du ciel, appelle le Parisien. Je sais qu'il t'a sauvé la vie. As-tu déjà oublié tout ce que j'avais fait pour toi quand ton cousin est mort du cancer ?
- Chef ! Je peux appeler le capitaine Lagarde ?
- Philippe ! appelle-le ! supplie Cerqueux.
- Mahut ! Vous appelez du renfort. Mettez-lui les menottes.
- Non ! Chef. J'ai une dette de reconnaissance envers le lieutenant.
- Mahut ! Les menottes ! Vite ! hurle le brigadier-chef Goyard.

Le gardien de la paix Mahut désobéit à son supérieur. Il contacte Franck.

- Chef ! Le capitaine Lagarde arrive dans moins de cinq minutes. Par chance, il était à Foch.
- Mahut ! Regarde bien comment je vais le remettre à sa place ton Parisien. Il n'a aucun droit. Ensuite, mon lascar, je t'éjecte de la police pour faute grave. Si tu veux vraiment devenir comédien, je te souhaite bien du courage. Car dans l'habit d'un flic, t'es plus que minable, s'emporte furieusement Goyard.

37

Les motos garées devant l'immeuble de l'avenue Durante, les deux policiers parisiens se présentent.
- Bonjour ! Capitaine Franck Lagarde, lieutenante Simone Guichard. Que se passe-t-il ?
- Bonjour capitaine. Brigadier-chef Goyard ! en respectant le salut officiel. Je l'arrête pour détournement de mineurs. Mahut ! Pose-lui les menottes, on l'embarque.
Philippe Mahut, affolé, intervient.
- Capitaine Lagarde ! Le lieutenant Cerqueux n'est pas un violeur.
- Brigadier-chef Goyard, êtes-vous certain qu'elle soit mineure ? questionne Franck.
- Capitaine ! Jetez un coup d'œil à sa carte d'identité, on les coffre tous les deux.
La carte d'identité vérifiée, Franck, fort embarrassé, se tourne avec un air désolé vers Mahut posté à côté de Cerqueux.
- Capitaine ! Vous connaissez la marche à suivre. Vous n'avez pas à vous interposer, précise Goyard, le visage réjoui.
Franck s'angoisse. Il poiraute depuis plus de cinq minutes, son portable ne vibre toujours pas. Quatre minutes plus tard, il rage intérieurement, le préfet les a plantés. Ils sont dans la panade, les puissants seront préservés. Cerqueux, en avouant d'une manière contournée, sera congratulé, alors que lui, Simone et Akim seront bons pour rendre leur tablier après avoir goûté aux joies de la prison.
Goyard voit la gêne s'agrandir sur le visage de Franck. Il l'a bien mouché.
- Capitaine Lagarde ! Vous le savez très bien, en fixant durement Philippe Mahut, abattu.
Hors question de refiler Cerqueux au tocard. Déjouons la lâcheté et la fourberie du préfet, essayons de l'amadouer.
- Brigadier-Chef Goyard ! Vous êtes au courant de projets d'attentats durant les J.O.

- Bien sûr ! Il faut tout faire pour les contrecarrer.
- Vous avez entièrement raison. C'est primordial pour la sauvegarde des habitants de notre pays.
- Et pour l'honneur de la France, rajoute Goyard.
- Oui ! Brigadier-chef Goyard. Pour la gloire de notre Nation et notre liberté.
- Oui ! Pour notre Patrie et notre devise : Liberté Égalité Fraternité.
- Naturellement pour la protection de nos enfants et des gens les plus faibles.
- Capitaine ! Sans oublier celle nos parents.
- Oui, celle de nos parents. Brigadier-Chef Goyard, puis-je vous parler à part ?

Goyard est impressionné. Jamais un officier supérieur ne s'est adressé à lui avec un tel respect et si longuement. De plus, la voix puissante de Franck prouve qu'il a obtenu gain de cause.

- Gardien de la paix Mahut ! Placez-lui les menottes, ordonne le capitaine Lagarde.
- Mais…
- C'est un ordre ! commande Franck d'une voix cinglante.

Mahut s'y plie à contrecœur.

- Navré Olivier, lui dit Philippe avec des regrets sincères.
- Lieutenante Guichard. Appelez Foch. Qu'on fasse sur le champ à la mineure une prise de sang au cas où il l'aurait droguée et qu'ils se renseignent sur elle.

Puis, Franck demande au gardien de la paix Mahut :

- Par précaution, mettez une menotte à un des pieds du lieutenant Cerqueux et accrochez-la sur le radiateur. Pendant que je discute avec le brigadier-chef Goyard.
- Capitaine Lagarde ! Je ne peux pas.
- Brigadier-chef Goyard ! Posez-lui la menotte à un de ses pieds avant notre entretien.

Franck se retourne vers Philippe Mahut, le regard noir.

- Je signerai le rapport du brigadier-chef Goyard. Votre rébellion est intolérable.

Goyard n'a jamais connu de sa vie une telle jouissance en fixant les menottes sur un violeur. Dix bonnes minutes plus tard, il les quitte, ravi. On lui a révélé des éléments top secrets sur un projet d'attentats islamistes XXL que les médias n'ont jamais divulgué. Il est entré dans la cour des grands, des très grands. Mieux, il a reçu l'assurance de devenir major de police.

Franck, Simone, Akim et l'agonisant Alex ont toujours été des gens d'honneur.

Effectivement, le préfet l'a bien roulé. Habilement, Franck s'est abstenu volontairement de communiquer l'identité du policier, son grade et sa fonction. Il appartiendrait au commissariat d'Auvare ou à celui de l'Ariane. Ça laisse deux bonnes journées à Franck avant que leurs soupçons ne se resserrent sur celui de Foch.

Philippe Mahut repart, penaud, avec Goyard. Franck les accompagne jusqu'au rez-de-chaussée de l'immeuble.

- Brigadier-chef Goyard ! Excusez mon insolence envers vous.

Goyard, ravi de sa prochaine promotion, s'est adouci.

- Mahut ! Allons en face prendre un pot avant de retourner à Foch et dites-moi pourquoi vous êtes redevable envers le lieutenant Cerqueux.

***

Emma, postée dans le logement voisin a tout entendu et vu. Elle n'en revient pas de la prestation remarquable de Nadine et de Philippe, de véritables comédiens. Elle est admirative envers Franck et Simone, des organisateurs prévoyants, capables de rebondir en cas d'imprévus. Le léger embarras de Franck quelques minutes après son apparition et la manière dont il retourna la situation ne lui ont pas échappé.

Elle ne manquera pas de le lui rappeler.

Elle n'appréciait pas la disposition spartiate de l'appartement, elle comprend mieux maintenant l'utilité. Elle ne heurtera aucun meuble ou ne renversera pas malencontreusement un objet si elle se précipite aux toilettes.

La phrase des deux Parisiens tinte dans ses oreilles.

« Emma ! Le diable s'habille dans les détails. »

Avant d'interroger Cerqueux, Franck donne les dernières instructions à Emma.

- Emma ! Surtout pas un bruit. Que Cerqueux ne détecte pas le traquenard trop tôt. Sinon, il la bouclera. On se sera fait avoir.

Le temps qu'Emma enregistre, il l'avertit solennellement.

- N'oublie pas ! S'il te mentionne, en bien ou en mal, reste silencieuse, en posant l'index sur sa bouche.

***

Au café, Philippe relate le calvaire de son cousin et ses égarements professionnels.

- Sans l'aide bienveillante d'Olivier Cerqueux, j'étais foutu à la porte de la police.

Les explications fournies, c'est au tour de Goyard de s'amender.

- Oui ! Je comprends mieux maintenant ta gêne. J'oublie tout ça. Il y a beaucoup plus urgent. Nous devons, avant tout, déjouer l'attentat du siècle. Serrons-nous les coudes.

En se rapprochant de Mahut, Goyard lui chuchote à l'oreille.

- Garde-le pour toi, il y aurait des traîtres chez nous, à la mairie, à la préfecture, dans les établissements scolaires, à l'université et même ailleurs. Je n'aime pas ça.

En rage, Goyard, tel le chevalier sans peur et sans reproche affirme :

- Je suis entré dans la police pour servir et protéger.

Philippe s'abstient de se moquer de lui : « Et pour obéir aveuglément... »

38

Dans le studio de Cerqueux, loin des curieux, plus de trois longues minutes se sont écoulées depuis que Goyard et Mahut sont retournés à Foch. Cerqueux, hagard et replié sur lui-même, n'a toujours pas ouvert la bouche pendant que Franck et Simone le dévisagent. Parfois, leurs yeux fixent ses chaussures. Elles brillent, pas une seule trace de couleur jaune. Ils patientent. Puisqu'il a des révélations à confier, à lui de dégainer en premier.

Franck regarde sa montre pour la deuxième fois.

Presque quinze minutes se sont écoulées depuis que les deux flics assis en face de Cerqueux, doublement menotté, s'observent sans émettre le moindre mouvement.

Simone pianote frénétiquement sur son portable, un subterfuge pour masquer son inquiétude.

Subitement, Cerqueux, le visage déformé, tombe en larmes.
- J'ai foiré. Je le reconnais. Me faire avoir comme un bleu par une gueule d'ange qui, en fait, veut m'extorquer, j'ai vraiment foiré. Au restaurant, après le dessert, je lui déclarais ma profession et elle se cassait. J'ai lu votre jeu trop tard, vous l'aviez retournée.

Cerqueux mentionne uniquement Nadine. Continuons à le laisser parler sinon nous n'irons pas jusqu'au bout de notre promesse envers Alex.
- Oui, j'ai foiré d'autant plus que nous sommes d'accords sur un point essentiel, la situation est très périlleuse mais ce n'est pas trop tard.

Franck et Simone cachent tant bien que mal leur étonnement.
- Capitaine Lagarde. Deux ans auparavant, j'avais remarqué comment vous aviez débusqué l'escroc terroriste criminel avec un lourd passif juste avant l'inauguration du futur hôtel

de police à la place de l'hôpital Saint-Roch. En fait, j'ai foiré plusieurs fois.

- Vous avez foiré plusieurs fois, demande benoitement Simone.

- Tout d'abord avec l'épicier Zied quand je voulais déjà tout arrêter et le signaler. Je fus trop bon, il m'a roulé dans la farine. Pourtant, je connais bien son passé. Il est dangereux.

Franck et Simone restent immobiles. Un verbe les intrigue : *signaler*. Le signaler à qui ? Il manie trop bien la langue française pour avoir commis un lapsus par inadvertance.

- Mais j'ai surtout complètement dérapé avec une collègue, Emma Bailly. Je suis tombé amoureux fou d'elle dès le premier jour. Une fois, j'étais tellement perturbé de ce qui s'était passé à cause de ce Zied de malheur, que je m'étais complètement mélangé les pinceaux. Eh oui ! Vous trouvez ça con, mais ce fut un véritable coup de foudre.

Il pleure à nouveau à chaudes larmes. Simone panique intérieurement. Qu'elle et Franck ne l'interrompent surtout pas. Pourvu qu'Emma conserve son sang-froid. Il semble sincère mais c'est un calculateur.

Cerqueux leur avoue toutes ses bassesses envers Emma. Son récit concorde à celui d'Emma.

Simone lui tend un mouchoir.

- Lieutenante Guichard, pouvez-vous au moins retirer la menotte à mon poignet ?

Chose faite.

- Capitaine Lagarde, j'étale tout ce que je sais, en échange, vous ne me dénoncez pas pour mon soutien stratégique de l'épicerie.

Il marque un temps d'arrêt, les deux policiers restent hermétiques. Cette fois-ci, c'est l'adjectif *stratégique* qui les tracasse.

Cerqueux leur tend une nouvelle perche.

- Emma ne s'est pas pointée ce matin aux Moulins. N'est-ce pas ?

Une expression de surprise se dessine légèrement sur les visages de Franck et de Simone. Vache ! Il sait tout. Ils se forcent à le laisser continuer à parler car, même s'ils sont rompus à ce genre de situation, c'est bien la première fois avec un collègue.

- Aux Moulins, quelqu'un me tient au courant.

Il cesse de parler. Franck et Simone ne bougent pas.

- Aux Moulins, un autre, excessivement dangereux, est à l'origine de l'attentat raté de la lieutenante Guichard et il est en liaison avec un gars de Foch. Ils sont tous les deux en rapport avec des islamistes, eux-mêmes en lien avec des Ukraniens. Ça m'a pris du temps pour le découvrir. L'attentat raté de jeudi matin fut le déclencheur.

Cerqueux ne leur laisse aucun temps pour réagir ou conserver leur mutisme qu'il conclut.

- Oui ! Je voulais virer Emma Bailly, je l'avoue.

Cerqueux souffle décidément le chaud et le froid. D'ici qu'il veuille les démonter. Ils doivent absolument continuer à se taire. S'il n'avait pas fauté, Franck l'admet, il a l'étoffe pour faire partie de son équipe. Il a toujours un coup d'avance, il se contrôle.

- Capitaine Lagarde ! Emma vous a fait des aveux, vous n'avez rien signalé à la hiérarchie afin de la protéger et de préserver son avenir dans la police. Aujourd'hui, vous l'expédiez ailleurs. N'est-ce pas une faute grave ?

Oui, c'est une entorse au règlement, reconnaît Franck à lui-même. Cependant, rien n'est encore perdu. Cerqueux est persuadé qu'Emma n'est pas mêlée à l'opération, ou du moins, c'est leur certitude. Qu'il poursuive ses explications et nous à l'ouvrir à bon escient.

- Grâce à moi, vous déjouez le complot de la dernière étape du Tour de France.

- Vous pensez vraiment que nous ignorons ce qui se trame le 21 juillet ?

- Capitaine Lagarde, ne me prenez pas pour une bille. Falsifier des cartes d'identité sans avertir ses supérieurs, c'est grave. Je cogitais pendant que vous vous impatientiez. Je me mémorisais le repas avec Charlotte. Elle ne peut pas avoir quatorze ans, elle a presque dix ans de plus. La roublarde a gâché une carrière prometteuse, comédienne. Vous l'avez bel et bien manipulée.

À cet instant t, Franck pense que Cerqueux est convaincu que seuls lui et Simone l'ont manipulé.

- Capitaine Lagarde ! Je sais que vous êtes au courant de ce qui se trame à l'Agence LPI.

Un véritable coup de massue pour Simone et Franck. Décidément, il les mène en bateau.

- Capitaine Lagarde ! Que fais-je quand les locations cessent à partir du 17 juillet ?

Cerqueux leur en fait voir de toutes les couleurs. Ils cachent leur gêne tant bien que mal.

- À votre place, je contacte Olga l'Ukrainienne…

Silence lugubre dans le studio de Cerqueux.

- Olga ! La pionne… que la lieutenante Guichard imaginait filer sans se faire repérer à cause de sa rage de dents.

Franck, presque KO, sur le point de gaffer, est sauvé par Cerqueux.

- Lieutenante Guichard ! Olga, la pute par la force des choses en Ukraine, vous avait repérée dès mercredi après-midi. Voulez-vous d'autres exemples, comme le nom du dentiste de la rue Gioffredo ?

Cerqueux les laisse mijoter.

- Ledentu, mais revenons deux ans en arrière. Vous auriez dû me dénoncer, avec un sourire malicieux.

Franck et Simone restent de marbre. Ils sont tourmentés. Flics droits et obéissants jusqu'à l'aveuglement ou honorer leurs engagements envers Alex.

- Capitaine Lagarde, un de vos collègues fut grièvement blessé juste avant votre départ pour Nice… Je vous fais grâce du détail, allons droit au but, le temps presse. Votre sergent opère le transfert du lieutenant blessé dans un autre hôpital ce soir. Avec le concours de qui ? Ceux qui lui veulent du mal l'ignorent encore mais ils s'en foutent. Ce soir, ils vont tous se faire massacrer. Capitaine Lagarde ! Vos deux hommes, en marquant un léger temps d'arrêt, ne s'appellent-ils pas Alex Feldman et Akim Bougrab ?

Simone et Franck dissimulent difficilement leur angoisse. Il est sacrément retors.

- Capitaine Lagarde, je ne tiens pas à jouer avec vos nerfs. Dans le bourbier de la capitale des bobos écologiques, il y a une taupe islamogauchiste particulièrement nuisible à Paris et, je reconfirme, d'autres à Nice, responsables de l'attentat manqué sur la lieutenante Guichard à Villefranche-sur-Mer.

Franck et Simone sont dans la nasse.

Par chance, Cerqueux l'est plus. Il abat une nouvelle carte.

- Je vous imaginais coriaces. À ce point, non. Lucien Mouchard !

Franck et Simone lui font comprendre de poursuivre.

Le portrait délétère du personnage achevé, Cerqueux avertit Franck.

- Prévenez de toute urgence le sergent Akim Bougrab. Vous me remercierez et vous ne me dénoncerez pas. Sinon, adieu les vrais bons noms de Nice. Pas celui ou ceux des seconds couteaux que je ne doute pas que vous repérerez ou que vous avez déjà découverts.

Franck, sur le point de partir, remet la menotte au poignet de Cerqueux qui complète :

- Quand la lieutenante Guichard et vous-même regardent méticuleusement mes chaussures, comme si j'avais marché dans un lieu où j'aurais commis une erreur, je cherche vainement l'endroit. Mes chaussures n'ont pas marché dans la merde. Par contre, l'autre avec des boots *Testoni*... où ? Je l'ignore et ce n'est pas mon problème. Par contre, pour vous... mais je vous fais confiance pour le résoudre très bientôt. Hélas pour vous, ce n'est même pas un second couteau.

Décidément, il les abasourdit.

- Contactez le sergent Bougrab ! implore Cerqueux. Il sautera de joie.

***

Franck se mettra en rapport avec Akim. Auparavant, à pas feutrés, il pénètre dans l'appartement voisin et donne les dernières instructions à Emma.

- Emma ! Tu as tout vu et entendu. Il te croit ailleurs. Ne bouge pas d'ici, il y a de quoi de ne pas mourir de faim dans le frigo.
- Dans le frigo ? Je ne l'avais pas ouvert.
- Alors, ne claque pas la porte. Pas un bruit.
- Oui Franck.
- Ferme bien aussi la porte des toilettes quand tu t'y rends. La chasse d'eau est bruyante.
- Je n'oublierai pas Franck.
- S'il nous trouve coriaces, il l'est rudement aussi.

Il devient urgent de contacter Akim avant de mettre sur pied une nouvelle stratégie.

39

- Akim ! Comment va Alex ?
- Je t'annonce une très bonne nouvelle. Le génie, grâce à ses deux collaboratrices, estime l'avoir sauvé. Quelle modestie de sa part, il met en avant l'équipe. Comme toi.

Franck n'exprime aucun sentiment de fierté. Ça lui semble si évident.

- Revenons à Alex. Il n'a pas encore repris conscience, il est toujours avec le masque respiratoire, mais il est sorti de l'auberge. Ne m'en demande pas plus, les termes chirurgicaux, ça me dépasse et je suis absorbé par l'organisation de son exfiltration. Depuis hier, on triture de long en large le plan pour ce soir. Même si je n'ai pas encore relié tous les fils pour garantir la fiabilité de sa sortie, je suis persuadé du bien-fondé de ma théorie pour son évasion.

Quelques secondes plus tard, Akim avoue ses inquiétudes.

- Hélas, j'ai la certitude d'être surveillé, c'est beaucoup plus que des suppositions.

Après un long moment d'hésitation,

- Franck, je dois te faire un aveu. J'ai honte. Nous pourrions tout laisser tomber. Car si je n'arrive pas à expliquer clairement mon analyse sur toutes les ordures qui gravitent autour de nous sans me faire pincer, ai-je le droit de risquer la peau des toubibs, de Jean Rigault et de son équipe et, par conséquent, de la nôtre. Imagine mon angoisse, abandonner Alex aux mains des barbares. Pour autant, sommes-nous des kamikazes ?

Franck continue à le laisser parler. Il lit sa détresse.

- C'est d'autant plus rageant que le montage concocté est inédit et subtil. Dans cent ans, on en parlera encore.
- Lucien Mouchard, ça te parle ?
- Franck ! C'est lui l'ordure islamogauchiste. Hélas, je n'ai aucune preuve tangible afin de démontrer au mieux mes argumentations. Je suis coincé…

Akim, soudainement, réagit.

- Franck ! Comment connais-tu ce nom ? Je ne te l'ai jamais mentionné. Explique-moi, c'est le chaînon manquant.

Franck le lui révèle. Tous les détails fournis par Cerqueux coïncident avec les premières recherches d'Akim. Cerqueux ne les a pas roulés. Après plus de vingt minutes de conversation fort fructueuse, Akim assemble enfin tous les éléments du puzzle. Akim et son équipe ont toutes les cartes en main pour obtenir des aveux circonstanciés de quelques malfaisants ou en bloquer d'autres. Taupin est bien une enflure. Il a infiltré dans la police depuis plusieurs années des éléments dangereux qui veulent la destruction de la France. Le Tour de France représente un des ADN de la France. Akim fait finalement le lien sur Duviviez – *Salaud de Duviviez !* quand gémissait Alex -, et d'autres ripoux dans le 93.

Sans oublier un autre haut placé très influent. Il ne tardera pas à découvrir.

Maintenant, Akim fonce et accomplira la mission impossible pour la survie d'Alex et, cerise sur le gâteau, pour une meilleure condition de vie pour la grande majorité des habitants du 93.

- Franck ! Cette fois-ci, tout se déroulera au mieux, les médias t'informeront.

- Tu en es certain ? Ne prends aucun risque.

- Assuré ! Franck. Grâce aux précisions incroyables fournies par ton informateur, tu devras le remercier, j'avance même l'heure de l'exfiltration afin de mieux la caler. Elle s'opérera en fin d'après-midi et non dans la soirée.

La curiosité de Franck est coupée court par Akim.

- Franck ! Ne cherche pas à savoir, laisse-nous régler minutieusement les derniers points de détail avec Jean. Les médias t'informeront.

Franck entend Akim respirer profondément.

- Nous sauverons Alex. De plus, à notre manière. Bises à Simone.

Akim a raccroché.

40

Philippe Mahut contacte André, le technicien du théâtre, l'homme à tout faire, et le passe à Franck.

Une heure plus tard, bien installé au café situé à l'angle de la rue de la Buffa et de la rue Dalpozzo en face du studio d'Emma, André, habillé en touriste anglais commande un thé nature et deux gâteaux, l'appareil photo posé sur la table.

Il a retenu toutes les recommandations de Franck dont une en particulier. Ne pas oublier de photographier les chaussures des suspects, toutes les personnes sans exception, même des policiers, d'un politicien connu, du curé chanteur et fabriquant de pastis de Nice, ou de quiconque s'approchant trop de l'immeuble.

Il a respecté scrupuleusement les consignes de Franck. Il a déjà payé et laissé plus de deux euros de pourboire sur la table.

Il patiente, prêt à bondir.

Un agent immobilier apparait accompagné de deux collaboratrices élégantes portant de majestueuses lunettes de soleil et une capuche de marque.

Aussitôt, une jeune femme l'accoste.

- Vous n'êtes pas l'Agence Immobilière du Rêve ?
- Oui ! Un meublé s'est libéré ce matin. Vous êtes intéressée ?
- Il n'est pas trop saccagé ?
- Pas du tout. La demoiselle était très propre. Voulez-vous le voir ?
- C'est combien le loyer ?
- 950 euros, charges comprises.
- Merci, c'est au-dessus de mes moyens.

Les trois entrent dans l'immeuble. Au quatrième étage, ils ouvrent la fenêtre.

Entre-temps, André a mitraillé, de la tête aux pieds, la jeune femme curieuse entrain de converser avec les trois agents immobiliers, ainsi qu'un jeune gars de type maghrébin, assis sur une moto puissante. Il reprend une photo de ses très belles chaussures de couleur marron qui dénotent légèrement. Les talons sont crottés, à moins qu'il ait marché sur quelque chose d'autre, pense André. Lui, il le prend finalement trois fois en photo de la tête aux pieds.

André, le touriste anglais, prend la direction de la mer, loge quelques souvenirs du coin dans l'appareil, fait demi-tour comme s'il voulait s'orienter vers la gare.

La jeune femme qui s'entretenait avec l'agent immobilier repart, la mine satisfaite. Clic ! Une nouvelle photo, le visage épanoui.

Quant au jeune, assis sur la moto puissante, il est en grande conversation téléphonique. Le portable rangé, il rebrousse chemin à toute vitesse dans un bruit d'enfer. Le numéro de la plaque d'immatriculation de la moto est aussi dans le boitier de l'appareil photo.

Un vrai travail de pro. André, au chômage longue durée, devrait déposer son CV à la police et passer un examen pour devenir un expert certifié en police scientifique.

Dix minutes plus tard, l'agent immobilier d'A.I.R. sort de l'immeuble avec une seule collaboratrice. À l'intérieur du logement d'Emma, Carole, une comédienne de la troupe théâtrale, est chargée de prévenir Philippe à la moindre tentative d'incursion. Carole a l'expérience de la surveillance. Elle s'occupe avec son efficacité légendaire de la sécurité à la *Résidence Plein La Vue*, une résidence standing de la Corniche Fleurie de plus de trois cents logements avec une vaste piscine et un jardin d'enfants.

41

André a transmis toutes les photos à Franck. Le tri fait, Franck regarde plus attentivement celle de la jeune femme entrain de s'entretenir avec l'agent Immobilier et la transfère à Philippe. Puis, celle du jeune maghrébin assis sur la moto.
- Simone ! explose Franck, regarde.
- Mince ! Des boots *Testoni* de couleur marron avec de la peinture jaune aux talons, les mêmes que celles de Cerqueux.
- Identiques à celles décrites par l'architecte, rappelle-moi son nom ?
- Mickaël Guidonneau.

Quelques instants plus tard,
- Cabinet d'Architecture *MGA* Bonjour.
- Bonjour Madame, je suis le capitaine de police Franck Lagarde. Puis-je parler à Mickaël Guidonneau.
- Bonjour capitaine Lagarde, en quoi puis-je vous aider ?
- Pouvez-vous vous rendre de toute urgence au café *Rose Wood* de la rue Gioffredo, j'aimerai vous montrer une photo.
- C'est en rapport avec mon frère ?
- Oui.
- Alors, je fonce.

Dix minutes plus tard, l'architecte descend de son scooter électrique *BMW CE 04* et rejoint les deux policiers qui lui montre les photos.
- C'est bien le gars présent aux Moulins lors du décès de mon frère. C'est bien sa moto. Elle coûte plus de dix-mille euros et je parie qu'il ne bosse pas. L'ordure ! J'ai aussi en tête quelques autres dont celui qui a tué mon frère. Si je les croise, je les broie tous.

42

Simone et Franck se rendent à l'agence LPI.

- La police parisienne cherche-t-elle un meublé ?

Franck et Simone voulaient la déstabiliser. C'est raté.
Cependant, si ça leur permet de relier plus rapidement tous les fils qui conduisent aux véritables coupables, leur objectif principal, ils ne perdront pas au change, le temps presse.

- Vous connaissez notre identité alors que vous êtes censée l'ignorer, allons droit au but, nous vous écoutons.

Au tour de l'Ukrainienne d'être coincée. La plus à perdre dans l'histoire, c'est bien elle, elle en est très consciente. Autant tout leur déballer.

Néanmoins, elle se défendra bec et ongles.

- D'abord, j'ai repéré votre collègue dès mercredi en début d'après-midi. Vous, vous étiez positionné en retrait. À côtoyer trop fréquemment, malgré moi, vos confrères en Ukraine, mon instinct de survie s'est développé… Franchement ! Madame. Vous m'imaginiez assez stupide pour parler à voix haute en public… Bien plus fort lors de votre seconde filature.

Avec une voix triste qui a perdu la superbe des premiers instants, elle leur avoue.

- Mercredi, j'ignorais que vous veniez de Paris afin de résoudre un projet d'attentat. Je vous avais pris pour des flics de la région. Et, même si ça avait été le cas, je n'aurais pas agi différemment. Je ne sais rien de vous. J'ai trop enduré dans ma pénible existence pour me confier au premier venu sans prendre des précautions aujourd'hui.

Olga reprend de l'assurance.

- On m'a certifié que vous étiez des pros hors du commun. Dans ce cas, vous repassez à l'Agence. Par prudence, je laisse un indice. Le lendemain, il a disparu de mon classeur.

Franck et Simone croisent leur regard furtivement.

Ils savent, ils ont fauté. Une légère et minuscule plume était étalée sur le sol près du bureau d'Olga. Elle les a bien roulés.

- Sauf que pour moi, le déclic fut tardif. J'ai remarqué l'anomalie des rendez-vous notée sur le grand calendrier 2024 fixé au mur de l'Agence seulement peu de jours avant votre arrivée. « Antoine ! Tu ne trouves pas ça bizarre ? Plus de locations à partir du 17 juillet. » « Écrase ! » Telle fut sa réponse en comptant une liasse. Je l'admets, je ne fus pas aussi prompte que vous. Oui ! Vous êtes de véritables pros.

Franck et Simone n'affichent aucune fierté.

Ce n'est pas en paradant comme le dilaté qu'ils lui mettront les deux genoux à terre.

L'Ukrainienne change totalement de sujet.

- Madame, je suis au courant de ce qui a failli vous arriver jeudi matin à Villefranche-sur-Mer. Enfin, je suis soulagée, vous vous en êtes sortie indemne.

Simone se redresse, le visage en colère. « La salope ! » tempête la lieutenante qui se retient de lui foutre une baffe bien appuyée. Elle était au courant, elle n'a rien fait.

- Si j'avais prévenu le commissariat, on ne m'aurait pas cru. J'étais zigouillée de surcroît, confie Olga.

Franck la regarde, surpris.

- Oui ! Capitaine. Éliminée. Il y a des traîtres parmi vous. Ils veulent aussi votre peau.

Olga constate les visages à la fois suspicieux et intrigués des deux policiers.

- Avant de dérouler tout ce que je sais, je vous explique d'abord mon parcours personnel depuis les premiers jours de ma naissance. Peut-être trouverez-vous des motifs valables pour donner satisfaction à ma requête. Je veux quitter officiellement la France en échange de tout ce que je vous dirai, c'est du lourd, croyez-moi.

Franck hoche de la tête affirmativement.

- Si vous saviez tout ce que moi, ma famille, mes grands-parents ont enduré en Ukraine à cause du communisme, puis du nazisme, salaud de Bandera, collabo d'Hitler, massacreur de juifs, à nouveau du communisme.

Quinze minutes plus tard, elle conclut en leur exposant un parallèle entre les deux totalitarismes du vingtième siècle qui ont rongé l'Europe et les nouveaux totalitarismes, l'islamisme et le wokisme qui se répandent sur toute la terre.

En voyant le visage irrité de Franck,

- J'arrête. Il y a bien plus urgent.
- Oui ! Bien plus urgent, approuve autoritairement Franck.

Olga a bien enregistré. Le capitaine n'acceptera plus une nouvelle digression.

- Mardi matin, au hasard d'une conversation tendue entre Volodymyr Bubka et un de ses hommes, j'ai compris qu'ils voulaient éliminer la lieutenante : « On ne bute que la femme, il devait venir seul. »

Un frisson de peur se répand sur Simone. Elle a échappé à la mort de justesse.

- Ils mentionnaient également l'épicier et un officier de police. « Le 21 juillet, il faudra également les liquider. » « Le flic aussi ? » « Oui ! répondit Bubka. » « Mais le flic... » « L'épicier a trop joué les cons avec les islamistes, Cerqueux ne peut plus le couvrir. Pour sauver sa peau, le flic va jouer les héros et nous dénoncer. Et d'autres encore, s'ils peuvent remonter jusqu'à nous, rajouta Bubka. »

Au tour d'Olga l'Ukrainienne d'avouer son affolement difficile à contenir ce mardi matin.

- Qui d'autres ? L'interprète ukrainien fauché la semaine dernière par un motard. Alors, j'ai eu un déclic. Seul Antoine Fauché était chargé de trouver une belle villa pour un Ukrainien. C'est moi qui ai mené les premiers Ukrainiens à Saint-Laurent du Var dans un immeuble proche du port. C'est l'interprète agréé par la Préfecture qui me remplaça lors de la visite de la villa à Saint-Laurent du Var.

Franck et Simone écoutent patiemment la suite. Elle leur balance du consistant.

- Qui d'autres encore ! Antoine et moi-même, répète Olga avec une voix tremblante. Ce mardi matin, c'était la première fois que j'entendais le nom du flic : Cerqueux.

Avant de poursuivre, Olga leur propose un café.

- Un verre d'eau nous suffira.

Franck aurait tant voulu un café. Prudence oblige. D'ici qu'elle les endorme.

- Je vous disais. Si je préviens le commissariat, personne ne me croit, donc ne me protège quand je me rappelle du nom du flic, Cerqueux.

Olga se décontracte les épaules.

- Capitaine ! Antoine Fauché loge les derniers Ukrainiens à Saint-Laurent du Var. Nous avons plus d'une heure devant nous. Venons-en vite au fait, puisque vous avez entendu mes craintes et mon intention de quitter la France.

Le café avalée, Olga reprend son monologue.

- J'ai tout balancé sans rien oublier à l'officier Cerqueux. Indirectement, j'ai su qu'il couvrait l'épicier, le fournisseur de cocaïne à des gens connus, y compris à Volodymyr Bubka. Je ne le connaissais pas, mais il était la seule roue de secours. Naturellement, je n'ai pas révélé mon entretien avec Cerqueux à Antoine Fauché. C'est un con.

Franck et Simone l'écoutent attentivement. Ses explications confirment l'impression de Simone, Cerqueux n'a rien à voir dans le trafic d'armes à la différence de Zied.

Olga l'a supplié de le raconter aux Parisiens et de se rendre. « Vous-même, êtes-vous prête à vous rendre avec moi ? me posa-t-il la question ». « Non ! répliquais-je. Alors vous ne ferez rien, lui disais-je avec hésitation. » « Je ne suis pas complice des assassins, me retorqua-t-il. » « Donc, vous prévenez la police. » « Non ! » « Alors, comment ? » « Discrètement, sans me faire repérer ». « Comment ? » « Vous, vous savez que Volodymyr Bubka s'approvisionne chez l'épicier. Moi je connais un Allemand qui apprécie les beaux fruits de l'épicerie de Zied. Les deux policiers parisiens ont un sixième sens et des réflexes remarquables, parait-il. Ne cherchez pas, croyez-moi, je risque déjà gros. »

Franck et Simone pensent de suite au docteur Peter Muller de Munich, en vacances à Nice. Inutile de lui manifester leur reconnaissance. Olga ignore qu'ils ont coincé Cerqueux.

- Capitaine, si vous encaissez mal mon refus de ne pas avoir signalé à la police l'attentat programmé, et si la lieutenante rage contre moi, j'en suis profondément désolé, je m'excuse.

Aucune réaction de la part des deux officiers de la police.

- Pour autant, capitaine, dois-je vous le rappeler ? Vous n'aviez pas dénoncé le trafic de cocaïne à l'épicerie tenu par Zied deux ans auparavant, ainsi que vos sérieux doutes sur un officier de Foch. Vous vous étiez tu.

Olga se verse de l'eau minérale, les deux policiers tendent leur gobelet en carton afin de cacher leur embarras évident.

- Au début, il ne me croyait pas. Au fur et à mesure, la colère l'envahissait. « Le salaud ! Il m'a berné, explosa-t-il. » Il en veut à mort l'épicier. Je lui ai conseillé de vous voir et de négocier pour nous deux. « Impossible ! me dit-il, ce n'est pas un corrompu comme moi. » D'accord, il n'est pas un corrompu, mais peut-être refuse-t-il les arrangements, les magouilles et les compromissions de nombreux politiciens. « Enquêtez-vite ! lui ai-je suggéré. » C'est confus, je l'admets, aussi je vous répète ce que je vous ai expliqué quelques minutes auparavant afin que vous compreniez ma situation et la vôtre…

- Nous avons compris, continuez, impose Franck d'autorité.

- Ainsi, Cerqueux est au courant de vos démêlées avec vos supérieurs et de ce qui est arrivé à un de vos collègues dans la Seine-Saint-Denis. Quoi ? Je ne sais pas. Par contre, j'ai bien retenu que vous n'oubliez pas et que vous n'avez pas le pardon facile.

Elle les regarde fixement.

- Posez-moi toutes les questions nécessaires pour vous. Je vous répondrai franchement. En revanche, je veux juste quitter la France légalement pour aller vivre ailleurs. Surtout pas en Ukraine. Olivier Cerqueux devrait vous rendre visite.

Olga confirme les premières impressions pessimistes de Franck et de Simone. Effectivement, l'attentat de Monaco à Nice aura un retentissement mondial.

- Capitaine Lagarde ! Concernant ce que mijoteraient les Ukrainiens cette nuit à Saint-Laurent du Var. Quoi ? Je ne sais pas. Je vous ai déjà deux fois répondu. Je l'ai révélé également à Cerqueux. Il a souri, comme s'il était au courant de ce qui se passera cette nuit. Il me répondit : « Ne vous inquiétez pas pour ce soir à Saint-Laurent du Var. Il y a bien plus grave ailleurs. Je le contacterai cet après-midi vers quinze ou seize heures. Soyez rassurée, il composera avec nous, surtout après ce qui risque de se passer quelque part ce soir. Restez telle que vous êtes, attendez mon signal. » Il ne m'a pas précisé le lieu du risque bien plus périlleux qu'à Saint-Laurent du Var.

- Un Ukrainien logerait dans une villa à Saint-Laurent du Var. Avez-vous son nom et l'endroit exact de la villa ?

- Je vous ai déjà répondu. Je ne le sais pas. Je ne connais même pas son visage. Dans ce cas, demandez à Antoine Fauché. Quel est mon intérêt à vous le cacher ? L'Ukrainien serait un personnage bien plus important que Volodymyr Bubka, il serait en relation avec des Français également très hauts placés. Ici, mes jours sont comptés, les vôtres aussi, hélas, puisque la lieutenante devait déjà succomber.

43

- Franck ! Qu'as-tu décidé pour l'Ukrainienne et Cerqueux.
- Patientons jusqu'à ce soir et croisons les doigts pour Alex. En attendant, appelle Philippe et explique-lui les dernières recommandations pendant que je cogite.
- Philippe ! Cerqueux est aux abonnés absents depuis le début de l'après-midi. Avec tout ce qu'il nous a révélé, ne soyons pas étonnés si des gens malveillants font un saut chez lui. Il est effectivement en sursis. À nous de le protéger ainsi qu'Emma, elle aussi très discrète depuis ce matin.
- Simone ! Sans vouloir trop vous effrayer, vous êtes également très mal barrés. Le préfet s'est bien déballonné en suivant à la lettre les instructions du gouvernement. Il vous empêche de trop fouiller. Votre mission constitue seulement à éviter un attentat islamiste et trouver les trafiquants d'armes lors de la dernière étape du Tour de France. Vous avez franchi la ligne rouge.

Philippe marque un temps d'arrêt avant de poursuivre sa démonstration.

- À l'épicerie de Zied, Volodymyr Bubka ou le docteur Peter Muller ne sont pas les seuls à se procurer leur dose de cocaïne. Avez-vous déjà oublié des élus de la mairie, d'autres personnalités, des artistes, des sportifs que vous avez repérés. Ça en fait du monde pris sur le vif.
- Philippe ! Nous en sommes conscients.

Franck prend le portable de Simone.

- Philippe ! Que nous soyons menacés, nous le savons depuis qu'Alex a failli y laisser sa peau. Pour autant, si nous voulons conclure victorieusement mais à notre manière, nous avons le devoir de les protéger.

Philippe a ravivé la colère froide de Franck qu'il parvient difficilement à contenir depuis ce jour fatidique.

- D'accord avec toi.

- Philippe ! Voici ce que nous proposons. Écoute-nous bien.
- J'ai débouché mes oreilles.
- À partir de vingt-et-une heure, ce n'est pas nécessaire plus tôt, car les truands savent que les postes de police sont en sous-effectif la nuit, nous posterons André, en clochard, devant l'immeuble d'Emma. Il y en a dans le coin, ça ne dénotera pas. Il sera en liaison avec ton copain le comédien négociateur immobilier garé un peu plus loin avec une sirène de la police. Quant à Carole, ta copine comédienne qui occupe le logement d'Emma, elle nous alerte à la moindre tentative d'incursion. Par précaution, j'ai installé une caméra miniature à l'intérieur de l'entrée reliée à un interphone avec grand écran que j'ai fixé dans le logement d'Emma ainsi que, par extrême prudence, d'une alarme à peine visible munie d'une caméra au-dessus de la porte du logement d'Emma, elle-même reliée à l'interphone grand écran, dans le cas où quelqu'un parviendrait néanmoins à monter jusqu'au quatrième étage.
- Franck ! Toi et Simone vous m'épatez, compliment Philippe.
- Philippe ! J'ai fait la même chose pour le studio de Cerqueux. Hervé Didier piaffe d'impatience d'enfiler un costume de clodo et son copain de jouer avec la sirène de la police et celle des pompiers en cas de nécessité. Ils sont parés. Ils ont même chanté La Marseillaise et le chant des Partisans pour se donner du courage.

44

De retour à l'avenue Durante, Emma rassure Franck et Simone.
- Il n'a pas cherché à se détacher.
- Emma ! Reste à ta place, écoute et ne bouscule rien.

Franck retire le sparadrap collé à la bouche de Cerqueux. Il lui permet d'aller aux toilettes vérifiées au préalable de fond en comble, aucune arme repérée, environ cent mille euros cachés d'une manière magistrale aussitôt replacés. Il laisse à sa disposition une bouteille d'eau minérale et un sandwich.
- Vous avez bien discuté avec Olga ?
Il en sait trop. Inutile de tourner autour du pot avec lui.
- Pourquoi êtes-vous si certain qu'il ne se passera rien à Saint-Laurent du Var le 14 juillet ?
- Parce ce que je possède plus d'informations qu'Olga. Elle n'est qu'une pionne. Finalement, je le suis aussi.
- Vous aussi ! demande Simone étonnée.
- En 2023, je voulais déjà tout arrêter et me casser hors de France. Zied était d'accord quand il s'est fait rouler peu de jours avant qu'il ne tombe amoureux d'un serveur italien. Dès que je vis Emma en janvier 2024, à mon tour mon cœur vacilla comme jamais auparavant. Aurait-elle été prête à tout abandonner si elle avait partagé mes sentiments ?
- Puisque vous en savez plus qu'Olga, dites-nous où loge l'Ukrainien, intervient Franck.
- Si je l'avais su, je ne vous l'aurai pas dit sans garantie. À vous de me croire si je vous certifie que je l'ignore. À mon grand étonnement, je n'avais vu que Volodymyr Bubka et les vendeurs islamistes à l'épicerie de Saint-Laurent du Var. En revanche, François Colombani, le policier municipal, se trompe gravement sur Jacques Letravers, le policier à la grande cicatrice au visage. Il n'est pas impliqué dans le projet d'attentat, il ne bosse pas pour moi. Aucun flic à Nice ne fut

concerné directement ou indirectement dans mon arrangement avec Zied. Je suis un solitaire. Je lui ai juste demandé d'avoir l'œil sur l'épicerie, je la soupçonne de faire du trafic de drogue. Toutefois, Colombani a raison dans un autre sens. Il y a un pourri très dangereux au sein de la police municipale de Saint-Laurent du Var et un autre aussi infect dans la douane de la même ville. Si vous ne les découvrez pas ce soir, vous le saurez demain matin. Cependant, afin de prouver ma bonne foi, je vous donne une piste, le policier municipal est un communiste pur jus devenu un islamo-gauchiste qui a conservé son adoration pour Robespierre ou Saint-Just, le second a changé de prénom après sa conversion.

Franck et Simone, à l'écart, se concertent. Il ne nous a pas menti pour Akim.

- Capitaine Lagarde ! Si j'étais à votre place, j'assurerais la protection de votre prisonnier et celle d'Emma dans le cas où elle serait finalement restée à Nice. J'ai eu le temps de méditer. Elle est si proche de nous, mon cœur bat fort.

Franck et Simone cessent de respirer pendant quelques secondes. Un moyen de camoufler leur admiration. Il est vraiment doué. Quel gâchis pour la police.

- Capitaine Lagarde ! Ce n'est pas la peine de me remettre le sparadrap. Est-ce mon intérêt de me manifester ? Nous avons encore tant de choses à nous dire demain matin à la première heure. Par exemple, à quelle date Zied se rendra à Saint-Laurent du Var pour rencontrer l'Ukrainien, le très haut placé que vous rêvez de coffrer. Reposez-vous un peu.

45

Vers dix-neuf heures, un coup de tonnerre s'abat sur le pays. Toute la France est mise au courant d'un nouveau règlement de comptes dans la Seine-Saint-Denis entre des bandes rivales, les Arabes, les Tchéchènes, les Sénégalais, les Afghans, les Syriens, les Comoriens... même des Géorgiens. Une rixe d'une violence inouïe.

Franck reçoit un appel d'Akim, il éteint la télé.
- Franck ! Alex est finalement arrivé en vie dans un hôpital de Paris après un nouvel avatar. Il vient enfin d'ouvrir les yeux, il nous a souri. Nous lui avons répondu en agitant amicalement nos mains. Quand il a replongé dans le coma, le génie m'a rassuré. Alex retrouvera progressivement ses esprits, il faut patienter. Alors, j'ai pleuré de joie.
- Félicitations Akim, répond Franck, lui-même très ému.
- Franck ! Sache que nous avons sauvé Alex selon nos souhaits. Les médias en diront plus très bientôt, ça défile en boucle.

Akim, redevenu sérieux :
- Franck ! Si le succès immense de l'opération est inespéré, sans aucune bavure, c'est principalement au crédit de ton informateur. J'imagine bien que tu sois fort embarrassé mais garde à l'esprit que moi et Simone nous devions aussi être éliminés le 8 juillet...
- Akim...
- Franck ! Laisse-moi poursuivre. Sans le concours de Victor et d'Héloïse, les rois de la transformation vestimentaire et des imitations de voix, je n'aurais pas agi avec autant de brio. Je n'oublie pas également les courageux flics, gendarmes, pompiers et quelques habitants du 93 qui ne se sont pas couchés malgré des prises de risques insensés. Eux, surtout les quelques valeureux habitants, vivent en permanence dans un département où la loi de la République est devenue un leurre.

Sans eux, Alex était achevé le lendemain matin de son arrivée à l'hôpital, une véritable passoire. Ton génial informateur leur a permis enfin d'entrevoir une lueur d'humanisme dans le département désormais sous la coupe des narcotrafiquants, des frères musulmans et des partisans de la table rase.

Akim reprend son souffle et, d'une voix grave :

- Sans ton informateur, imagine un bref instant que je sois aussi borné, entêté et orgueilleux que le buté général Robert Nivelle en 1917 au chemin des Dames. Je me juge apte à sauver malgré tout Alex.

Akim respire profondément avant de poursuivre :

- Nous y passions tous, sans compter, cette fois-ci, des milliers de victimes innocentes.

- J'en suis parfaitement conscient.

- Franck ! Je te conjure de transiger afin que votre mission à Nice soit à la hauteur de la nôtre.

Silence de la part de Franck.

- Franck ! Il faut avoir vraiment plongé dans l'atmosphère délétère du 93 pendant plusieurs jours pour se rendre compte du basculement du département. Une grande partie de la jeunesse est gangrenée, elle est sans foi ni loi, des jeunes profs sont pour la charia, d'autres enseignants, très à gauche, glorifient la table rase du passé.

Akim marque un temps d'arrêt.

- Franck ! Négocie vite avec lui. Avec ce que sortiront les journaux ce soir, demain, lundi et mardi, crois-moi, ce n'est pas Paris qui vous mettra les bâtons dans les roues. Des hauts placés, aussi bien dans la police que dans le gouvernement ou parmi les élus qui soutiennent le capricieux narcissique depuis 2017, feront profil bas. Ils attendent où le vent tourne. Des minables opportunistes justes bons pour enfoncer davantage le pays.

- Akim ! Cesse de politiser. Nous pensons tous la même chose. Nous n'oublions pas, nous avons le pardon difficile, nous ne nous accrochons pas à une promotion à tout prix.

- Alors ! Qu'attends-tu ?

- Cependant, tu le sais, j'ai une responsabilité envers vous. Je suis souvent très flexible, mais chaque fois, je pèse le pour et le contre avec circonspection. Ici, c'est pareil, dans un contexte exceptionnel que je n'ai jamais affronté jusqu'à ce jour.
- Je te comprends mais…
- Akim ! Dans le cas présent, il y a deux situations que nous n'avions jamais connues ni bravées. La première a été abordée très positivement, félicitations Akim.
- Merci Franck. Grâce à ton informateur, ne démord pas Akim.
- La seconde, c'est ce soir. Ce n'est plus qu'une question d'heures. Je crois volontiers à ses dernières révélations, aussi je te certifie qu'un arrangement est déjà conclu. Il ne compromet en aucune façon l'honneur de la police. Akim ! Relaxe-toi car d'ici demain, nous aurons sûrement besoin de ton concours et de ceux de Victor et d'Héloïse afin de couper les élans de tous les nuisibles qui relient Nice à Paris ou l'inverse.

46

Nice, vers 22 heures.
Avenue Durante

   Le *clochard* Hervé Didier remarque aussitôt le gars chaussé de boots de couleur marron venu garer sa puissante moto en face de l'appartement de Cerqueux. De la *Peugeo*t *207* de couleur blanche arrivée quelques secondes plus tard, deux jeunes cagoulés en sortent précipitamment et se dirigent sans hésitation vers l'immeuble de Cerqueux, tandis que le chauffeur, une casquette fixée sur la tête, reste dans la voiture.
   Hervé prévient son copain. Soudain, on entend la sirène de la police. La moto démarre, elle s'approche des deux jeunes excités qui rebroussent chemin en donnant un grand coup dans une vitrine qui se brise en mille morceaux et remontent dans la *207*.
   Bonjour la discrétion.

   Quelques instants plus tard, l'opération se renouvelle dans la rue de la Buffa.
   André, l'homme à tout faire de la troupe théâtrale, aperçoit immédiatement les chaussures de couleur marron du motard. Il vient juste de ranger sa moto sur le trottoir d'en face. Quelques instants plus tard, les deux jeunes s'extraient souplement de la *207* et s'orientent d'un pas décidé vers l'immeuble où loge Emma.
   André alerte le comédien négociateur immobilier, ce dernier actionne la sirène de la police. En pétard, les deux jeunes voyous traversent la rue à toute vitesse et boum ! boum !
   Des gendarmes poursuivent activement depuis l'aéroport une voiture dont le chauffeur camouflé refuse d'obtempérer. L'imposante *Porsche Panamera* expédie en l'air les deux canailles puis se fracasse dans un bruit d'enfer contre la *207*.

Le comédien négociateur immobilier eut le temps de prendre en photo les deux mineurs mal éduqués, le jeune conducteur de la *Porsche*, le possesseur de la *207* et même le gaillard aux boots de couleur marron resté assis sur sa moto. Il démarre sur les chapeaux de roue.

Bilan de l'opération, deux anges des Moulins, très connus de la police et de la justice pour leurs nombreux méfaits dont le dernier en date *le viol avec une sauvagerie inouïe d'une femme pour le seul fait d'être de religion juive, une chirurgienne réputée de Nice qui, quelques mois plus tôt, sauva la vie d'une famille musulmane des Moulins victimes des règlements de compte entre Arabes et Tchétchènes,* le chauffeur de la Porsche dérobée, aussi un très familier des gendarmes à Carros, meurent sur le coup. Le conducteur de la *207* est grièvement blessé, un gendarme le reconnaît, c'est un flic.
Il est transporté aux urgences de Pasteur à Nice.

47

Port de Saint-Laurent du Var. 22 h 45.

Le jour précédent, devant le cabinet d'architecture de Mickaël Guidonneau, Franck repéra un scooter *BMW CE 04*. « Elle doit être silencieuse », songea-t-il.

Aussi, se renseigna-t-il. Le temps de charge est d'environ cinq heures. L'autonomie varie en fonction du mode de conduite et du parcours. Cet après-midi, au café *Rose Wood*, Mickaël Guidonneau après lui avoir assuré que c'est bien le gars présent aux Moulins lors du décès de son frère, médecin urgentiste, lui confirme les avantages et les inconvénients du scooter électrique.

- Le silence est son atout principal. Pour une mission qui nécessite de la discrétion, elle fait l'affaire. Par contre, plus vous roulez comme un dératé sur des pentes raides, des routes sinueuses ou avec une météo défavorable, plus vous aurez des chances de tomber en panne au bout de soixante-quinze kilomètres. Elle n'est pas géniale pour une escapade au-delà de Cannes. Il faut prévoir l'imprévisible.

L'objectif de ce soir se passe juste à côté de Nice, ils ne feront pas une tonne de kilomètres, le ciel est d'humeur joyeuse. En revanche, Franck et Simone doivent être les plus discrets possible et se trouver au plus près du bateau de plongée des Ukrainiens. Également, si la chance leur sourit, ils suivront avec la souplesse d'un chat l'Ukrainien, un rouage bien plus important que Volodymyr Bubka dans la collaboration de l'ignoble projet d'attentat islamiste du 21 juillet, et qui demeurerait dans une villa cossue à Saint-Laurent du Var.

Les cartes Gold ont chauffé plusieurs fois.

D'abord, Simone et Franck ont loué deux *BMW CE 04* de couleur noire. Puis, ils ont investi dans des vêtements à la hauteur du modèle et un deuxième habit de rechange selon les circonstances.

La veille, les deux gourmands parisiens avaient remarqué un glacier positionné en face d'un trampoline. Parmi les innombrables et attrayants restaurants qui donnent sur la plage de Saint-Laurent du Var, celui-ci présente un atout supplémentaire indéniable en plus d'offrir de succulentes glaces. Il possède une entrée principale du côté mer et une sortie de l'autre côté non loin des toilettes du glacier pour récupérer leurs scooters garés légalement à des places de stationnement, puis accéder directement avec une extrême prudence au port de plaisance de Saint-Laurent du Var.

Depuis près d'une heure, Philippe et François Colombani sont attablés dans un restaurant chic situé plus ou moins en face de l'emplacement du bateau de plongée des Ukrainiens non retourné au port.

- C'est la première fois qu'il sort si longtemps, remarque Hervé Didier qui les a rejoints après son brillant rôle de composition en clochard devant le logement de Cerqueux à Nice.

François Colombani repère le pourri qu'il leur avait mentionné.

- Philippe ! Regarde le type avec la grande cicatrice au visage, c'est Jacques Letravers, le pote de l'officier des Stups à Nice. Attention ! Il faut bien l'avoir à l'œil.

Philippe Mahut sourit. Cerqueux l'a disculpé quelques heures auparavant. Colombani se trompe de cible. Un homme l'intrigue. Serait-il celui mentionné par Cerqueux ?

- François ! Mate le bonhomme au regard inquisiteur en face de toi, il a l'air de t'épier.

- Oh ! C'est Pierre Roussel le coco. Il est jaloux qu'Hervé soit mon ami. Nous ne sommes pas potes du tout, nous n'avons rien en commun. Il se prend souvent pour Saint-Just ou Robespierre. Je ne pourrai te l'expliquer mais, souvent, il me fout la trouille.

Philippe le prend en photo et l'envoie à Franck et à Akim afin qu'il la traite de toute urgence et explique au Corse son erreur.
- Vache ! Il m'a bien baisé le salaud.
- Et celui qui vient de rejoindre Saint-Just, rajoute Philippe.
- C'est Jacques-Marie de la douane. Aujourd'hui Chahine depuis sa conversion.
Nouvelles révélations à Colombani de la part de Philippe.
- Vous êtes vraiment des cracks, reconnaît Colombani.

Vers minuit, le port a retrouvé sa tranquillité. On n'est pas à Ibiza ou à Saint-Tropez.

Un quart d'heure avant, Franck et Simone ont troqué les vêtements flamboyants pour un survêtement de marque de couleur noire en toute discrétion et sont remontés sur leur *BMW CE 04* électrique pour se rapprocher du port. Si quelqu'un les surveillait, il penserait en premier à un problème d'intestin. Les parisiens se sont tapés tant de parfums.
Il découvrira tardivement la supercherie car Franck a pris la précaution de ne pas laisser en évidence les beaux vêtements chics qu'il espère récupérer.

Soudain, le port est plongé dans un noir absolu, un noir profond diraient les spécialistes de la couleur dans la mode. Une panne générale de courant sur tout le port jusqu'aux limites de Cagnes-sur-Mer provoque un noir total. Même la capitainerie n'est pas éclairée. C'est d'un sinistre de fin du monde.
Vers une heure trente, on entend le moteur du bateau de plongée des Ukrainiens. Dix minutes plus tard, il est à quai. Franck reconnaît Volodymyr Bubka et Hervé le responsable de la Capitainerie ainsi que quelques malabars. Un homme, resté toujours à l'écart et de côté, disparait de la circulation après avoir serré la main de Bubka. Franck et les autres n'ont pris aucune photo de peur d'être repéré.

Inutile de suivre l'individu qui fit une apparition furtive.

François Colombani, Philippe, Hervé, Franck et Simone sont restés planqués jusqu'à quatre heures trente. Un seul montait la garde parmi les cinq. Ils se sont relayés toutes les trente minutes. Échouer une affaire pour avoir été tous mort d'épuisement, c'est ballot.

Le jour se pointe. Franck et Simone retournent à Nice après quelques consignes données à François Colombani et Hervé.

- Avec ton copain de la douane, arrange-toi pour que le bateau soit surveillé régulièrement au moins jusqu'à mardi. Quant à toi Hervé, si tu passais la journée sur le voilier avec ta famille. Naturellement, en toute discrétion.

- Franck ! Fais-moi confiance. Pour vendre mes produits d'assurance, je n'ai jamais dit aux clients potentiels un mot de trop. Si tu savais les illustres personnages...

- Hervé ! On en parlera une autre fois, j'ai sommeil.

Sur le point de monter sur le scooter, Simone fait une remarque :

- Si c'étaient des fusils !

48

Dimanche 14 juillet. Nice. 6 h 45.

Très tôt ce matin, Franck et Simone font le bilan de la soirée à Saint-Laurent du Var.

Ils ont maintenant la certitude, Cerqueux ne les a pas bluffés, il ne se passera rien de spectaculaire aujourd'hui à Saint-Laurent du Var. En fait, Cerqueux a tous les éléments pour prétendre qu'il infiltrait toutes les ramifications liées à la drogue en couvrant l'épicerie tenue par Zied.

La remarque de Simone « Si c'étaient des fusils ! » est pertinente. Comment les Ukrainiens ont-ils pu les récupérer ? La Presse a suffisamment relaté les exploits rocambolesques des narcotrafiquants utilisant des sous-marins. Imaginer une opération similaire dans la mer Méditerranée avec la complaisance de quelques personnes au pouvoir, dans la police maritime ou avec le concours bienveillant d'une ONG.

Philippe qui entre-temps les a rejoints partage leur point de vue. Auparavant, il avait détaillé au brigadier-chef Goyard la manœuvre habilement montée entre le capitaine Lagarde et le lieutenant Cerqueux pour débusquer les taupes infiltrées dans la police nationale et municipale. Le lieutenant Cerqueux et la policière Emma Bailly devaient disparaître temporairement de la circulation.

- Une opération extrêmement difficile à mettre sur pied. Nous butons encore pour trouver un prétexte qui tienne la route, avoue Philippe.

- Comme une escapade amoureuse, suggère Goyard.

Il n'est pas si abruti que ça, songe Philippe. En tout cas, nous avons enfin le motif.

Franck envoie un SMS à Emma Bailly. « Ne te pointe pas immédiatement. Attends mon signal et écoute. En revanche, si c'est nécessaire à la bonne cause, tes observations par SMS sont les bienvenues. Je répète, mets de côté tes affaires de cœur ». Simone et Franck ont constaté qu'Emma n'était pas insensible au charme de Cerqueux. Quelquefois, la vie sentimentale n'est pas un long fleuve tranquille. Ils sont bien placés pour le savoir.

Franck, Simone et Philippe pénètrent dans le studio, ce dernier les bras chargés de véritables croissants maison provenant d'une réputée boulangerie de la rue de France.
Cerqueux n'est point surpris par la présence de Philippe.
- Philippe ! Je te l'avais déjà dit. Que fous-tu dans la police ? Tu es un si bon comédien.
C'est le moment d'abattre toutes les cartes dans l'intérêt général de la Nation en péril.
- Lieutenant Cerqueux ! Vous aviez raison. Le policier Pierre Roussel et le douanier converti, Jacques-Marie, sont excessivement dangereux. Grâce à vous, nous avons fait le lien avec d'autres éléments négatifs des forces de l'Ordre aussi bien à Nice qu'à Saint-Laurent du Var et même quelques-uns entre Monaco et Nice. Tous des islamo-gauchistes qui veulent la destruction de la France. Des idiots utiles qui ne se rendent pas compte qu'ils sont manipulés par des islamistes.
Franck lui reconnaît également le mérite de la réussite spectaculaire de l'opération sauvetage d'Alex. Pour autant, il ne lui adresse aucune louange.
- Cerqueux ! Elle fut possible grâce aux précisions sur Lucien Mouchard, transmises de suite au lieutenant Akim Bougrab. En effet, c'est un piètre individu très nuisible.
- Capitaine Lagarde ! Je suis quand même admiratif par les prouesses du sergent Bougrab. Faire tant de recherches au nez et à la barbe de ses supérieurs, sans se faire repérer…
- Lieutenant Cerqueux ! Je ne tournerai pas autour du pot. Le sergent Bougrab a les coudées franches depuis mon SMS envoyé jeudi matin : *Akim ! Tu as carte blanche*. De plus,

comme je méfiais des taupes non identifiées à Nice, je ne fis aucune recherche sur Antoine Fauché de l'agence LPI.

- Capitaine Lagarde ! Puisque vous avez été si direct, libérez-moi et laissez-moi rejoindre le commissariat, supplie Cerqueux.

Franck et Simone le fixent surpris.

- Capitaine Lagarde ! C'est une question de vie et de mort pour vous. Aujourd'hui, je suis de permanence jusqu'à midi. Hier, quand j'étais parvenu à amadouer Charlotte pour qu'elle voit les photos anciennes de Cavalaire chez moi, ou du moins j'en étais convaincu, j'avais envoyé à Zied un texto pour qu'il me foute la paix jusqu'à demain. Regardez sur mon portable et voyez la réponse de Zied.

Franck et Simone lisent les deux textos.

Effectivement, si Cerqueux ne retourne pas au poste à neuf heures, Zied considère qu'il s'est fait la malle. Alors, pour sauver sa peau, il liquidera les deux Parisiens, Philippe Mahut, Antoine Fauché, Olga l'Ukrainienne, le commissaire Castelli et sûrement d'autres qui ont eu un rapport avec le Parisien.

Cerqueux se tourne vers Franck.

- Si j'étais à votre place, malin comme vous êtes, je trouverais le moyen de planquer quelqu'un à côté de mon studio. Dans une ville qui vous est inconnue et dont vous vous méfiez, les personnes de confiance ne courent pas les rues. Ah ! Il y a même un croissant maison supplémentaire de chez Frédéric, je les reconnais. Si vous demandiez à Emma de se joindre à nous pour en profiter. Croyez-moi, je ne suis pas un aussi mauvais bougre.

Franck le croit, il a pris des renseignements sur lui.

C'est en fait un flic écœuré. Il y a quatre ans, il avait démantelé un vaste réseau de trafiquants de drogue. Quelques seconds couteaux furent coffrés, ils sont ressortis de la prison en devenant islamistes. Quant aux bandits dirigeants, Cerqueux fut prié de se tenir à l'écart : « Pensez à votre promotion. » Il avait rejoint la police pour servir et protéger. Pas pour épargner les grands narcotrafiquants en lien avec des politiciens hauts placés, voire très hauts placés. Ce jour-là, il perdit ses dernières illusions et songea à démissionner, mais en leur rendant la monnaie de la pièce. Il quittera la maison et se la coulera douce ailleurs avec une bonne *retraite*.

Comment se la constituer en peu de temps ?

La rencontre avec le dealer Zied le lui permit.

C'est la cupidité de Zied qui a retardé sa date de démission.

À côté, Emma s'impatiente, sa rage envers Cerqueux a disparu.

Franck est médusé, il savait Cerqueux malin et ingénieux, à ce point, non. Quelle perte pour la police à cause de politiciens qui ont le mot démocratie en permanence dans la bouche mais qui y chient dessus, râle Franck. Finalement, il envoie un SMS à Emma : « Emma ! le café est chaud. »

Franck, à la différence de Cerqueux, continue à croire aux véritables vertus de la police, mais à sa façon. Aujourd'hui, il a besoin de Cerqueux pour accomplir sa mission en respectant sa promesse donnée à Alex, Simone et Akim.

De plus, Cerqueux donnera sa démission.

L'honneur de la police est sauf.

- Bonjour Emma ! Sache que tout ce que tu as entendu est bien réel, y compris ce que j'éprouve pour toi. Je suis profondément désolé...

- Emma ! Cerqueux s'est excusé, mets tes griefs de côté le temps que nous accomplissions notre tâche le mieux possible sans oublier la promesse faite à Alex. Tu es au courant, Cerqueux aussi. Il faut laisser notre ego de côté.

- Franck ! Compte sur moi.

L'équipe est au complet avec un nouveau renfort de poids, Olivier Cerqueux.

Franck envoie un SMS au commissaire Castelli : « Tout se déroule bien. Je vous appelle dans une heure. »

- Capitaine Lagarde ! Identifier le gars qui chausse les mêmes boots que les miennes, un voyou de la pire espèce, est un jeu d'enfant pour vous. Vous l'avez sûrement repéré. Par contre, le flic qui l'utilise, c'est plus compliqué. Il s'appelle Claude Cachin, lui-même aux ordres d'un flic plus haut gradé, de Nice ou des environs. Qui ? Hélas, je l'ignore. Ce serait un flic très influent en contact avec de hautes personnalités. Dépêchez-vous de coffrer Claude Cachin afin de lui faire cracher le morceau.

- Franck ! coupe Philippe. Claude Cachin, c'est le flic de la rue de la Buffa qui se trouvait dans la *207* fracassée par un imposant SUV dérobé la veille et qui roulait à une vitesse supersonique sur la Promenade des Anglais, 173km/heure. Cachin est à l'hôpital Pasteur aux urgences.

Franck contacte Ange Castelli.

- Ange ! Claude Cachin, un véreux de première, est aux urgences à Pasteur. Il faut le protéger. Nous avons besoin de savoir qui est au-dessus de lui.

- Franck ! J'allais juste t'appeler. Malheureusement, c'est trop tard. Il est décédé. D'après Nicolas Lesauveur, un éminent chirurgien que je connais bien, sa mort est aussi suspecte que celle de l'Ukrainien qui voulait liquider Simone à Villefranche-sur-Mer. Il est en colère, il veut démissionner après qu'on lui ait demandé de s'écraser. Je l'ai supplié de patienter encore quelques jours. Franck ! Ce serait bon de le rencontrer si tu as un instant.

Le portable de Franck vibre à nouveau. Il voit afficher Colombani, il laisse le micro ouvert.

- Franck ! C'est Colombani. Tout est calme devant le bateau de plongée des Ukrainiens. Je voulais juste t'informer que celui que tu nommes Bubka discutait avec un costaud du bateau de plongée sur le quai. Martine, la fille de mon ami Hervé Didier, étudiante en langues étrangères, rôdait dans les parages avec prudence. Elle tentait de déchiffrer la langue sans succès. Elle croit, cependant, avoir entendu *zide*, *serké* ou *serkè*, *légarde* et plus distinctement *Nisse*. Je te transmets juste pour information.

Sur le point de raccrocher, François Colombani lui donne les dernières nouvelles.

- Le responsable de la Capitainerie du port se serait noyé. Plus étrange, durant la panne générale, toutes les caméras de surveillance sur le port et autour du port étaient hors d'usage.

- Franck ! réagit Cerqueux. Quand le balcon à la place Massena s'est effondré mercredi soir, Zied m'avait contacté de toute urgence. « Olivier ! planque la cocaïne. » Bizarre, pensais-je, cependant j'ai foncé. Pas de trace de cocaïne mais j'ai remarqué tout de suite un faux plafond de plus de deux mètres de large sur près de quatre mètres cinquante de longueur, monté ou démonté très récemment, mal badigeonné. J'ai trouvé ça louche. Vous aussi, je pense, puisque je vous avais vus détaler quand je pénétrais dans l'immeuble.

Franck se retient pour lui dresser des louanges. Décidément, il est très fort. Il nous avait remarqués.

- Capitaine ! Ce soir-là, je me suis précipité chez Zied. C'est à cet instant précis qu'il m'a vraiment tout déballé. Le salaud était au courant de l'attentat prévu le dernier jour du Tour de France depuis fort longtemps, il me l'avait caché. « Malheur ! explosai-je de colère. Ce jour funeste, tu as signé ton arrêt de mort et du mien en même temps. » J'ai mis plus de dix heures pour me constituer un épais dossier afin d'épargner des dizaines de milliers d'innocents, de vous rendre service et de sauver ma peau.

Cerqueux marque un temps d'arrêt afin de mieux enfoncer le clou.

- Pourquoi n'avez-vous pas divulgué vos découvertes capitales trouvées à l'agence LPI dès le lendemain matin ? Vers quatorze heures, j'étais sur le point de prévenir la Direction quand je m'étais rétracté. Pour une fois, j'avais suivi les recommandations d'Olga l'Ukrainienne plutôt que de me fier à mon instinct. Capitaine Lagarde ! Je partage votre détermination car je fus carrément blousé il y a quatre ans quand j'avais démantelé un vaste réseau de narcotrafiquants. Que...

- Olivier ! Je suis au courant, continue.

Pour la première fois, Franck l'appelle par son prénom et le tutoie.

- Zied m'a déçu. L'ancien flic féroce en Algérie qui pourchassait les Frères musulmans eut une révélation. En fait, il raffole des hommes comme moi j'adore les femmes. C'est très difficile d'être homosexuel en Algérie comme dans pratiquement tous les pays à majorité musulmane. Aussi, il décida de vivre en France. Il pense encore s'en tirer en rencontrant un grand ponte Ukrainien à Saint-Laurent du Var dans peu de temps. Il se trompe grave. Les décès suspects du responsable de la capitainerie de Saint-Laurent du Var et de Claude Cachin aux urgences de Pasteur confirment mon pressentiment. Ce n'est plus qu'une question d'heures pour que Zied et moi-même soyons zigouillés et vous dans la foulée. Vous en savez trop. Vous avez trop déconné pour ne pas l'avoir signalé dès jeudi. Le préfet vous a déjà lâchés.

Cerqueux empêche Franck de prendre la parole.

- Laissez-moi achever mon analyse. L'Ukrainien très haut placé qui logerait à Saint-Laurent du Var ne permettra pas finalement un tel massacre le 21 juillet. Si par malheur pour lui, Trump emportait les élections, l'Ukraine y perdra énormément. Ce n'est pas le moment de se mettre à dos le Président de la France, s'il est obligé de se barrer d'Ukraine. Pour vivre au Qatar ? Soyons sérieux. Alors, il retourne sa veste et dénonce le projet d'attentat au préfet avec qui il entretient des relations cordiales tout en liquidant toutes les personnes qui le gênent y compris Volodymyr Bubka.

Franck et Simone sont bouche-bée. Ils avaient la même intuition.

- Olivier, Philippe et Emma, ne retournez pas à Foch en même temps, les avertit Franck.

Il s'adresse à chacun d'entre eux.

- Emma ! Tu n'es plus censée faire la gueule à Olivier, vous avez passé un week-end amoureux d'enfer. Philippe ! Tu as répété nuit et jour avec ta troupe, la première est pour bientôt.

- Cette idée à la con, elle est de qui ? rouspète Emma.

- Emma ! Ne monte pas sur tes grands chevaux, devance Franck. Elle provient de Goyard. Dans le fond, elle n'est pas si stupide. C'est le bon prétexte. N'oubliez pas ! Il y des taupes dans la maison, y compris à l'identité judiciaire. Les délateurs n'ont donc aucune raison de se méfier d'Olivier. Comment les repérer ? Voici une suggestion. Olivier n'est pas le seul dans les commissariats de Nice à fréquenter des restaurants à faire saliver les enseignants ou le personnel des banques, à conduire un SUV imposant et à porter des costumes trop chics. Je l'avais remarqué deux ans auparavant. Regardez autour de vous, ouvrez les oreilles.

De quoi enfoncer le clou à Cerqueux qui admet son erreur d'endosser en permanence des sapes qui ne correspondent pas à son salaire.

- Emma, toi aussi il faut que tu y fasses un saut. Si Manon la cheffe de service te sort une blague du genre : « Alors ! Il a réussi à te… », ne te braque pas, retourne la moquerie à ton avantage avec une finesse sensuelle moqueuse : « Oui ! de … » par exemple. Crois-moi, Emma, elle restera coite et te laissera fouiller dans les fichiers tout ce qui nous est nécessaire car je renifle carrément plusieurs taupes logées à la judiciaire, à la technique ou à la scientifique, rajoute Simone.

Franck redevient grave.

- Si nous voulons attraper les cerveaux islamistes de l'attentat et l'Ukrainien, le fournisseur d'armes, nous devons dès maintenant suivre à la trace Zied.

- Franck ! intervient Olivier. En ce moment, Zied passe toutes ses nuits chez son nouvel amant à la *Résidence Botanica* dans le haut de l'avenue Fabron. Le dimanche, il n'est jamais à l'épicerie. D'ici qu'il casse la croûte à *La Pignata* avec son amant.

- Simone ! Nous fonçons. Vous ! À vos postes, ne changez rien à vos habitudes.

49

Ce matin, pendant qu'il prend son petit-déjeuner avec Aldo, Zied reçoit le message tant attendu écrit selon leur code habituel. Il précise la ville, la rue et l'heure exacte du rendez-vous de la dernière chance. Il le déchiffre en quelques secondes. « 14 h 10. Je connais bien le boulevard à Saint-Laurent du Var », murmure Zied, soulagé. Aldo, déçu d'avoir été mis au courant sur le trafic d'armes si tardivement, lui déconseille de s'y rendre.
- Zidou ! C'est un piège mortel.

- Simone ! Il vient de quitter la résidence, prévient Franck.

Zied descend l'avenue de Fabron à vitesse modérée suivi par Aldo, debout sur sa trottinette électrique. L'épicier gare sa *Kawasaki ZX-10 R* en face de la boulangerie de la *Pignata* et s'attable à la terrasse du restaurant déjà comble en compagnie d'Aldo le beau rital.
Bien installé, il remémore toutes les explications à fournir afin de justifier sa bonne foi. En réalité, il est très mal barré. Car lors des récents évènements meurtriers survenus depuis les quatre derniers mois, ses nouveaux vendeurs déconnent. « Bon sang ! Qu'avaient-ils besoin de manifester en compagnie de tous ces excités sanguinaires… », rage Zied.
Conscient d'être en sursis, il lui est interdit de se louper.
Son smartphone est muet, c'est bon signe. Détendu, il attaque la salade niçoise avec un appétit de géant.
Avec un regard circulaire qui ne laisse pas apparaître la moindre tension, il dévisage longuement chaque tête autour de lui. Que des gens heureux et conviviaux. Ils papotent joyeusement, commentent les derniers ragots, la déculotté de l'OGC Nice, tandis que de futurs négociateurs indépendants rigolent en écoutant les commentaires ironiques du dynamique

agent Immobilier, un ancien jockey bien connu parmi les habitants de Nice.

Rassuré, il croque le dernier morceau de son dessert quand il repère une personne assise sur une *BMW,* actuellement la plus puissante sur le marché, stationnée sur le trottoir, à proximité de l'épicerie *Vival* qui jouxte la boulangerie.

La poisse ! Le gars entrain de grignoter un Paris-Brest, la mine épanouie, c'est le Parisien. De quoi lui laisser au travers de la gorge le dernier bout de son dessert et de manquer de s'étouffer.

Son smartphone vibre, « Danger ! Démerdez-vous. »

- Merde ! s'exclame trop fortement Zied.

Le marathonien Thibault Balèze, l'as de la formation des futurs cracks de l'immobilier pour son réseau, stoppe son récit captivant sur la campagne législative burlesque dans la cinquième circonscription de Nice suite à la dissolution insensée du capricieux narcissique à l'ego surdimensionné. Il le regarde, plus étonné que choqué.

Trop loin, pour capter la réaction de Zied qui fait semblant d'avoir été gêné par un moustique, Franck ne doute de rien. Il est confiant. La filature montée à la dernière minute, sans informer une autre équipe où une première taupe vient d'être découverte, est imparable. Franck identifiera enfin celui qui est au-dessus de Volodymyr Bubka pour finaliser sa mission ou la poursuivre, le cas échéant, s'il estime avoir raté la tête principale.

Zied n'a plus le choix. Il doit absolument honorer le rendez-vous, l'ultime opportunité de rester en vie, malgré les craintes renouvelées d'Aldo. Au début de leurs ébats amoureux, il le croyait uniquement pourvoyeur de cocaïne de premier choix comme ses fruits.

Alors, l'épicier échafaude plusieurs plans.

L'abattre sur le champ et filer en douce ?

Avec un pistolet non muni d'un silencieux, c'est du suicide. De plus, trop connu dans le coin, il sera vite convoqué comme témoin. La justice, même s'il possède de solides appuis sur la Côte d'Azur, ne lui accordera pas une seconde chance après l'effraction de son épicerie à Saint-Laurent du Var ; un grave incident brillamment minimisé par Cerqueux. L'affaire aurait de fortes chances d'être dépaysée et lui d'être poignardé dans sa cellule en prison.

Le supprimer pendant le trajet ?

Impossible à première vue mais néanmoins envisageable. La police, malgré le concours des témoins, ne remontera pas jusqu'à lui, il a signalé le vol de sa moto de couleur noire, disparue à jamais, en inventant un horaire fantaisiste qui le disculpe totalement grâce à ses précieuses relations dans la police ignorées par Cerqueux, et à son avocat Maître Yacine Ben Belloued. Le baveux coûte un max, toujours en espèces naturellement, mais il est d'une efficacité si redoutable. D'ailleurs, un élu, un enseignant, un artiste, un footeux et un grand promoteur, les cinq aussi irréprochables que lui, peuvent le certifier.

Hélas, la collègue du Parisien, cette putain de flic, issue aussi de la brigade criminelle et du terrorisme, conclura vite que des taupes ou des indics gravitent parmi les forces de l'ordre de Nice et, en creusant davantage, elle constatera que la gangrène se répand jusqu'au niveau des politiciens, des juges, des avocats, des notaires, de la promotion immobilière et du monde du show-biz. Un petit monde élitiste qui apprécie tant la classe et, bien plus, la discrétion de Zied le lettré raffiné, leur fournisseur officiel de coke.

Finalement, le liquider présente trop d'inconvénients. *Comme si je souhaitais une fin de vie assistée avec les souffrances en prime. Bien trop risqué*, philosophe Zied.

Il se frappe d'avoir été si cupide.

Qu'avait-il besoin de se lancer dans le trafic d'armes en plus de la poudre. Elle lui permettait déjà de vivre dans l'opulence.

Mais surtout d'avoir accepté des types rustres qu'on lui a imposés sans les avoir rencontrés auparavant.

Quelle différence avec ses gars chargés d'écouler la cocaïne ! Bien éduqués, indifférents du fait qu'il soit gay, respectueux envers les femmes, vêtus à l'européenne et buvant du vin, ils sont très discrets et efficaces face aux mauvais payeurs.

En revanche, sa nouvelle équipe d'affreux jojos suit à la lettre les règles strictes et archaïques des frères musulmans, en plus de fricoter avec des militants extrêmement dangereux. Des révolutionnaires sanguinaires depuis fort longtemps.

Il rage d'avoir été si avide. Trop tard pour le regretter. Car depuis le jour fatidique où il n'eut pas le bon sens de refuser l'offre alléchante, tant il adore le pognon, il passe son temps à camoufler leurs conneries.

L'étau se referme progressivement sur lui depuis le cambriolage raté de son épicerie mais aux conséquences désastreuses. Elles turlupinent aussi bien la police que lui-même. Il n'a pas digéré l'inscription homophobe mal écrite de surcroît : « SALLE PD ». Il s'interroge sur les motifs du tag, juste au moment où il trouve la plénitude du bonheur conjugal avec Aldo, serveur dans un restaurant gastronomique très côté fréquenté par des m'as-tu vu du show-biz qui partagent la misère des crève-la-faim en chantant à la télé une fois par an.

Pris dans l'engrenage, il est obligé de continuer. Sinon…

Semons-le ! estime Zied. S'il réussit à me coller aux basques, j'y parviendrai au lieu où il s'y attendra le moins.

La solution la moins risquée à laquelle le Parisien se fera avoir.

50

Zied enfourche sa moto, prend la direction de l'avenue de la Lanterne et tourne prudemment à gauche, Franck à ses talons. Il dévale les premiers cent mètres du boulevard Montréal à la vitesse règlementaire puis franchit en toute impunité la ligne blanche continue à vive allure. Au niveau de la résidence Clos Fabron, il double brutalement le mini bus 50 et lui fait une magistrale queue de poisson. La conductrice, une pro, freine net. Un passager, debout, s'écroule. Les voitures d'en face se percutent bruyamment, le premier conducteur étant également très réactif. Zied slalome à toute vitesse entre les voitures, ce qui provoque d'autres dégâts dans un tintamarre assourdissant. Il a largement distancé Franck pendant que Simone peine à démarrer sa moto.

- Simone ! Je le poursuis,

Au rond-point, à prendre d'habitude avec une extrême précaution afin de ne pas finir sa route sur le monticule et bousiller le bas de caisse, il grille la priorité à la *Smart* qui venait du boulevard Montréal bis puis le feu rouge deux cents mètres plus bas. Il tourne brusquement à gauche puis à droite et descend le boulevard Joseph Giordan dans un crissement strident de pneu après avoir balancé quelqu'un. Le pauvre, il s'était engagé en toute confiance sur le passage piéton. La manœuvre est un succès indéniable. Il a carrément blousé Franck.

Franck enrage. À l'arrêt devant le boulevard Napoléon III, il hésite sur la direction à prendre, à droite ou à gauche. Un dilemme puisqu'il ignore le lieu exact du rendez-vous à Saint-Laurent du Var. Il s'est vraiment fait berner. Penaud, il prévient Simone.

- Je remonte te prendre et nous retournons à Foch.

Quand il entend sur sa gauche.

- J'ai tout vu ! C'est le type sur la *Kawasaki* qui l'a fauché. Le pauvre vieux, respectueux de la signalisation.

Franck aperçoit un homme allongé sur le trottoir, plusieurs personnes lui portent les premiers secours dans l'attente des pompiers.

- Le fumier ! s'exclame Franck.

Il rappelle Simone parvenue finalement à démarrer sa moto, passe la première et prend la bonne direction en marmonnant, « Sa brutalité lui coûtera cher. »

La chance lui sourit. Au niveau de l'avenue de la Californie, une voiture a encastré la voiture d'en face qui venait de doubler le mini bus. Le trafic bloqué, Zied a perdu un temps fou pour se faufiler et rejoindre la promenade des Anglais où il roule plein gaz en direction de l'aéroport. Dans quelques secondes, Franck lui recollera aux fesses.

Zied, sûrement flashé plusieurs fois, longe le pont Napoléon III à l'aveugle à une vitesse démentielle au risque de se tuer ou de massacrer des gens à force d'effectuer des queues de poisson et d'endommager les portes des voitures.

À l'entrée de Saint-Laurent du Var, au niveau des bâtiments prévus à la démolition dont celui du restaurant *La Bohème*, il donne un fracassant coup de pied à la palissade qui s'effondre et franchit la voie ferrée sans encombre. Il poursuit sa course folle au point de heurter légèrement un piéton. Ce dernier recule si vivement sur une dame de forte corpulence qu'elle s'affale sur le landau d'un nourrisson.

- Assassin ! crie la mère du bambin en pleurs, en désignant le motard en fuite qui a roulé sur le portable du piéton.

Puis, le moteur vrombissant, Zied remonte le boulevard Jean Ossola à double sens, direction Institut A. Tzank.

Il a bien feinté le Parisien, s'imagine-t-il.

Erreur ! Franck avait anticipé la manœuvre.

« *C'est quoi ces palissades le long des voies ferrées ?... Elles ne semblent pas très solides ces palissades. Un coup de pied bien appuyé, ça peut vaciller. Ce n'est pas très prudent... Franck. Oh ! Que tu es tatillon.* »

Plus prudent, Franck le suit à une distance respectable sans le perdre de vue.

Un farfelu en scooter accroche une *Tesla* descendant le boulevard Ossola. Le chauffeur VTC sort immédiatement de sa voiture rutilante, laisse la portière ouverte bloquant Franck et braille :

- Viens ici ! Faisons un constat.

Aucun effet. Furieux, il gueule :

- Salaud ! Ordure ! Crève !

Avant le virage, sans aucune visibilité, excepté le gigantesque panneau fixé à la palissade de protection devant l'immeuble en voie d'achèvement de construction, nommé le *Paquebot* par les gens du quartier, au slogan accrocheur :

PROMOCA
CONSTRUISONS VOTRE CADRE DE VIE

Zied, dans un état second, double deux voitures et le bus 42, puis se rabat brusquement. Fort heureusement, le chauffeur du bus et le conducteur d'en face, les deux au réflexe remarquable, écrasent la pédale de frein occasionnant une succession de tôles froissées dans un fracas saccadé digne d'un récent tremblement de terre. Les ouvriers de l'immeuble en construction, penchés sur la cinquantaine de terrasses, ont l'opportunité unique d'assister à un show spectaculaire de cascade de voitures sans trucage. Franck, le flegmatique décontracté, même dans les situations extrêmes, entrevoit sa reconversion dans la publicité.

Zied
La providence des carrossiers.

Zied ralentit au niveau du rond-point où se dresse un magnifique pin centenaire. Un endroit bucolique qui ne laisse pas insensible Franck. Le truand hésite une ou deux secondes. Il donne l'impression de poursuivre sa route sur le boulevard

Jean Ossola quand, de son rétroviseur, il remarque la moto ultra rapide de Franck. Fou de rage, il vire subitement en direction des Galinières et l'Institut A. Tzank au niveau de l'arrêt de bus Ossola Tassigny et de la ravissante chapelle Sainte Jeanne d'Arc, explose la gueule d'un chien tenu en laisse déjà engagé sur le passage piéton devant Franck scandalisé, « Lâche ! Misérable ! » et remonte dans un fracas d'enfer l'avenue de Lattre de Tassigny.

Peine perdue, Franck est parvenu à son niveau.

Tant d'efforts et de risques pour rien. Alors, dans l'ultime espoir d'être à l'heure à son rendez-vous capital, acculé, il commet l'erreur fatale. Il sort son flingue. Franck le remarque de suite, mais il le veut vivant. Aussi, il tente de percuter sa moto afin de le stopper net. Raté ! Il se trouve face à Zied qui dirige son arme dans la direction du visage de Franck. À bout portant, impossible de manquer celui qui lui pourrit la vie depuis son arrivée à Nice.

- **Bon Débarras** ! gueule Zied en appuyant sur la gâchette, juste au moment où il franchit le dos d'âne situé en face d'un commerce en courtage de crédit immobilier sur-mesure.

La trajectoire de la balle est déviée, elle se loge au niveau de l'épaule droite de Franck.

Prévoyant, Franck portait une chemise *Kevlar* et un tee-shirt pare-balle, une double protection.

Au prix d'une souffrance inouïe il garde le contrôle de sa *BMW* et se recolle aux basques de Zied. Ses illusions envolées, affolé, Zied pète carrément un câble. Il vire à droite à une vitesse supersonique si bien que son pied gauche dérape en voulant changer de vitesse. Il perd le contrôle de sa *Kawasaki*. Son bel engin fonce sur une foule entrain de manifester et endommage une *Renault Express* de livraison de petits colis qui stoppe sa lancée. Zied, projeté sur le capot, tombe sur la chaussée, la tête la première. Par chance, il portait un casque aussi performant que la chemise *Kevlar* de protection de Franck. Il a échappé à une mort certaine.

Un véritable carnage.

Devant le corps étalé de Zied en piteux état, plusieurs personnes, salement amochées, gémissent de douleur ou pleurent. Trois hommes dont deux maghrébins sembleraient décédés. Un infirmier dont le visage ne semble pas inconnu à Franck le confirme. Le groupe, bruyant quelques secondes auparavant, est pétrifié.

C'est la consternation.

Soudain, un Arabe se rapproche de Zied, grimaçant de douleur, et lui balance une balle dans le crâne en éructant :

- Salaud ! Tu as tué mon frère et mon cousin.

Les policiers municipaux, les premiers arrivés sur le lieu, parviennent à maîtriser le fou furieux déchaîné, après lui avoir asséné plusieurs coups de matraque. Ils lui saisissent l'arme et le menotte.

Franck, particulièrement sonné après avoir vu la mort de trop près, comprend la réaction de l'impulsif à la religion et aux coutumes différentes des nôtres. Il ne fait pas confiance à la justice pour châtier comme il se doit celui qui a tué son frère et son cousin, même si ce n'était pas sa volonté première. Franck le sait trop bien. Combien de fois il a dénoncé une justice qui prétend avoir un code moral et qui est pourtant si laxiste.

Justice complice, justice corrompue.

Franck n'en démord pas.

Tout de même ! Franck, bien qu'encore chamboulé, réagit et redevient lucide.

Un honnête citoyen ne se balade pas avec un grand couteau de cuisine, voire un marteau, une hache ou une machette, si fréquents de nos jours, encore moins avec un pistolet, très sophistiqué au demeurant.

De quoi l'intriguer.

Son instinct fouineur reprend aussi le dessus pour peu de temps, hélas. Dans l'attente de l'arrivée du SAMU, des pompiers, de Simone et de Philippe, Franck est désespéré. Tant d'efforts, tant de risques insensés également pris par lui-même pour encore ignorer qui se cache véritablement derrière Zied dans le trafic d'armes.

Franck reste néanmoins positif. On n'organise pas une réunion dans un logement situé dans une impasse. Il n'existe aucune issue de sortie en cas de repli si les flics interviennent. Ce ne sont pas des enfants de chœur. Zied voulait certainement rester sur le boulevard Ossola. Son rendez-vous devait se trouver non loin d'ici.

Il vérifie la *Kawasaki* de Zied dans le cas où il trouverait un indice précisant le lieu de la rencontre. Aucune trace visible sur le guidon ou sur les poignets de la moto. Il cherche la moindre cache susceptible de lui fournir l'indication. Rien ! Il s'accroupit davantage en émettant un cri de douleur. Toujours rien. Au prix d'un effort inouï, il s'allonge péniblement et scrute minutieusement la moto.

Incroyable ! Il repère un tracker juste au moment où Simone se retrouve derrière lui. Elle détache le tracker et l'aide à se relever.

- Ce n'est pas nous qui l'avons installé. Qui ? Il devait certainement être en sursis.

- La tuile ! maugrée Franck.

- Ou la chance pour toi, suggère Simone. Cette fois-ci, ils ne t'auraient pas raté non plus, s'ils l'avaient décidé.

- OK ! Mais on est dans la nasse. À nous de trouver d'autres éléments pour remonter plus haut.

51

Un des flics venus cueillir le forcené menotté lui fait gentiment des reproches.
- Mohamed ! Qu'est-ce qu'il t'a pris ? Qui va s'occuper de ton épicerie maintenant ?
Son épicerie. Tilt !
Franck et Simone ont vite fait le rapprochement.
Celui qui se prénomme Mohamed possède une boutique d'alimentations dans l'avenue des Pugets à Saint-Laurent du Var. Franck veut y jeter un coup d'œil mais il tient difficilement sur ses jambes. Une enquête aboutie nécessite une concentration extrême car la réussite se loge souvent dans les détails les plus infimes.
De plus, alerté par Ange Castelli, Nicolas Lesauveur, le chirurgien qui trouve la mort du flic Marcel Cachin aussi étrange que celle de l'Ukrainien, un tueur à gages chargé d'abattre la lieutenante Guichard à Villefranche-sur-Mer, s'est déplacé spécialement de Nice pour l'ausculter et lui confier des révélations détonantes.

Donc, sous la direction de la lieutenante Simone Guichard, François Colombani et son équipe, arrivés entre-temps, perquisitionneront l'épicerie de fond en comble, quitte à forcer la porte du magasin.
Une grave entorse au règlement qui n'embarrasse nullement Franck. La hiérarchie de Nice n'osera le contredire tellement elle est mal embarquée depuis le signalement du préfet des Alpes-Maritimes au ministre de l'Intérieur en mai sur une attaque islamiste de grande envergure lors de l'arrivée du Tour de France à Nice le 21 juillet, non résolue à ce jour.
Au préalable, Simone exige de suivre ses instructions à la lettre.
- D'abord, enfilez des gants en plastique. Ne touchez à rien et faites attention où vous posez vos pieds. Regardez bien tout

ce qui est accroché aux murs, un tableau, une note, un objet ou un extrait de journal. Lisez bien une feuille ou un courrier qui traine, peu en rapport avec son métier, partout où c'est possible de les placer, par exemple au-dessus d'un meuble bas, devant la caisse enregistreuse ou collés à un mur.

Les trois policiers municipaux apprennent d'autres astuces.

- Vérifiez bien le sous-sol s'il en existe un. Tapez sur tous les murs mitoyens et le plafond. N'écartez pas l'idée d'une pièce voisine ou d'une trappe qui mène à l'étage. Très important ! Avec votre portable, prenez un maximum de photos jusque dans les moindres recoins. Toutes vos photos doivent être transférées sur le mien naturellement, vous n'en gardez aucune.

Une autre entorse qui ne trouble pas Simone.

Les trois policiers, étonnés, ne bronchent pas. Ils sont ravis de découvrir une facette inconnue de leur job. Eux, chargés principalement de faire la circulation, les entrées ou les sorties des écoles, de dresser une contravention, d'accourir en cas d'un accident de voiture ou d'assurer le bon fonctionnement d'un spectacle organisé par la mairie, comme celui des *Virtuoses* le 29 juin, un véritable succès.

Puis, en les fixant d'un regard dur, Simone les avertit.

- Vous êtes les seuls à pénétrer dans le magasin. Ni un autre gars des forces de l'ordre, ni un membre de la famille de Mohamed. Enregistré ! dit-elle d'une voix menaçante.

Simone poursuit avec le même ton rageur.

- Idem quand Mohamed sera coffré en attendant son déplacement. Personne ne s'approche de lui, y compris sa famille. Pigé ! Avant de rajouter une couche épaisse.

- Il vous demande son médicament à prendre régulièrement, vérifiez auparavant s'il ne bluffe pas. Où l'achète-t-il en général. Ne le lui remettez qu'après la venue du toubib accompagné d'un policier pour constater son état.

Un des policiers est surpris de toutes les précautions prises par Simone.

- N'est-ce pas trop exagéré ?

Simone lui répond sèchement.

- On ne tue pas pour s'être fait plumer de mille cinq-cents euros. Franchement ! Vous connaissez beaucoup de proprios arnaqués par des squatteurs qui se vengent ainsi ? S'il est sous traitement, qu'il prenne d'abord soin de lui-même. Tout ceci semble louche.

Sur le point de partir, Franck lui glisse quelques mots.

- Tu les as certainement blessés en étant si rude. Écoute-moi.

- Les gars ! Attendez. J'ai légèrement dépassé les bornes. Je suis désolée. Si vos collègues s'approchent de l'épicerie, ne les repoussez pas. Soyez plus finauds que moi. Mettez-les dans la confidence et suggérez-leur de faire aussitôt une enquête de voisinage sur le suspect afin de faire avancer l'investigation.

En voyant leurs têtes ravies, Simone a eu raison de faire preuve d'humilité.

- Comptez sur nous ! Chef.

Simone est vraiment secouée. Ça ne lui est jamais arrivé de commettre une telle bourde.

Mince ! peste Franck.

Elle n'est pas la seule. Il devait d'abord interdire aux gens de quitter le lieu afin de prendre leur identité, avant que Simone n'instruise les policiers municipaux. Certains se sont déjà éclipsés. C'est dire ô combien il est patraque. Espérons que ça ne prête pas à des conséquences fâcheuses. Il se demande si lui et Simone n'ont pas commis une autre boulette. Un policier municipal se mêlait à la conversation, où l'ont-ils vu ?

- En tout cas, la balle n'est pas entrée dans votre épaule, elle l'a juste effleurée. Mais ce fut suffisant pour provoquer une douleur intense, constate le docteur Lesauveur.

Le toubib désinfecte la plaie tout en révélant à voix très basse des informations de première importance : « *Même à l'hôpital Pasteur, des taupes sont parvenus à s'infiltrer et un directeur corrompu, en plus d'avoir introduit des prétendus vrais soignants, fricote avec un dangereux chef de gang des narcotrafiquants.* »

La discussion confidentielle terminée, il pose un pansement et lui tape sur le dos.

- Dans moins d'une heure, vous remonterez sur votre moto sans aucune gêne.

52

Le chirurgien Lesauveur, fermement décidé à donner sa démission, retourne aux urgences de Pasteur.

Philippe Mahut est catastrophé suite à ces révélations qui font froid dans le dos. Cependant, il retourne la situation chaotique par la dérision, comme à son habitude.

- Franck ! Tu es chanceux. Le Seigneur t'a évité de ruminer sans arrêt ô combien c'est triste de rester en vie avec une gueule cassée et d'entendre un train siffler. Un miracle, rigole Philippe satisfait de lui-même.

Philippe narre les causes du tir raté avec son originalité qui déplait tant à ses supérieurs.

- Zied a franchi le dos d'âne au pire mauvais moment quand il pressa sur la détente. Devine où ?
- Accouche !
- Juste en face du commerce en crédit immobilier *sur mesure* au nom évocateur. Il a été puni cash par une déesse protectrice, se marre Philippe. Pour couronner sa déveine, la roue avant de sa moto roula sur un immense tas de merde étalé sur l'avenue de Lattre de Tassigny au niveau du passage pour piétons. Ce devait être un chien énorme. Les grosses crottes ayant pénétré en profondeur dans les sculptures du pneu, tous les avantages en termes d'adhérence devinrent inefficaces lorsqu'il amorça son ultime et fatal virage.

Franck, très touché, le remercie chaleureusement quand Philippe rajoute, goguenard, les yeux pétillants de malice.

- Un grand cabot t'a épargné d'avoir une gueule incroyable si tu avais survécu.

Franck rigole. C'est bon pour le moral.

Philippe Mahut, la solution naturelle qui ne coûte pas un rond à la Sécu pour atténuer la douleur.

Franck découvre la raison de l'attroupement.

Dans cet endroit résidentiel, réputé pour son calme et sa convivialité, un locataire indélicat ne paie plus son loyer depuis plusieurs années. Pas de quoi en faire un fromage, me direz-vous, c'est si fréquent de nos jours. Mais se faire passer pour le propriétaire pour plumer des pigeons, avouez-le, c'est moins courant.

Il vend soit la maison, soit le garage uniquement à un prix plus alléchant que ceux du Black Friday. La cossue maison jumelée au tarif d'un studio ou le garage spacieux pour une somme modique correspondante à un local pour garer une trottinette électrique. Le rusé n'exige qu'une seule condition au futur propriétaire enchanté, déjà sous le charme d'un bien prestigieux pratiquement pratiquement donné. Un acompte de cinq mille à sept mille euros pour la bâtisse ou de mille cinq-cents euros pour le garage. Si le futur acquéreur ne rouspète pas et ne quitte pas la demeure sur le champ en furie, le vendeur complète d'un ton confidentiel comme si le futur proprio était l'élu retenu : « En espèces naturellement. »

Comme les gens sont crédules, si on se fie à la présence d'un nombre impressionnant de dupés. Ils pensaient tous réaliser l'affaire du siècle.

Franck est doublement satisfait.

Une histoire rocambolesque bien narrée par une voisine du quartier, accompagnée d'un verre de rosée bien frais avec quelques olives, même si elle s'achève dans le sang pour quelques-uns et des doutes croissants sur Mohamed.

Le commerçant est trop impulsif pour être si estimable et courtois.

***

Quelle chance !

La porte de l'épicerie de Mohamed était juste fermée à clé. Pas très sorcier pour Simone pour l'ouvrir. Ils pénètrent prudemment dans le commerce en alimentations, les pistolets dégainés. L'affaire semble peu florissante. Les fruits et les légumes ne sont pas de première fraîcheur, le choix très limité.

On se croirait dans un magasin en Russie, au temps de la splendeur du communisme quand le peuple tirait la langue pendant que les membres du parti se goinfraient.

Il faudra éplucher ses comptes et son train de vie, note Simone.

Ils marquent un temps d'arrêt, ils observent attentivement, prêts à réagir au moindre bruit suspect. Ils prennent les premières photos d'ensemble, du sol au plafond sans oublier les murs. À priori, rien d'inquiétant. Simone répartit les tâches, les avertit à nouveau de ne rien renverser, quand on tambourine à la porte. Ce sont des policiers municipaux intrigués par la voiture de police mal garée sur le trottoir. Simone leurs apprend la terrible nouvelle confirmée par Colombani et les deux autres policiers municipaux. Elle leurs propose de faire sur le champ une enquête de voisinage.

Réjouie du soutien des deux policiers municipaux, elle tapote l'épaule du plus jeune et lui lance :

- Au boulot ! maintenant.

Les policiers vérifient méticuleusement les étagères et donnent régulièrement un coup aux murs et au sol tandis que Simone examine la table où se trouvent la caisse et la balance électronique. Elle ouvre les tiroirs, prend d'abord une photo de chaque tiroir et épluche les contenus. Des prospectus et du courrier trainent à côté de la balance.

Elle remarque une lettre recommandée avec accusé réception posée en évidence.

La directrice de l'école maternelle de Saint-Laurent du Var confirme une conversation récente. « *Votre fils Wassim continue à être arrogant et violent, toujours avec les mêmes jeunes filles, très apeurées, malgré plusieurs rappels à l'ordre. Dernièrement, il a injurié et giflé Leila en la traitant de tous les noms. La petite a montré à ses parents le mot écrit par Wassim : '' salle française ''. Indignés, ils exigent, ainsi que ceux de Julie et de Lola, l'exclusion définitive de Wassim, trop conditionné par ses parents radicalisés et qui s'extasient sur les prouesses de leurs grands frères, Wassim est un très mauvais exemple auprès d'autres enfants.* »

Salle française avec 2 LL ! remarque Simone.
Elle fait immédiatement le lien avec '' SALLE PD ''.
Elle photographie plusieurs fois la lettre dans différentes positions, lorgne à nouveau tous les autres courriers et prospectus, au cas où un autre écrit pourrait l'accabler davantage.
Par chance, les deux policiers n'ont rien remarqué. Elle ne les connait pas suffisamment pour partager la découverte, même s'ils se montrent très zélés et attentifs. Ils risqueraient d'ébruiter. Car si les ''surmulots'' pullulent à Paris, les taupes abondent à Nice.
Elle poursuit son investigation, le plafond inclus, quand elle entend un bruit différent. Elle sursaute.
- C'est le claquement de la portière d'une voiture, annonce un policier. Sûrement une porte de voiture refermée trop brusquement, complète-t-il.
Simone, également en manque de sommeil, a cru entendre un bruit différent quand le policier tapotait contre le mur. Peut-être, hallucine-t-elle, mais en professionnelle aguerrie malgré son jeune âge, elle reprend le boulot du jeune flic.
Cette fois-ci, elle tape en ne laissant que dix centimètres d'intervalle au lieu des quarante centimètres décidés. À moins de cinq centimètres de l'armoire ouverte où quelques conserves font illusion, elle la dépasse et poursuit sa besogne quand elle se rétracte. « Tous les dix centimètres, j'ai dit. J'ai sauté quatre ou cinq centimètres. »
Elle retourne sur ses pas et, encore plus méthodique, elle reprend dès le début ses recherches, devant les policiers silencieux. Ils doivent également prêter une attention extrême à la moindre différence de son. Arrivée à quelques centimètres de l'étagère, tous les trois perçoivent une musicalité différente. Deux policiers déplacent l'armoire peu achalandée.
Surprise ! Une porte.

Simone l'ouvre et découvre la caverne du nouvel Ali Baba. Des armes sophistiquées, équivalentes à celles trouvées chez Zied, y sont entreposées.

Elle découvre la raison de l'acquisition du garage dans ce quartier résidentiel. Il attire moins l'attention des flics. Mohamed voulait stocker principalement des armes.

Bref, un commerçant modèle du quartier d'après le flic qui l'avait sermonné. Un peu trop frustre cependant.

Franck qui vient de les rejoindre à l'épicerie après avoir appris la bonne nouvelle en toute discrétion est légèrement soulagé.

Il existe peut-être un lien pour remonter au véritable commanditaire.

Entre-temps, les policiers, intrigués par la voiture de leur collègue mal garée, ont terminé leur première enquête de voisinage. Ils rendent des comptes précis à Franck et à son équipière, ainsi que leurs impressions, avant de les confier en priorité à leurs supérieurs hiérarchiques. Des confidences qui n'offrent rien de sensationnel à l'instant mais qui pourraient être utiles par la suite. Franck et Simone ont la chance de posséder une mémoire extraordinaire.

Son œil aguerri n'ayant rien remarqué de suspect, Franck élabore plusieurs stratégies avec Simone.

- La police criminelle va se rendre sur les lieux dans les plus brefs délais. Tout sera fouillé encore plus méthodiquement. Tu as inspecté les moindres recoins avec les flics de la municipale. Ils ont été parfaits. Il n'y a aucun accès à une cave ou à l'étage. L'autre mur donne sur la rue. Dans la cour, il n'existe pas un WC condamné accolé au mur comme à Nice dernièrement dans le quartier Bon Voyage qui nécessita l'intervention du RAID.

En effet, la police découvrit dans un logement deux kalachnikovs, un fusil style AR 15 et une lunette de visée d'après les informations de *Nice-Matin*.

Franck poursuit avec une voix grave.

- Comme toi, elle remarquera la lettre recommandée avec accusé réception. Tu les attends et tu les prends tous en photo. Au département de la police technique et scientifique de Nice, nous vérifierons si toutes les pièces sont présentes. Un travail rapide puisque toutes les unités d'investigations sont réunies à Foch et ils nous connaissent.

Il reprend son souffle, frotte machinalement son épaule blessée qui ne le fait plus souffrir et poursuit.

- Si c'est le cas, on peut presque conclure qu'un pourri n'est pas parmi eux. Je précise PRESQUE ! Il serait empêché de camoufler la lettre avec AR mais il aurait prévenu un comparse. Ainsi, si la lettre avec AR a disparu car ils pensent à juste raison que tu ne l'as pas remarquée, les véreux peuvent être des deux côtés.

Tenace, il ne veut rien louper cette fois-ci, il poursuit son argumentation.

- À la scientifique, tu les prends tous en photos, y compris Manon, leur cheffe dynamique que nous avions croisée lors de notre présentation dans les différents départements.

Il termine avec une voix solennelle.

- Si la pièce s'est volatilisée, il y a donc bien quelqu'un au-dessus d'Olivier Cerqueux. Un puissant très bien introduit. Un gars qui se croit intouchable. Mais nous finirons par remonter jusqu'à lui. Nous l'aurons ! éructe-t-il avec des yeux vengeurs.

Merde ! s'exclame Franck. Il vient de se rendre compte de sa seconde boulette. Pierre Roussel, le coco adorateur de Robespierre au regard inquisiteur. Il rôdait dans les parages pendant que Simone expliquait à François Colombani et ses équipiers la marche à suivre.

53

Pendant que Franck se remet de ses émotions grâce aux blagues du fantaisiste Philippe, Simone photographie en douce les policiers de la police criminelle de Nice rendus à l'épicerie de Mohamed.
Puis les trois flics retournent à Foch.

Juste avant de franchir le Var, Franck, Simone et Philippe sont pris en chasse par une dizaine de motards.
Heureusement, ils avaient toujours un œil vigilant à leurs rétroviseurs.
- Philippe ! Nous avons fait une grosse connerie. Nous expliquions la marche à suivre à Colombani en présence du coco, Pierre Roussel. Je parie qu'il a averti la racaille du quartier Point du Jour.
- Mince ! déclare Philippe peu à l'aise. La récente fusillade aux Moulins lui rappelle de mauvais souvenirs.
- Philippe, faisons une manœuvre de diversion. Fonce de ton côté et préviens uniquement Castelli, Cerqueux et Emma.
- Dirigez-vous vers la *Résidence de l'abbaye des Roses* où je demeure et je reviens avec du renfort.
Ils se séparent aussitôt.
- Simone, d'ici que le fourbe Roussel ait prévenu également des taupes dans les commissariats de Nice, bonjour les dégâts en traversant Les Moulins.
Trois motards sont aux trousses de Philippe, les sept autres pourchassent les deux Parisiens qui parviennent cependant à les distancer grâce à leurs puissantes motos.
Soudain, la moto de Simone s'incline, elle a juste le temps de faire une roulade afin d'amortir le choc et de sauter avec agilité sur le siège de la moto de Franck. Son pistolet décroché de son étui est resté sur le bitume. Plusieurs balles ont fait mouche au niveau du moteur de la moto de Simone.

Arrivés devant le grand portail de la *Résidence de l'abbaye des Roses*, une bande de jeunes encapuchonnés, sûrement prévenus par une des taupes de Nice en contact avec le nocif coco Pierre Roussel, renversent avec une sauvagerie inouïe la moto de Franck, à croire qu'on les a drogués.

À peine veulent-ils les poignarder que leur initiative sanglante est avortée par un gang rival, les Sénégalais, eux-mêmes liquidés par les sept motards cagoulés. Franck sent le coup de génie de Cerqueux et de Castelli, les organisateurs pragmatiques de la place nette dans l'intérêt de la majorité des habitants innocents de Nice.

Justice laxiste, justice défaillante, persiste Franck.

- Simone, séparons-nous. Défendons chèrement notre peau.

Simone, désarmée, elle ne l'a pas dit à Franck, se précipite vers le mini centre commercial suivie par trois motards.

Au niveau du parking, ils descendent de leurs motos et s'approchent d'elle, le couteau à la main. Elle entend l'un d'entre eux inspirer le mauvais exemple aux deux autres.

- Les gars ! On se la tape d'abord, comme la toubib, avant de l'achever pour de bon, conformément aux ordres.

- D'accord ! approuvent les deux autres, en rut.

Simone, en fait, n'est jamais vraiment à court de munitions. Elle possède d'autres atouts percutants. Elle se dévêtit d'une manière lascive et hurle avec une voix de folle en chaleur.

- J'aime les hommes ! Les vrais comme vous.

Les limités du cerveau croient avoir la grosse cote auprès de la beauté. Les trois séducteurs lui sourient la langue haletante tout en débouclant la ceinture bardée de clous de leur pantalon.

Mal leur en a pris de confondre Simone la svelte blonde gracieuse avec une stakhanoviste de la baise. Simone accomplit ses exercices de style avec une maestria aussi efficace que le 8 juillet 2024 dans le coin pittoresque de Paris, proche du canal Saint-Martin. Une souplesse explosive extraordinaire, une pirouette acrobatique accomplie avec vélocité, une panthère rageuse d'une élasticité phénoménale…

Elle part à la recherche de Franck tandis que les trois galants se tordent de douleur en se les retenant.
Les caresses de Simone sont très sincères.

Il est trop tard pour Franck de se réfugier dans le logement voisin de Philippe, celui de Lesauveur le chirurgien, situé loin de l'entrée. De plus, ça grimpe de trop. Alors, il pénètre dans le premier bâtiment et se précipite dans l'ascenseur pour s'encastrer carrément dans une belle brune au corps de rêve. La porte se referme juste à temps quand il entend la meute vociférer.

Soudain, au cinquième étage, l'ascenseur chute en prenant une vitesse folle pour finalement se bloquer au rez-de-chaussée dans un fracas infernal. La femme panique. Franck lui plaque la main sur sa bouche avant qu'elle ne crie au secours. On entend un bruit strident en provenance de l'ascenseur en panne, tandis que les quatre motards cagoulés imaginent Franck réfugié dans un des appartements car quelqu'un les a prévenus : « Le policier Mahut habite dans la Résidence. » Ils sont certains d'être tombés sur le bon bâtiment parmi les plusieurs tours aux noms prestigieux. Ils montent chaque étage, tambourinent aux portes ou en défoncent quelques-unes, cognant au passage ceux qui protestaient.

En vain. Ils rebroussent chemin, croisent le technicien qui vient réparer la panne.

Un Ukrainien accompagné d'un islamiste bien connu par la police, leur ordonne de retourner vers l'ascenseur. S'ils voient un mec avec un blouson en cuir de couleur noire et un jeans bleu-nuit, c'est bien lui. Qu'ils le descendent.

- Il est facile à reconnaître. Vous ne pouvez pas manquer ce salaud de flic à l'origine de tous nos malheurs.

Pas question pour Franck de clamser sans avoir solutionné les problèmes. Le charmeur du 36 rue du Bastion regarde fixement la belle brune aux yeux de velours avec un regard sensuel qui encourage à approfondir la rencontre inopinée. Il lui sourit avec deux yeux ensoleillés, il lui colle un fragile et tendre baiser charnel. Hypnotisée, elle le lui rend en frottant délicatement son visage à celui de Franck.

- Il fait chaud ici. Vous ne trouvez pas ? susurre Franck avec une voix suave, en lui léchant amoureusement son oreille.

- Vous ! Vous savez parler aux femmes dit-elle avec un délicieux accent slave, habituée à fréquenter des cosaques à court de mots.

Franck ôte en quatrième vitesse son blouson et son jeans. En tee-shirt blanc et en short de sportif aux couleurs de l'OGC Nice, il lui caresse tendrement le visage, sa poitrine ferme avec une énergie croissante, puis ses mains soyeuses remontent souplement sous sa jupe. D'elle-même, elle ôte sa culotte déjà bien mouillée et il la pénètre avec une douceur artistique qu'elle n'a jamais connue dans sa vie. Elle hurle tant de plaisir qu'on l'entendrait jusque dans la basilique Notre-Dame sur l'avenue Jean Médecin.

De quoi filer des idées lubriques à un truand, quand un autre l'enguirlande.

- Du con ! C'est pas lui. Il a un tee-shirt blanc. Notre gars a un blouson noir. Cherche-le avant que je te frappe.

Ils informent l'Ukrainien et l'islamiste qui les engueulent.

- Vous vous êtes faits avoir ! et ils les flinguent.

Les Ukrainiens et les Arabes remontent à l'étage du logement supposé appartenir à Philippe puis appuient sur la sonnette. La femme slave comblée, encore étourdie de bonheur, imagine son amoureux déclarer sa flamme pour l'éternité.

- Viens vite ! Toi mon beau Français. Nous avons tout notre temps pour nous aimer. Mon mari, le plus grand promoteur de Nice, est sur un chantier.

Ce furent ses derniers mots chaleureux en russe.

Le grave conflit Russo-Ukrainien s'est étendu jusqu'à la prestigieuse *Résidence de l'abbaye des Roses*.

Franck, désarmé lui aussi, est parvenu une nouvelle fois à s'enfuir en short et en tee-shirt aux couleurs de l'OGC Nice. Il pense s'être tiré d'affaire quand un jeune des Moulins est à deux doigts de le poignarder. Une main coriace l'en empêche. Le voyou se retourne effrayé, en même temps que Franck.

C'est l'architecte, le frère du toubib qu'il avait tué.

Dans la tête de Mickaël Guidonneau, tout s'entrechoque.

Il hésite.

- Non ! Mickaël, supplie Franck.

Aussi, l'architecte utilise-t-il avec efficacité une prise de judo pour l'empêcher de bouger et décider de la suite à donner.

Il gamberge. Il veut le broyer mais sa conscience et la supplique désespérée de Franck le bloquent. Alors, il respire profondément en se redressant quand soudain la balle fatale qui lui est destinée se loge dans le crâne du vaurien, l'assassin de son frère. Elle lui a évité de commettre l'irréparable.

Il l'aurait regretté toute sa vie.

Au moment où le tireur ajuste à nouveau son tir en direction de Franck cette fois-ci car il l'a reconnu, il est mitraillé par un Tchétchène, lui-même achevé par un Sénégalais ou un Malien.

Mickaël Guidonneau, hébétée, fixe sans aucune compassion le délinquant multirécidiviste qui avait tué son frère. Il fait quelques pas et remarque amèrement les boots de couleur marron avec de la peinture jaune aux talons du tireur.

Un autre grave impair pour se morfondre toute sa vie s'il avait pu le ceinturer.

Quant aux trois jeunes mis sans ménagement sur le tapis par la lieutenante Simone Guichard, ceinture noire de Karaté, de Krav Maga, ils sont transportés aux urgences à Pasteur.

Le chirurgien Lesauveur reconnaît immédiatement les trois malfrats qui avaient violé sa collègue, actuellement en maison de repos, et tabassé sauvagement les deux autres chirurgiens dont son meilleur ami.

Il ne peut les opérer car sa main tremble, tout comme celle des deux autres chirurgiens. Ils ne sont pas en état de les soigner en respectant toutes leurs obligations de moyens même s'ils n'ont aucune obligation de résultats à l'instar des avocats. D'autres chirurgiens et des infirmiers, parmi les plus compétents, craignent également de faillir.

Aussi, conseillent-ils fermement au Directeur véreux, fier d'avoir recruté des chirurgiens et des infirmiers compétents en provenance d'ailleurs, de mettre enfin en application leur grande expérience vantée dans leur CV.

Résultat ?

Pour quelques coups bénins appuyés comme lors d'un match amical de rugby entre la France et la Nouvelle Zélande, les trois gredins nuisibles périrent dans une souffrance extrême.

Les chirurgiens et les infirmiers étaient en fait d'affreux criminels qui savent à peine lire et écrire. Ils avaient massacré en Syrie des vrais soignants coupables d'être Chrétiens et leurs avaient piqué leurs diplômes pour débarquer à Toulon grâce à l'aide d'une ONG complice. Eux-mêmes, ils furent rossés à mort par la famille et les amis des trois gredins sans foi ni loi.

54

Olivier Cerqueux alerte Olga, en conversation tendue avec Antoine Fauché à l'agence LPI.

- Olga ! Volodymyr Bubka et trois de ses hommes veulent vous tuer. Si Fauché croit être tiré d'affaire, ne discutez pas avec lui, vous avez un passeport, tout est en règle, tirez-vous.

Antoine la rassure.

- Olga ! Tu t'inquiètes pour rien. Alain Rémy arrive avec cinquante mille euros. Quarante mille pour moi et dix-mille pour toi. Patiente.

- Antoine ! Il ne viendra pas. Lui aussi, il se fera descendre.

Olga se réfugie chez le coiffeur.

Une minute plus tard, trois Ukrainiens sortent de la *Maserati* et entrent dans l'agence. Ils la quittent peu de temps après.

Avec son téléphone, Olga les prend en photo ainsi que Bubka resté dans la voiture. Elle se précipite dans l'agence.

Trop tard, Antoine Fauché vient d'expirer. Avant de prévenir Cerqueux et de lui transmettre toutes les photos, elle se dirige vers le bureau de Fauché et retire le paquet de fric du deuxième tiroir. Par acquis de conscience, elle jette un coup d'œil dans le premier tiroir et ramasse la liasse de billets. Avec ce qu'elle a déjà accumulé, le pays de ses rêves se précise.

Franck et Simone viennent d'être mis au courant par Philippe de la mort de Fauché et de celle d'Alain Rémy, le véreux pédéraste en lien avec la police dans un coin sordide de Nice fréquenté par les adorateurs de petits garçons. Ainsi que du décès de quelques autres policiers, de pompiers, de fonctionnaires, d'un avocat, d'une greffière et de deux élus.

Le portable de Franck vibre.

- Franck ! C'est Olivier. Volodymyr Bubka et ses gars ont été liquidés.

- Nos intuitions n'étaient pas erronées.

- Franck ! Il y a plus urgent. François Colombani vient de m'appeler. Des islamistes bien connus se dirigeaient vers le boulevard Ossola. Ils sont en pétard. Ils se sont fait rouler. Nous savons maintenant où loge l'Ukrainien, le très haut placé. Dans une splendide villa juste à côté de l'immeuble le Rodin. Magnez-vous si vous le voulez vivant. Un policier municipal de Saint-Laurent du Var vous attend devant la chapelle Sainte-Jeanne d'Arc.

Hélas ! Ils sont arrivés trop tard. L'Ukrainien était effectivement un notable qui serait la main de Français très importants, même celles des ministres et des diplomates. Quant à la tête pensante des islamistes, il serait un des responsables du massacre au Bataclan.

***

Une heure auparavant, Franck avait remis au commissaire Ange Castelli toutes les preuves découvertes depuis mercredi contrairement aux usages. Castelli suit scrupuleusement les instructions de Franck. Il a déjà prévenu des policiers et des gendarmes de Monaco à Saint-Laurent du Var, de confiance.

Ils attendent le signal tant attendu du préfet : **GO** !

Alors que Franck et Simone foncent à Saint-Laurent du Var, Ange Castelli, accompagné d'Emma Bailly, de Mahut et de Cerqueux, transmet les pièces au préfet, assisté du Directeur Inter Départemental de la Police des Alpes Maritimes.

Castelli a laissé son portable en marche.

Le visage du préfet des Alpes-Maritimes devient blême, il est interloqué. C'est du lourd, du très très lourd. S'il ne prévient pas les relations intouchables, elles tomberont dans les mailles du filet. Il se fera affecter ailleurs.

- Castelli ! J'analyse avec précision. Attendez le signal convenu pour faire place nette.

- Monsieur le préfet ! Le code ? J'ai oublié.

- Bon à rien ! Vous serez muté. C'est GO.

- Ce n'est pas KO ? demande Castelli avec la voix niaise de celle de Jacques Villeret dans la pièce *Le Dîner de cons*.

- Idiot ! Abruti ! KO c'était avant. **GOOO** ! hurle le préfet.

Les forces de l'Ordre se déploient sur le champ de Monaco à Nice, sans oublier Saint-Laurent du Var où la police de la douane découvre dans le bateau de plongée des Ukrainiens plus de deux cents fusils de type AR-15, des cartouches, des grenades et même deux drones mortels.

Franck insistait pour qu'Emma et Philippe soient également présents à la place Massena quand le commissaire de Foch, en présence du préfet, pénètreront dans l'appartement où le balcon s'était effondré. Cerqueux serait capable de s'attribuer tous les mérites.
Un technicien démonte le faux plafond de plus deux mètres de large sur près de quatre mètres cinquante de longueur, « mal badigeonné, un véritable travail de sagouin », avaient remarqué Franck, Simone et Olivier.
Bingo !
Un paquet de fusils de type AR-15, des cartouches à volonté et des grenades.
- Monsieur le préfet ! Note subrepticement Philippe. Que vous fûtes très perspicace le jeudi 11 juillet au commissariat Foch vers onze heures quinze : « *Capitaine Lagarde ! Un homme de votre valeur... Vous avez sûrement remarqué plusieurs choses suspectes dès votre arrivée à Nice.* »
La dernière fois, avec le code KO, les huiles eurent le temps de se refaire une virginité et de continuer à pavaner dans tous les médias publics.

Franck et Simone sont pressés de prendre le dernier vol pour Roissy au grand désespoir de tous leurs soutiens y compris de celui de la dernière minute, le talentueux et séducteur Olivier Cerqueux. Ils ont hâte de retrouver Alex, Akim, Héloïse, Victor et le reste de l'équipe.
- Franck ! Ne joue pas cette fois-ci au bon samaritain. Nous voyageons en classe affaires.

55

À cause des atermoiements de la préfecture de la cinquième ville de France et de sa hiérarchie, Franck et Simone craignent des tensions entre les supporters de l'OGC Nice et ceux du PSG.

Les premiers, jaloux de la clairvoyance et des prouesses des deux flics parisiens, veulent en découdre avec les péteux arrogants du PSG qui les ridiculisent.

C'est la raison officielle prétextée par Franck et Simone pour refuser de recevoir les honneurs à Nice.

La réalité est différente.

Simone et Franck ont avoué au commissaire Ange Castelli et à Philippe Mahut craindre de vives démangeaisons au corps s'ils croisent de trop près l'ambitieux ministre de l'Intérieur et celui qui les a trahis, le versatile préfet des Alpes-Maritimes sans empathie, prochainement transféré à Mayotte.

Ça ferait mauvais effet pour l'image de la police.

- C'est vrai ! La police est si maniaque, surenchérit Philippe Mahut. Il garde en mémoire comment Franck l'avait retapé après l'avoir sauvé d'une mort certaine.

Olivier Cerqueux, médaillé au titre du courage, est chaudement félicité par l'ambitieux ministre de l'Intérieur, expert en places nettes, le préfet, le roi de la valse à deux pas en avant trois en arrière, le grand patron de la police et le maire de Nice. La girouette, en écartant les bras avec un large sourire méditerranéen comme son mentor Jacquou la fripouille, vante les qualités et les vertus de la police niçoise, les meilleurs de France, donc du monde.

La girouette a toujours été excessif y compris pour bétonner.

Les grands commis de l'État ignorent que la psychiatre de la police constata un grave choc émotionnel chez Cerqueux. Ceci nécessite un traitement draconien pendant plus de deux ans, car elle envisage sérieusement une terrible bavure de la part du lieutenant Olivier Cerqueux si une tragédie similaire se reproduisait.

Elle l'incite à rejoindre un ministère moins anxiogène, à l'instar de la Culture ou mieux encore, celui prochainement de la FEM, Fraternité Européenne Mondialiste avec un titre supérieur à celui de lieutenant, directeur d'un service à créer. Face à la réticence de Cerqueux, elle le persuade de prendre une retraite anticipée.

Olivier Cerqueux a honoré ses engagements envers Franck. Il n'appartient plus à la police, il touche sa retraite en prenant comme base l'indice du grade le plus élevé de lieutenant, plus une rondelette prime exceptionnelle pour immense service rendu à la France.

Sans oublier ce qui trainait dans ses toilettes.

Jusqu'au bout, Olivier Cerqueux a montré d'étonnantes facultés de prévoyance, d'adaptation et d'anticipation.

Emma Bailly obtient également une promotion, une jolie médaille et les félicitations appuyées de tout le gratin présent dans le jardin de la villa Massena, en particulier de celui de la girouette sous l'œil agacé de son épouse, la journaliste.

Le médecin de ses parents est très pessimiste. « Emma ! Ils sont gravement malades, ils ne te fêteront pas un joyeux Noël. » Aussi, retourne-t-elle exercer son noble métier à Romans-sur-Isère, hélas, sans conviction. Elle n'a plus la même dévotion pour sa belle fonction tant abimée depuis plus de quarante ans.

Le cœur ardent d'Emma palpite pour quelqu'un d'autre.

Franck et Simone ne se font plus aucune illusion. Sitôt les parents d'Emma décédés, elle rejoindra celui qui lui déclara sa flamme les menottes fixées au poignet et à la cheville. Ce jour-là, elle avait les oreilles dressées et l'œil rivé dans le trou du mur du studio voisin.

En fait, le perspicace Olivier Cerqueux avait compris au bout de dix minutes qu'Emma se trouvait très à proximité.

Le préfet, bien malgré lui, récite mécaniquement une bafouille improvisée à la dernière minute à Philippe Mahut qui l'a roulé dans la farine. Il l'a tellement de travers de s'être fait berner par les Parisiens avec le concours du fantasque Mahut que son discours dura exactement soixante-neuf secondes. André, l'homme à tout faire et au chômage longue durée de la bande de comédiens, chronométrait.

La girouette, magnanime, laisse le maire adjoint à la Culture de Nice, un passionné de théâtre, accrocher une médaille à la veste de Mahut et le complimenter. Philippe est ovationné par Nadine, Carole, André, le comédien négociateur immobilier et le reste de la troupe euphorique au grand complet. Ils rient de bon cœur, ils font un chahut considérable mais bon enfant à la différence des agités de l'Assemblée nationale en chantant l'air connu des QUEEN légèrement remanié :

« ***GOOO !*** *We Are the Champions !* »

Philippe suit l'avis de Cerqueux :

« Franchement ! Que fous-tu dans la police ! »

Il quitte la fonction sans regret mais avec la fierté d'avoir eu l'honneur de rencontrer Simone et Franck, des flics hors pairs, compétents, efficaces, humanistes et qui ne tendent pas bêtement les deux joues.

Ange Castelli est absent. Il aurait attrapé le Covid. En fait, le gratin n'a pas digéré de s'être fait couillonner si facilement :

GOOO !

Le titre prochain d'un groupe de rock de Nice.

Ange Castelli, après s'être bien moquée de cette engeance, a été muté en Corse selon ses souhaits. Il a tant de dossiers au chaud.

Le brigadier-chef Goyard arbore fièrement l'insigne de major de police en plus du médaillon accrochée à sa veste devant son épouse, ses enfants, le cousin venu de Maubeuge, l'oncle de Tarascon, et leurs amis.

La devise : Servir et Obéir, il l'a toujours appliqué consciencieusement et aveuglement.

En voyant le parterre de faux-culs entrain de retourner leur veste, la fin du narcissique capricieux serait-elle si proche, il médite. « Obéir ? Jusqu'à quel point ? »

Il ne jure plus que par Franck et Simone, des flics intègres et audacieux qui soulèvent l'enthousiasme.

François Colombani a bien mérité la récompense accrochée par son ami Hervé Didier, il y tenait tant. Le maire de Saint-Laurent du Var, aussi bon joueur que la girouette, n'émit qu'une seule condition : « Hervé ! Bref ton discours afin de respecter le protocole. »

Vingt minutes plus tard...

Si l'entourage n'a rien retenu de la logorrhée, il comprend maintenant la définition du valoïsme.

Quant à Olga l'Ukrainienne, les papiers en règle, elle quitte officiellement la France pour l'Amérique du Sud.

Elle ne part pas bredouille grâce au pécule amassé en si peu de temps, plus tout ce qui trainait à la dernière minute dans le premier tiroir de l'agence LPI et, bien entendu, ce que le con de Fauché avait laissé dans le deuxième tiroir. Une immense liasse de billets remarquée par Franck et Simone le mercredi 10 juillet vers vingt-trois heures douze : « *En euro et en dollar. Combien ? Ils ne comptent pas par prudence. Mais un paquet de fric.* »

Épilogue

De retour à Paris en classe affaires, Akim relate à Franck et Simone le dernier avatar avant de se rendre avec Alex et ses soignants à l'hôpital de La Pitié-Salpêtrière où l'attendent un éminent chirurgien et son équipe.
- Nous avions poireauté plus d'une demi-heure devant l'hôpital fermé à cause d'une attaque au couteau. Un infirmier fut blessé au couteau par un déséquilibré.

Alex, allongé sur le lit et entouré de Laurent Aboulker, Marion la Bretonne, Meriem, l'élève infirmière, et d'autres chirurgiens et infirmiers très impressionnés par les prouesses du génie, souhaite la bienvenue à ses amis Franck, Simone et Akim avec un large sourire aux lèvres.
Ils pleurent tous de joie.
Alex est définitivement sauvé. Il se remet du terrible massacre à son encontre plus rapidement que prévu. C'est vraiment une force de la nature. Ce n'est plus qu'une question de quelques semaines pour qu'il puisse se relever légèrement et entamer sa longue rééducation.
Rapidement épuisé, Alex s'endort.
- Soyez sans crainte, il est hors de danger et souffre nettement moins, rassure Marion la Bretonne.

***

Franck et Simone ne furent pas les seuls à court-circuiter la succession d'embûches à Nice pour sauver la dernière étape du Tour de France à leur manière, au nom d'Alex, sans une effusion de sang parmi la population innocente.

À Paris, monter une telle opération en si peu de temps relève d'un miracle ou d'un mystère pour les néophytes de la politique, du journalisme, de l'enseignement, du monde de l'art et du peuple.

En fait, c'est un véritable exploit mythique, mûrement et savamment réfléchi.

Le lundi 8 juillet, n'étant pas parvenu à achever au premier coup Alex à Saint-Denis lors du guet-apens tendu par Taupin, la crapule gauchiste, ils tentèrent plusieurs fois de le supprimer dans l'enceinte même de l'établissement de soin.

Sauf que dès le début de la première soirée à l'hôpital, Akim suit scrupuleusement les instructions de Franck.

Akim monte immédiatement une équipe fiable dans le 93 et distribue les consignes.

Avec l'aide de plusieurs homosexuels du 93, révoltés par un environnement hostile à leur égard, et d'autres personnes opposées aux principes rigoristes de l'islam, ils infiltrent le premier bâtiment situé à l'intérieur de l'hôpital de Montesquieu en revêtant une tenue qui ne dénote nullement ici avant de s'attaquer aux autres édifices.

Simultanément, Victor et Héloïse, les deux malins policiers homosexuels méconnaissables, visitent, épient, écoutent, enregistrent chaque jour les moindres recoins du vaste hôpital.

Tout fut passé au peigne fin. Ils repèrent rapidement plusieurs corrompus opérant en sous-main pour des caïds de la ville dans le premier bâtiment. Ils sont en liaison avec d'autres complices dans tous les autres bâtiments sans exception, que ce soit chez le personnel soignant, les gens de l'entretien, les administratifs, le service technique, celui du jardinage, de la restauration.

En plus des policiers bien reconnaissables, Victor et Héloïse encadrent discrètement Akim chaque fois qu'il se rend à l'hôpital pour prendre des nouvelles d'Alex, inerte, et discuter avec le chirurgien et Marion la Bretonne. Ils craignent pour sa vie. En même temps, Victor et Héloïse filment et captent les conversations des parents des jeunes blessés par Alex, de leur entourage, ainsi que de toute personne suspecte.

Dans un environnement respectueux des commandements ancestraux, la présence du smartphone, l'outil nécessaire des caïds et des terroristes fiers d'afficher ostensiblement leurs exploits macabres partout dans le monde, est monnaie courante.

Quelle ne fut leur surprise ou plutôt leur rage en apprenant qu'une dizaine de mineurs assassins solidement armés de couteaux prirent Alex par surprise sans imaginer une telle résistance de sa part. Il brisa carrément les os à trois d'entre eux, avant que le reste de la bande ne s'acharne sur lui pendant un bref instant. Oui ! Seulement un très bref instant car de courageux habitants lassés d'être sous la coupe des gangs, munis de bâtons, ont dégagé brutalement les voyous en fracassant sérieusement au passage deux autres gredins.

Voilà la raison de la présence de cinq jeunes mineurs sérieusement amochés et la rage de leurs parents qui crient vengeance, des parents déjà bien connus par la police et la justice.

Fort des récentes révélations, Akim comprend pourquoi tant de gens circulent librement dans l'enceinte de l'hôpital, ou bien comment des supposés malades, des voyous permanents à l'extérieur, continuent, au détriment des patients et du personnel, à mal se comporter dans l'établissement de soin.

Il est si aisé de vouloir attenter à la vie d'Alex. Ainsi, ils découvrent, horrifiés, qu'Alex était programmé pour crever légalement aux mains d'un chirurgien inexpérimenté.

Les assassins ont commis une faute majeure.

À la différence d'un premier Ministre âgé de vingt-six ans n'ayant jamais réellement travaillé, Laurent Aboulker a étudié d'arrache-pied la médecine générale pendant dix ans avant de se spécialiser dans la chirurgie des grands accidentés de la route ou des attentats durant deux ans.

La chirurgie, le tennis, le judo et tous les autres sports ont un point commun. Pour parvenir au sommet, il faut avoir les aptitudes et bosser. Et parmi les brillants chirurgiens ou sportifs, certains, à l'image d'un Laurent Aboulker, Nolan Djokovic ou Teddy Riner quand il reste silencieux, se démarquent des autres par leur brio exceptionnel.

Le guet-apens monté par Duviviez ayant échoué, Alex étant resté encore en vie au bout de deux heures alors qu'il aurait dû succomber dans les trente minutes après son agression en raison de l'inexpérience du chirurgien, des gens nuisibles extérieurs à l'hôpital imaginèrent une autre stratégie. Ils avaient même reçu la garantie qu'aucune autopsie ne serait pratiquée.

C'était sans compter la mère attentive de l'élève de l'école d'infirmière.

Le premier soir, inquiète du non-retour de sa fille Meriem, elle se rend à l'hôpital. Elle est fière que sa fille ne marche pas sur ses pas, elle qui fut obligée d'épouser un homme du bled, un inculte violent qui l'a empêché de poursuivre ses études et de travailler.

En passant près des chambres occupées par les jeunes blessés par Alex, elle capte une conversation en arabe. « Demain, si jamais le keuf est encore en vie, quand les toubibs mangeront, ils mourront. Un cuisinier a empoisonné leurs plats. » Ils rient de bon cœur.

Leila, la mère, panique. Doit-elle alerter sa fille et ignorer les deux soignants et le flic ?

Sa fille ne survivra pas à une telle trahison. Elle le sait. Déjà, sa fille refuse d'épouser un homme aux idées arriérées et nocives pour la liberté de la femme. Elle est prête à quitter sa famille définitivement ou à se suicider si elle n'y parvient pas. Elle a honte de sa parenté, tous des repris de justice, y compris son père et son grand-père descendu dernièrement suite à un règlement de compte. Elle est reconnaissante envers sa mère courageuse et imaginative pour qu'elle puisse étudier. Elle réussit à l'inscrire dans une école privée catholique afin qu'elle ne suive pas le mauvais chemin de son mari, de ses fils, des dealers sans foi ni loi qui crachent sur la police et qui n'ont aucun respect pour leur mère.

Leila, la mère courageuse, connait une Arabe homosexuelle. Elle lui explique la situation en sanglotant.

- Leila ! Ne parle à personne de ce que tu viens de me dévoiler. Encore moins à ta fille. Garde-le pour toi. Laisse-moi faire.
- Comment Rachida ?
- C'est mon affaire. Je ne peux t'en dire plus. Fais-moi confiance.

Rachida connait bien Héloïse. Cette dernière, avec une voix angoissée, transmit sur le champ l'information à Akim.
- Quand tout sera achevé, n'oublions surtout pas Meriem et sa mère. Elles luttent pour la liberté des femmes musulmanes. Honte aux Féministes, enrage Akim.

Le lendemain matin 9 juillet à l'aube, le service de l'hygiène débarque en trombe dans les cuisines de l'hôpital.
- Il y aurait des rats dans les cuisines. Il faut désinfecter les lieux et jeter toute la nourriture par précaution, alerte le directeur du service de l'hygiène, présent sur les lieux. En attendant, la nourriture vous parviendra des autres cantines.

La chambre d'Alex étant déjà sous haute protection, la police ramena directement aux soignants les plats à partir de ce matin et jusqu'à la date du transfert d'Alex à Paris.

Nouvel échec cuisant. Alex est encore en vie.

Les assassins d'Alex ne renoncent pas.

Une aide-soignante en manque permanent d'affection tombe amoureuse d'un jeune blessé, un vaurien sans scrupule à l'allure bestiale. Celui qui poignarda à plusieurs reprises Alex avant de se faire corriger par des courageux habitants du 93 en colère lors de l'embuscade à Saint-Denis le lundi 8 juillet.

Manque de chance, son manège est repéré par une personne au service d'Akim. Aussitôt, une vigilance discrète s'organise. On la filme entrer dans l'hôpital avec un étui de clarinette puis remettre au sentimental viril un couteau de cuisine avec une lame de vingt centimètres de longueur.

La police, avertie, les appréhende.

La malléable juge syndiquée croit dur comme fer à la piteuse explication fournie par l'avocat de l'aide-soignante : « Pour se curer les ongles », et la remet en liberté.
Akim enrage. « Ils ne l'emporteront pas au paradis. »

Alex est resté en vie grâce à l'action héroïque d'une faible partie de la population locale, farouchement déterminée à sauver le flic face à la barbarie.
Maintenant, les quelques vaillants habitants sont menacés de mort par les parents des vauriens, eux-mêmes des repris de justice. Ils sont également la proie des vingt autres racailles qui devaient exécuter Akim et Simone et de leurs parents, eux aussi en maille avec la police. Ils vivent dans la crainte et dans le désespoir depuis qu'une salariée sans cœur, la courroie de transmission du préfet, les a incités à déménager, car dans le 93 « ils sont devenus des traîtres », leurs dit-elle avec un profond dédain. Pour aller où ? Ils ne roulent pas sur l'or.

Un policier du 93, mis au courant des paroles abjectes de la salariée indigne est scandalisé. Il a pitié pour les vaillants habitants lâchés par un gouvernement de pleutres incapables de protéger des honnêtes gens et par le fonctionnement ignominieux de la justice. Avec d'autres collègues, il rejoint l'équipe fiable qui se constitue rapidement dans le 93 et qui souhaite appliquer la loi du talion dans son premier sens biblique historique « *Les victimes ne doivent pas se faire justice elles-mêmes.* » Un renfort bienvenu tant lui et les autres connaissent le département.
Avec eux, aucune bavure ne sera possible.

Dès le message envoyé par Ducournau à Franck le jeudi 11 juillet à six heures du matin : « *Bougrab a carte blanche* », expédié illico à Akim : « *Akim ! Tu as carte blanche. Fouille uniquement sur les Parisiens* », Akim a les coudées plus franches. De plus, Jean Rigault, vraiment en vacances depuis ce matin, peut le conseiller à distance. Il est aussi prudent et expérimenté que Franck, trop occupé à solutionner le Tour de France avant une aide plus concrète dès le samedi après-midi.

Si durant les trois derniers jours six policiers du RAID solidement armés ne s'étaient pas relayés toutes les heures afin qu'ils ne perdent pas leur concentration, Alex aurait été égorgé. Le chirurgien, l'infirmière en chef et l'étudiante infirmière qui s'acharnaient à le sauver auraient été simplement poignardés.

Mis au courant de son transfert dans un hôpital parisien mieux équipé et surtout plus sécurisé, les truands planifient sa liquidation dans la voiture de réanimation des Pompiers durant le trajet entre Saint-Denis et Paris. Ils ont trouvé l'endroit idéal. Un lieu où la police ne s'y rend plus et où la population vit selon les nouvelles règles coraniques en vigueur.

Il leur suffit de caler le jour de l'évasion d'un Caïd de la drogue, blessé grièvement deux mois plus tôt par une bande rivale, à celui de la date fixée pour le transfert d'Alex.

En convalescence depuis plus de dix jours, le Caïd est convoqué chez le juge. En théorie, il risque trente ans de prison.

Le sortir de l'hôpital malgré une surveillance policière ne pose aucun problème. La solution facile à réaliser n'est pourtant pas retenue en raison des prochains J.O.

Le gouvernement, afin de protéger la vie des sportifs, des hommes d'État, des VIP et des visiteurs à Paris durant les épreuves sportives, a dressé une frontière étanche entre Paris et tout le pourtour du 93 en faisant appel à l'armée de surcroît. De plus, l'intérieur du 93 est quadrillé contrairement à la période du Covid où la France entière fut cadenassée sauf le 93. Le Caïd sera vite repris s'il quitte la Seine-Saint-Denis, un territoire devenu pratiquement autonome.

Alors, un des leurs, surnommé le cerveau, eut une idée lumineuse : « Sortons-le officiellement ! » Ils ont rendu tant de services à des personnes appartenant à la police, à la

Préfecture de la Seine-Saint-Denis, à des juges, sans oublier des élus, des professeurs, des médecins ou des associations et dernièrement, au capitaine Duviviez aux idées politiques identiques à celles de Taupin. Les idiots utiles sont pour la table rase du passé.

C'est ainsi que le 8 juillet, Duviviez posta à trois endroits différents une dizaine de jeunes de seize ans à dix-huit ans dont des migrants pour une mission bien précise : assassiner trois flics. Alex a failli trépasser. Le flair de Franck a permis à Simone et à Akim d'échapper de justesse au carnage.

Un médecin corrompu a détecté une maladie rare chez le Caïd. Elle serait similaire à celle débusquée chez un patient dans un hôpital parisien équipé d'un nouvel appareil, le seul en France. Il obtient l'autorisation de faire passer au Caïd un examen sur l'unique appareil disponible en France avec la complicité d'un directeur des hôpitaux de Paris.

Le Caïd quittera donc officiellement l'hôpital de Montesquieu également dans une voiture de réanimation de pompiers en fin d'après-midi, le même jour que le transfert d'Alex prévu très prochainement un soir d'après les informations de Lucien Mouchard, celui qui exerce à un poste stratégique à la préfecture de Saint-Denis.

Ça n'a pas l'air de perturber Duviviez et Lucien Mouchard que les trois pompiers venus chercher Alex se fassent aussi trucider. Que vaut pour eux une vie innocente ou celle de quelqu'un qui ose penser par lui-même ?

Le scénario macabre monté par le cerveau fut mis à nu grâce à Victor, Héloïse et à d'autres femmes françaises d'origine maghrébine qui comprennent l'arabe, révoltées de ne recevoir aucun soutien. Avec de tels habits qui se fondent dans le paysage, les femmes eurent le loisir de se faufiler parmi les parents des jeunes blessés par la fougue d'Alex et le courage de quelques habitants de Saint-Denis. Des parents endoctrinés défavorablement connus, eux-mêmes également avertis par les sbires du cerveau, qui en attendant impatiemment le feu vert pour découper en morceaux Alex et les soignants crient vengeance dans l'enceinte de l'hôpital en toute impunité.

L'analyse des films et des traductions a permis à Akim de connaître l'itinéraire et le lieu exact où Alex se fera descendre. Il se rend compte à quel point les gangs ont méthodiquement infiltré le cœur de la Seine-Saint-Denis et sont si bien organisés. Le personnel complice dans les centres d'appels d'urgences du 93 appliquera la consigne. Il patientera quarante minutes exactement avant de signaler la moindre détonation dans le périmètre fixé.

Le Caïd, protégé en permanence depuis son hospitalisation par trois personnes de son groupe, libres de tout mouvement, s'est fait royalement piéger en discourant de son lit avec le cerveau sans prendre la moindre précaution.

Il imaginait le lieu parfaitement sécurisé.

Le stratagème de Jean Rigault nommé *Justice Divine* a cependant une faille énorme. Les deux pompiers chargés en toute ignorance de transporter le caïd et les deux motards tenus d'escorter se feront massacrer également.

Hors question de sacrifier des innocents.

Toute vie est sacrée, particulièrement une vie innocente.

Quand Akim eut un flash. Il a vu dernièrement à la télé un reportage sur une navette de transport de passagers roulant sans chauffeur. Proche de Paris, des ingénieurs font la même expérience sur des voitures d'ambulances et de pompiers, car prendre le volant dans le 93 devient suicidaire pour les gens dont la mission première est de secourir.

Akim exige de maquiller de toute urgence un prototype, pendant qu'un super génie de l'informatique y programme l'itinéraire mortel promis pour Alex tandis qu'un autre crack, ingénieur Réseau Telecom, relie les portables du Caïd et de bien d'autres personnes qui gravitent autour du Caïd, y compris à l'hôpital, la police, la préfecture, les tribunaux de justice et d'autres points, sans oublier les autres chefs de gangs rivaux à celui du cerveau lui-même relié à celui de Lucien Mouchard au contact avec tous les autres flics ou gendarmes, les véreux inclus.

Tout ceci fut mis sur pied avec la certitude d'un maximum de réussite suite aux précieuses explications sur le collabo Lucien Mouchard fournies par Olivier Cerqueux.

Les choses se précipitent le samedi 13 juillet, en début d'après-midi, à la seconde visite inattendue d'Akim à la rue de Myrha chez Tintin le filou.

Quelques jours auparavant, Akim avait bien observé l'évolution de la rue. Si dès les années 1970, la rue de Myrha était bloquée le vendredi à cause de la prière, aujourd'hui la rue de Myrha est envahie par d'autres croyants de la même religion en provenance du Sénégal et du Nigéria principalement.

Akim, à nouveau en djellaba, pénètre dans l'immeuble sans appréhension, monte au troisième étage et frappe à la porte. « C'est qui ? » « Momo ! » le pote de Tintin. Il entre précipitamment en tenant vigoureusement la tête de Tintin avant de claquer la porte d'un coup de pied.

- Mouchard ! Duviviez ! Tu connais pas ? Crache tout sur eux et d'autres personnes à Paris et dans le 93 en lien avec les islamistes si tu ne veux pas que je te dévisse. Tout ! Tu as bien compris ? Ducon.

Tintin a tout déballé, y compris une opération de chirurgie esthétique prévue dans une clinique privée pour le Caïd.

Akim a respecté sa parole.

Il l'a salué : Adieu !

En revanche, un gang de trafiquants Sénégalais ou de Nigériens averti de la présence d'un chef des gangs Algériens chez Tintin ne l'a pas épargné ainsi que les deux qui étaient chargés de liquider Akim lors de sa première visite inopinée.

Il s'en suivit un mini massacre général entre les bandes de dealers. Les habitants, habitués depuis fort longtemps à vivre sous la menace, restèrent cloitrés prudemment chez eux.

C'est le moment de retourner à l'avantage d'Akim, de son équipe et des habitants du 93 qui aspirent à vivre paisiblement, le diabolique montage préparé avec tant de minutie.

Le pompier de la camionnette de réanimation venu chercher Alex se présente dans le premier bâtiment sans aucun problème. Une employée complice a mal digéré le repas de midi. Une fois la camionnette stationnée à l'emplacement réservé face au grand ascenseur du sous-sol du bâtiment des opérations, les pompiers y pénètrent avec le brancard afin de récupérer Alex sans avoir été remarqué par l'autre aide-soignant également complice. Il a aussi peu apprécié le repas de midi.

Au même moment, une camionnette de réanimation de pompiers se gare devant le bâtiment des convalescents. Un pompier laisse seul son collègue, les grandes lunettes de soleil au visage, dans la voiture prototype, et monte chercher le Caïd qui repartira avec ses trois comparses.

Dans la chambre, le pompier montre au Caïd la photo d'un malfrat arrêté la veille par la police pour un refus d'obtempérer. C'est un des trois gardes du corps. Il a été libéré mais il est fiché. « Trop dangereux qu'il soit parmi nous », avertit le pompier. Le Caïd refuse de s'en séparer. Finalement, après d'âpres discussions et l'intervention énergique de Lucien Mouchard, ou du moins la voix de Mouchard, il consent. Mouchard lui a donné le feu vert pour rejoindre l'hôpital de Paris en précisant : « Ne me contactez surtout pas. Attendez que je vous rappelle. »

Les quinze bonnes minutes de palabres ont permis à Alex, Laurent le chirurgien, Marion la Bretonne et Meriem, l'étudiante infirmière de sortir sans encombre de l'hôpital de Montesquieu, escorté par deux motards. D'autres complices ont eu également une sérieuse intoxication alimentaire. Jamais dans l'histoire de l'hôpital de Montesquieu, le personnel dût s'attarder si longtemps dans les Toilettes.

Au tour du Caïd de quitter définitivement l'établissement hospitalier, lui aussi encadré par deux motards complices. Il est aux anges. « Ça va bientôt gicler ! » blague-t-il à ses deux bras droits. Quand, à deux doigts de sortir de l'hôpital, le pompier reçoit un appel. Navré, il montre au Caïd sa photo entrain d'embrasser fougueusement deux jeunes garçons. Il a été dénoncé, il est poursuivi.

- Caïd ! Vous irez sans moi à Paris, c'est plus prudent, Mouchard l'ordonne.
- Sale PD ! Je te tuerai ! Telles furent les dernières paroles du Caïd entendues et enregistrées officiellement par Victor, le policier homosexuel imaginatif de l'équipe de Franck, spécialiste de montage en photos grâce à l'Intelligence Artificielle, garé en face de l'hôpital dans une tenue qui se fond dans le paysage de la Californie française.

Le compte à rebours est enclenché.

Accompagné par deux autres motards complices solidement armés, le Caïd enragé ignore que la camionnette de réanimation des pompiers munie d'une caméra reliée à celle de la voiture de Victor prend la trajectoire dévolue à Alex.
Le pouvait-il vraiment ? À l'arrière, les vitres sont sombres. À l'intérieur de la camionnette, l'espace vitré clair règlementaire côté passager est minuscule.
Dans dix minutes... Dans cinq minutes... Dans deux minutes.
Stupeur !
Le pompier mannequin se dégonfle. Il se rapetisse à vue d'œil. Plus qu'une minute. Victor retient son souffle. Il n'a aucun pouvoir de contrôle pour accélérer la vitesse. Le Caïd remarque avec effroi l'absence du chauffeur.
Trop tard ! Ils sont arrivés dans l'endroit idéal où la population vit selon les nouvelles règles en vigueur, loin de la police qui ne s'y rend plus.

La voiture s'est arrêtée à l'emplacement exact au millimètre près.

C'est beau la science, savoure Victor.

Ils sont accueillis par les parents des cinq jeunes corrigés par Alex et par quelques habitants héroïques du 93, auxquels se joignent les cousins, les cinq autres jeunes migrants sous OQTF, et d'autres résidents peu fréquentables très connus par la police, souvent capturés et chaque fois libérés par la justice. Ils sont rejoints par vingt autres jeunes mineurs dont de nombreux migrants programmés pour massacrer Simone et Akim, et bien d'autres personnes familières des postes de police. Tous brandissent des couteaux voire des hachettes en criant Allah Akbar.

Les quatre motards, le Caïd et son dernier garde du corps, par contre, solidement armés, les descendent sans état d'âme jusqu'au dernier.

Sur le point de s'échapper, une bonne dizaine de chefs de gangs de toutes nationalités qui s'entretuent pour prendre le contrôle du territoire s'abat sur eux avec leur troupe.

Duviviez, envoyé sur les lieux suite aux instructions de Lucien Mouchard ou du moins la voix de Lucien Mouchard, succombe dans le tourbillon mortel ainsi que ses trois policiers supposés sur le carreau lors d'une prise d'otages qui a mal tourné le lundi 8 juillet. Cette fois-ci, ils le sont définitivement.

La population, soigneusement mise à l'écart par des gendarmes et des policiers, a été entièrement épargnée.

L'affrontement, dans un bruit d'enfer, mit en présence plusieurs centaines de personnes. Le carnage sanguinaire dura rigoureusement quarante minutes.

Le personnel soudoyé des centres d'appels d'urgences du 93 a appliqué les consignes. Il a patienté scrupuleusement quarante minutes avant de signaler la moindre détonation dans le périmètre fixé, alors qu'elle s'entendait jusqu'au cœur de Paris.

Un simple et joyeux sentiment d'une grande fête fraternelle d'après quelques radios.

***

Franck a la confirmation.

Taupin est une belle ordure. Qui l'a descendu, ainsi que Lucien Mouchard, la juge syndiquée radicalisée du 93 et d'autres corrompus très méprisables ? L'enquête durera très longtemps car la police est sur plusieurs pistes. Le gang des Algériens, des Maliens, des … Les atouts du vivre ensemble.

Quant à Pommard, l'ambitieux énarque, accro aux substances psychotropes, celui qui fit un excès de zèle au lieu d'approfondir la nouvelle catastrophique et de prévenir le ministre lors de la fusillade à l'aire de repos sur l'autoroute A7 ? Il aurait succombé à une overdose.

Alex, le toubib et l'infirmière en chef eurent la vie sauve grâce à Leila, la maman de Meriem, l'élève infirmière.

Leila, déjà horrifiée par la conduite de son mari connu au bled et forcée de l'épouser, souhaite que sa fille vive tout simplement en femme libre comme Marion la Bretonne.

Meriem n'éprouve aucun regret en apprenant la mort de son père et de ses frères lors de la fusillade à Saint-Denis mais de la honte.

Fort heureusement, elle reçoit le soutien de sa mère qui n'a aucun remord également et de Rachida, entourée de Franck et de toute son équipe au grand complet.

Simone exulte. Ducon nau a été mis en retraite anticipée. Il n'en a guère profité. Il a été piqué par une méduse, il agonise.

Akim a tenu sa promesse. Leila a obtenu un logement social à Paris. Meriem poursuit ses études d'infirmière à La Pitié-Salpêtrière.

Franck, Simone et Akim sont allés faire un tour en *Harley Davidson* du côté de l'Isle-Adam. Au restaurant, ils rencontrent Jean Rigault, Teddy Brinaire et sa fine équipe.

- On aurait pu se croiser à Nice. Nous étions en cure de *décompression*.